의사 할배가 들려주는
조금 다른 글쓰기

손주들과 와글와글, 7년 간의 공부 기록

김명서 지음

AK

| 차례 |

세상에 글쓰기 책은 너무나도 많습니다. 그것도 유명하고 훌륭한 책이 부지기수죠. 문학에 전문가도 아닌 제가 굳이 '글쓰기'에 대한 책을 쓰는 게 주제넘은 짓은 아닌가, 여전히 의심이 드는 것도 사실입니다. 그럼에도 불구하고 결심을 한 이유는 길게는 7년, 짧게는 4년 넘게 손주들과 은유를 중심으로 글쓰기 연습한 것을 정리해 보고 싶었기 때문입니다.

함께 글을 쓰며 몇 년의 세월이 흐른 후 손주들의 글을 읽어보면, 처음 시작했을 때와는 차원이 달라졌음을 발견합니다. 또한 아이들을 가르치면서 오히려 제 생각이 정리가 되고 확실해졌다는 커다란 수확이 있었습니다. 미국에 있는 손녀는 초등학교 5학년 때 – 지금은 중학교 1학년입니다 – 작문 시간에 은유를 사용한 글쓰기를 제출했더니, 선생님이 놀라면서 "너, 이것 너의 엄마가 써줬지?" 다그쳤다 하더군요. 그리고 나중에 오해가 풀린 선생님이 반 학생들에게 "바로 이게 메타포란다." 말해 주었다 합니다.

우선 시작하기 전에 밝혀두고 싶은 것은, 글쓰기에는 문학적 글쓰기와 논리적 글쓰기가 있다는 점입니다. 전자는 시와 소설과 희곡 또는 수필이 속합니다. 후자는 실용서, 자기계발서, 과학서 등이 있습니다. 논리적 글쓰기는 상상이 필요하지 않고 글의 내용이 간단하고 명료하게 전달되는 진술로 충분합니다. 반면에 문학적 글쓰기는 상상이 필요한 묘사가 요구됩니다. 따라서 수사법을 필요로 합니다. 그 중에서도 저는 은유에 중점을 두었습니다. 은유야말로 상상과 발견의 지름길이라고 생각했기 때문입니다.

은유란 '몽상하는 촛불'과 유사합니다. 은유는 현실적이지 않으며, 마치 꿈을 꾸는 것과 같습니다. 촛불은 어둡던 의식을 밝히고 새로운 지평을 열어, 우리의 자아를 확장하게 합니다. 하지만 이것은 저의 선호일 뿐, 이 길만이 글쓰기의 왕도라고 할 수는 없습니다.

책에는 될 수 있는 대로 손주들과 몇 년 동안 공부한 모든 과정을 담으려 했습니다. 처음에 시작한 것이 '프리라이팅'이었습니다. 공책을 주고 당장 생각나는 대로 자신들의 생각을 거침없이 써내려가는 것입니다. 제일 중요한 것은 쓰다가 우물쭈물 중지하면 안 됩니다. 우리 의식에는 무언가 잘 쓰려는 욕심이 있어 자꾸 머리를 굴리면서 두려워하는데 이것을 이겨내야 합니다. 이 과정은 소설가이자 시인인 나탈리 골드버그^{Natalie} Goldberg의 책에서 얻은 내용이 많은 힘이 되었습니다.

그 다음에 시도한 것이 '눈으로 보이는 그대로 써라'였습니다. 그림책을 보고 눈으로 보이는 대로 글을 써 보라고 했습니다. 우리의 오감 중에서 시각이 감각의 대부분을 차지하리라고 생각합니다.

은유에 대해 눈을 뜬 결정적 계기는 엄경희 교수의 책, 『은유』였습니다. 글쓰기에 대해 약간의 관심이 있는 사람이라면 원관념과 보조관념의 유사성을 찾아서 은유가 성립됨을 알 것입니다. 그 가장 흔한 예가 '내 마음은 호수요'라는 김동명의 시구(詩句)입니다. 이것이 소위 '유사성을 축으로 한 은유'입니다. 하지만 엄경희 교수는 '차이성을 축으로 한 은유'를 가르쳐 주었습니다. 원관념과 보조관념의 차이를 유지한 채 문장을 만듭니다. 앞서 언급한 김동명의 시의 예로 응용하면 이렇게 됩니다. '내 마음은 호수를 푸른 하늘로 날려버렸다.'

2018년 1월 6일부터는 '은유 연습하기'를 시작했습니다. 빌 루어바흐Bill Roorbach · 크리스틴 케클러Kristen Keckler의 책, 『내 삶의 글쓰기』가 큰 도움이 되었습니다. 거기에 보니까 은유를 연습하는 방법이 실려 있었습니다. 그 동안 글쓰기에 대한 책을 백여 권 넘게 읽어 봤지만 이런 예시는 처음이었습니다. 손주들에게 당장 연습을 시켰습니다. A항에는 구체적인 사물명사를 네 가지 나열하고, B항에도 구체적인 사물명사를 네 가지 나열하여 그들을 짝을 지워 은유를 만드는 연습이었습니다. 이 둘을 연결시키려면 논리를 뛰어넘는 상상과 발견을 해야 합니다. 3년이 지나고서는 B항에는 구체적 사물명사 대신 추상명사를 넣었습니다.

또한 『초등 글쓰기 좋은 질문 642』라는 책을 우연히 발견하여 거기에 있는 질문으로 글을 쓰게 했습니다. 그리고 문장 하나하나를 은유와 진술로 구분하여 아이들에게 피드백을 주었습니다.

다음으로는 '세 장면 쓰기' - 이것은 제가 임의로 지은 말입니다 - 를 시켰습니다. 이것은 제가 어디선가 본 글에서 따온 것입니다. 예를 들어서

'나는 자판기에서 커피를 마셨다'라고 쓴다면 이것은 하나의 장면을 그저 멀리서 한번 보는 것에 불과합니다. 이것을 세분하여 자판기에서 동전을 넣는 장면, 커피가 나오는 장면, 그리고 커피를 마시는 장면, 이렇게 세 장면으로 나누어서 글을 쓸 수 있습니다. 말하자면 하나의 장면을 세밀하게 묘사하는 기술이라고 생각합니다. 이 역시 쉽지는 않았지만 손주들이 따라와 주었습니다.

최근에 칸트의 책을 읽으면서 '종합명제'가 은유에 대한 또 다른 설명이라는 것을 발견했습니다. 이것이야말로 어릴 때부터 익힌다면 은유를 몸에 익힐 수 있는 좋은 방법이라고 개인적으로 확신하고 있습니다.

이 책이 성인에게 도움이 될지 모르겠습니다. 제가 독자로 상정한 이들은 손주와 같은 또래의 학생, 혹은 자녀의 글쓰기에 관심있는 부모님입니다.

초등학생이던 손주들이 하기 싫다고 떼를 쓰면 돈도 주고, 때로는 멀리 서울까지 가서 맛있는 밥도 사주면서 글쓰기 수업을 해왔습니다. 이제 중학생이 되니 학교 공부, 학원 숙제를 해야 한다며 제 욕심대로 따라와 주지는 못하고 있습니다. 하는 수 없이 매달 1일에 과제를 내주고 있고 따라오는 아이들을 대상으로 겨우 명맥을 이어갑니다. 하지만 그들이 어릴 때 몇 년 동안 공부하고 연습한 보람은 결코 적지 않으리라고 생각합니다. 아직 완벽하지는 않으나 그들 나름대로 구사하는 은유를 발견하는 것은 저의 큰 기쁨이기도 합니다.

평범한 문장도 거기에 은유를 포함한 표현이 들어가는 순간, 품격이 달라진다는 것이 저의 지론입니다. 이러한 생각이 장차 손주들의 글쓰기에 도움이 된다면, 저로서는 그들에게 남길 어떤 물질적 유산 보다 가치 있는 정신적 자산이라 믿습니다.

일러두기

〈 〉 – 작품(시, 희곡, 그림, 영화, 노래, 방송 등) 제목
「 」 – 단편소설 등의 제목
『 』 – 단행본, 잡지 등의 제목

*손주들의 글쓰기 과제나 습작 부분은 거의 원문 그대로를 실었습니다.

1

은유의 주변은 '기초 다지기'이다

1. 프리라이팅이라고 다 자유로운 건 아니다
"손을 멈추지 말고 쓰라" - 나탈리 골드버그^{Natalie Goldberg}

저는 항상 제 아들놈들에게 미안한 마음을 가지고 있습니다. 그들이 초중고 학생일 때 공부하는 것에 거의 개입을 하지 않았습니다. 굳이 변명을 하자면 먹고 사는 데 바빴다고나 할까요. 그 덕분에 다행히 입에 풀칠하기는 지장 없으나, 자식과 손주들에게 물려줄 번듯한 유산은 딱히 없습니다.

맏손자가 초등학교 2학년이 되었을 때입니다. 마침 나탈리 골드버그의 책들을 읽고 있어서 손주들에게 재산 대신 글쓰기를 할 수 있는 토대를 만들어 주자는 생각이 들었습니다. 그래서 맏손자에게 시킨 것이 프리라이팅이었습니다. 지금 생각하면 생각만 앞섰고 아이의 처지를 생각하지 않았다는 게 확실합니다만, 그때는 그랬습니다.

나탈리 골드버그가 말한 프리라이팅의 3대 원칙이 있습니다. 첫째 잘 쓰려고 하지 말고 머리에 떠오르는 대로 써라. 둘째 거침없이 쉬지 말고 써라. 만약에 생각이 안 나서 끊기면 그냥 가만히 있지 말고 차라리 '왜 이렇게 생각이 안 나지'라고 공책에 써라. 셋째 정한 시간, 예를 들어 십 분이 되면 무조건 연필을 놓아라. 이걸 알아듣지도 못하는 아이에게 입에 거품을 물고 설명하고는 쓰라고 다그친 셈입니다. 손자는 매번 공책에 몇 줄을 쓰고는 울상이었습니다.

"나는 아침에 계란 후라이를 먹었다. 참 맛있다. 김치는 시었지만 그래도 맛있다. 콩나물국은 시원했다……."

"할아버지, 생각이 안 나요. 뭘 쓰지?"

"그래 바로 그거야. 네가 '생각이 안 나요. 뭘 쓰지?'라고 말한 그것을 쓰면 돼. 왜냐고? 그 생각이 네 머릿속에 떠올랐으니까. 머리에 생각나는 대로 쓰는 거야."

손자는 이해가 되지 않아 연필을 머리 위로 치켜들고는 몸을 비틀며 그만하자고 눈빛으로 애원합니다.

"우리 글쓰기를 하는 목적이 생각나는 대로 쓰는 것 말고 또 뭐 있었지? 그래 공책 한 바닥을 막힘없이 좍 써 내려가는 거야."

아이의 이해와는 별개로 제 욕심에 겨워 흥분하여 설명했습니다. 이제 와서 생각하면 너무 무리한 요구였다고 생각합니다. 물론 결과는 별로 볼 것이 없습니다. 초등학교 고학년이나 중학생이 되어서 시도하는 것이 좋지 않았나 생각됩니다. 그만큼 저도 안목이 없었던 것입니다.

프리라이팅에 대해 다른 사람은 어떤 생각을 가지고 있나 유튜브를 보니 특별한 것은 없었습니다. 의식의 흐름에 따라 쓴다든지, 쓰다 보면 생각지도 못한 것을 쓰게 된다든지, 쓰는 가운데 주제를 발견할 수 있다는 말들이 있었습니다. 모두 타당하다고 생각합니다.

하지만 프리라이팅의 원리를 말하는 것은 역시 나탈리 골드버그가 가장 권위가 있다고 느낍니다. 그녀의 글쓰기의 주장은 한마디로 요약하면 바로 '손을 멈추지 말고 쓰라'라고 할 수 있습니다. 여기엔 두 가지 목적이 있는 것 같습니다. 하나는 거침없이 쓰면 우리 내부의 검열관이 글쓰기를 저지하지 못한다는 것입니다. 다른 하나는 프리라이팅을 함으로써 우리는 가식 없는 마음과 야성에 닿을 수 있고 거기서 진정한 자아를 찾을 수가 있다고 합니다.

제 개인적인 경험을 말씀드리면 10분 제한 글쓰기와 A4 용지 한 장 쓰기 등을 해 보았습니다. 좋은 방법이라고 생각하면 꾸준히 연습하는 것 외에는 별다른 수가 없습니다. 운동선수도 각자 재능에 따라 결과가 달라지지만 어쨌든 기본은 연습을 많이 하는 수밖에 없습니다. 글쓰기도 마찬가지라 생각합니다. 프리라이팅을 염두에 두어 이거다 싶으면 이상적으로는 몇 년이고 연습하고 또 연습하는 것이 글쓰기의 지름길이라고 생각합니다.

2. A4 용지 한 장 쓰기
우선 질보다 양이다

우리 세대가 어릴 때, 작문 시간이 되면 가로 20자 세로 10자로 된 시뻘건 원고지에다 글을 썼습니다. 글쓰기를 잘 하거나 좋아한다면 친근감이 있겠지만, 글쓰는 데 열등감을 가진 아이들에게는 그 원고지가 공포의 대상이기도 했습니다.

갑자기 원고지가 하필이면 200자일까 하는 생각이 들었습니다. 100자, 300자, 500자일 수도 있는데 말입니다. 궁금해서 검색해 보니 역시 이 200자 원고지는 기원이 일본이었습니다. 지금도 세로쓰기를 하고 있는 일본에서 사용하던 것을 한국이 그대로 들여왔습니다. 한글은 이제 가로쓰기를 하니 가로로 쓴다는 것만 다릅니다. 200자 원고지 규격은 글 쓰는 사람을 위한 것이 아니라 순전히 인쇄하기 편리하게 만들어졌다고 합니다. 200자 원고지를 세로로 돌려보면 문고판 소책자 한 페이지 분량이 나온다고 합니다. 다시 말해 출판사가 쉽게 정리하기 위한 방편입니다.

200자 원고지를 쓰다가 언젠가 흰 종이로 옮겨갔는데 그게 언제인지는 모르겠습니다. 처음에 컴퓨터가 나왔을 때는 프린터도 보편화되지 않아서 개인이 사용하는 경우도 흔치 않았던 걸로 기억합니다. 그러다가 어느새 A4 용지가 어쩌니 하는 얘기를 많이 듣게 되었습니다. A4 용지 한 장

분량은 대략 200자 원고지 9장입니다. 단행본 한 권을 내려면 A4 용지 100장 정도라고 하니 200자 원고지로 환산하면 900매 정도가 되겠습니다. 요즘은 책의 페이지를 200자 원고지보다는 A4 용지로 셈하는 것 같습니다. A4 용지 한 장이라면 보통 책 2페이지 양에 해당됩니다. 따라서 A4 용지 100장이라고 하면 책이 적어도 200페이지 이상이라는 계산이 됩니다.

처음 A4 용지에 글쓰기를 하면서 그 한 장을 채우는 것이 무척 어렵다고 느꼈습니다. 조금 써 내려가다 보면 더 쓸 것이 없었습니다. 제 손주들이 "할아버지 더 이상 생각이 나지 않아요."라고 말하는 심정과 다를 바 없습니다. 나탈리 골드버그는 10분 제한 글쓰기를, 주디 리브스는 15분 제한 글쓰기를 제안합니다. 그걸 따라 하다 보면 저의 경우 대개 15분 정도 쓰면 A4 용지의 2/3를 채우고 A4 용지 한 장을 다 쓰려면 대개 23분 내외로 걸렸습니다. 이 A4 용지 한 장을 채우는 것이 대단히 중요합니다. 초보자라면 글쓰기의 질보다는 양을 우선해야 한다고 생각합니다. A4 용지 한 장을 채우면, 책으로 치면 페이지가 앞으로 나갑니다. 아무리 좋은 글을 쓴다고 해도 A4 용지 한 장을 채우지 못하면 페이지가 진행이 안 됩니다.

당연히 그 다음 떠오르는 의문은 '왜 A4 용지 한 장을 채우지 못하느냐'는 것입니다. 유명한 글쓰기 선생님들의 말에 따르면 이것은 이른바 '잘 쓰려고 하는 욕심' 때문이라고 합니다. 물론 충분히 일리가 있는 말입니다. 그런데 제 개인적 생각으로는, 역시 자신이 쓰려는 주제 하의 글쓰기 재료가 모자라서가 아닐까 합니다. 그런 재료를 많이 가지기 위해서는 평소 독서를 많이 해서 충분한 지식이나 상식을 가지고 있어야 합니다. 요즈음은 인터넷으로 자료 찾기가 편리해서 조그만 공을 들여도 글쓰기 자료를 많이 모을 수 있습니다. 하지만 자신의 생각이 없이, 자료를 그저 나열해서는 읽는 사람에게 공감을 얻기란 쉽지 않습니다. 사이토 다카시는『원고지 10장을 쓰는 힘』에서 글의 구성력을 염두에 두라고 합니다, 구성력이란 쉽게 말하면 '빅쓰리Big3'입니다. 쓰려는 내용을 세 가지 포인트로 요약하여 조합합니다. 그 다음 인용문을 이용하여 내용을 풍부하게 할 수 있습니다. 그렇게 하면 A4 용지 한 장을 채우는 데 도움이 된다는 말입니다.

마지막으로는 역시 훈련이 필요합니다. 프리라이팅을 한다면 목표(A4 용지 한 장 쓰기)를 정해놓고 꾸준히 글쓰기를 해야 합니다. 아무리 재능 있는 운동선수라고 해도 단순 반복 동작을 쌓아야 기초 체력이 마련되는 것과 마찬가지 논리입니다.

3. 베껴 쓰기는 글을 퍼나르는 양수기가 아니다
좋아하는 작가의 문체에 점점 스며들자

베껴 쓰기(필사)에 대한 유튜브도 많이 있습니다. 대여섯 개 보다가 그만두었습니다. 대부분 정곡을 찌르지 못해서입니다. 제가 적어도 3년 반 정도 베껴 쓰기를 꾸준히 해왔습니다. 전업 작가가 되기 위해서는 하루에도 몇 시간씩 집중적으로 해야 하지만 생업도 있다 보면 그럴 수 없습니다. 딴 사람보다 조금 일찍 출근하여 시간을 내서, 그리고 퇴근하기 전 30분 정도 베껴 쓰기를 하고 있습니다. 그럼에도 불구하고 적극적으로 '이건 해야 한다'고 말하지 못하는 이유는, 저 스스로 글쓰기 실력이 확실히 늘었다고 느끼지는 못하기 때문입니다.

2014년부터 2,3년 간 이순원 작가의 '소설쓰기 강좌'를 인터넷으로 공부한 적이 있습니다. 그때 이순원 선생님은 베껴 쓰기에 대한 강의를 세 시간 하셨습니다. 당시 선생님의 말씀을 신뢰하고 어쩌면 무작정 베껴 쓰기를 해온 셈입니다. 선생님의 가르침의 포인트를 상기해 봅니다. 당시엔 주로 단편 소설을 공부했는데 소설을 쓰려면 많은 경험과 자료의 축적이 있어야겠다고 생각했습니다. 예컨대 정육점에 대한 소설을 쓰려는 어떤 작가는 6개월인가 1년인가 정육점에 취직했다고 합니다. 그 점이 제겐 어려웠고 자료를 많이 모으는 것도 힘들었습니다. 아무래도 시를 쓰는 게 낫다고 생각하여 아쉽지만 중도에 그만두었습니다. 하지만 언제나 친절하게 하나라도 가르치고자 배려하신 선생님에 대한 추억은 잊을 수 없습니다.

선생님이 하신 말씀 중 첫째가 베껴 쓰기의 좋은 점이었습니다. 직접 써 보면서 발전을 해야 하는데 무조건 쓰는 것만 능사는 아니라는 것입니다. 지름길을 찾아야 합니다. 이는 거의 모든 예술이 그렇다고 생각합니다. 검도에도 '수파리守破離'라는 격언이 있습니다. 무조건 혼자서 연습만 많이 하는 것이 아니라 자기가 좋아하는 스승의 검술을 처음에는 모방하고, 기술이 높아지면 스승의 검술을 타파하고, 자신의 방법을 만들면서 나중에는 스승의 곁을 떠납니다. 베껴 쓰기도 마찬가지의 맥락입니다.

어떤 점이 좋을까요? 우선 베껴 씀으로써 글의 의미를 정확하게 이해할 수 있습니다. 그런 과정에서 자연스럽게 작가의 사고력, 구성력, 표현력을 자기도 모르게 배우게 됩니다. 그런데 이 좋은 베껴 쓰기를 왜 하지 않을까요? 선생님 말씀에 따르면 수업 받은 19명 중 실제로 베껴 쓰기를 하는 사람은 3명밖에 나오지 않는다고 합니다. 너무 쉽기도 하고, 매일 기약도 없이 한다는 것이 지루하고, 효과도 반신반의에다가, 베껴 쓰기를 하지 않고서도 잘 쓸 수 있을 것 같아서 그런다고 했습니다.

그러면 베껴 쓰기를 어떻게 해야 할까요. 이것이 핵심 포인트입니다. 우선 손으로 쓰라고 합니다. 컴퓨터 자판으로 쓰다 자칫하면 물을 이곳에서 저곳으로 옮기고 자신에게는 아무것도 남지 않는, 양수기 같은 역할만 하게 됩니다. 그리고 가능한 대학 노트보다 400자 원고지를 권합니다. 그래야 글의 분량을 측정하기 쉽다는 것입니다. 그 다음은 문장 단위로 베껴 쓰기를 하라고 합니다. 이 점이 정말 중요합니다. 제가 이때까지 베껴 쓰기를 말하는 사람 중 이 점을 언급하는 사람을 한 번도 본 적이 없습니다. 타자수처럼 한 글자, 한 단어씩 옮기지 말고 한 문장을 머릿속에 온전히 외워서 옮겨 쓰라는 것입니다. 그렇게 하지 않으면 베껴 쓰기는 육화肉化되지 않습니다. 단문은 그래도 별 문제 없겠지만 행이 4개, 5개가 넘는 복문을 외워서 쓰려면 쉽지 않습니다. 쉽지 않다, 즉 시간이 좀 걸릴 뿐이지 못할 것도 아닙니다. 왜 이런 작업을 해야 하나요? 자기가 본받고 싶은 작가의 사고방식, 문장의 운영 방법을 내 몸에 스며들게 하기 위해서입니다. 문장 단위로 외우면 그러한 것이 자신의 머릿속에 반복적으로 배어듭니다. 검도에서 모범이 되는 선생님의 머리치기 기술을 반복적으로, 끊임없이 따라하는 것과 마찬가지입니다.

선생님은 열 세 작가의 열 네 작품을 베껴 쓰기 하라고 추천했습니다. 이광수의 단편 「무명」, 황순원의 「소나기」, 이청준의 「눈길」, 오정희의 「중국인 거리」와 「완구점 여인」, 김승옥의 「무진기행」, 최인호의 「타인의 방」, 양귀자의 「원미도 시인」, 윤대녕의 「소는 여관으로 돌아온다 가끔」, 서하진의 「제부도」, 김애란의 「달려라 아비」, 황석영의 「삼포 가는 길」, 윤흥길의 「꿈꾸는 자의 나성」, 한수산의 「사월의 꿈」 등의 작품을 꼭 한 번 베껴써보라고 권했습니다. 그런데 베껴 쓰기 추천작의 첫 번째가 이광수의 「무명」이라는 게 이상하지 않나요? 저는 당연히 김동인의 「배따라기」, 「감자」, 「발가락이 닮았다」가 나올 줄 알았습니다. 어렸을 때 '단편소설' 하면 당연히 김동인이 나왔기 때문입니다. 선생님은 이광수의 「무명」을 극찬했습니다. 감옥 안 주인공이 다른 감옥수의 생활을 이야기하는데, 인물의 캐릭터가 살아 움직이면서 장면 하나하나가 머릿속에 생생히 그려졌습니다. 저도 읽고 나서 깜짝 놀랐습니다. '아, 이래서 이광수라고 하는구나'라는 생각이 절로 났습니다.

저 개인적으로는 짧지 않은 시간을 소비하면서 베껴 쓰기를 했고 지금도 하고 있습니다. 하지만 베껴 쓰기를 해서 특별히 좋아진 것을 스스로 느끼지 못해, 솔직히 약간의 주저함은 있습니다. 그래도 주관적이긴 하지만 한두 가지 나아진 점은 있지 않나 생각합니다. 우선 예전보다 비문이 없어졌습니다. 특히 복문일 때 각각의 절에서 주어와 동사가 맞지 않는 경우가 종종 있었는데, 이제는 완벽하지는 않아도 많이 없어졌습니다. 다른 하나는 문장력이 좋아졌다고나 할까요. 어떤 문장을 쓰면 자신도 모르게 어쨌든 하나의 문장을 완성합니다. 옛날에는 문장을 쓰다 도중에 '뭘 쓰지?' 하고 멈추기도 했는데, 이제 그런 일은 거의 없게 되었습니다.

이순원 선생님이 추천한 작품은 물론 다 썼고, 이제 제 나름으로 선택하고 있는 산문은 김훈의 책입니다. 『자전거 여행』은 다 썼는데 거기 나오는 은유들이 너무 매력적이어서 따로 정리해 베껴 쓰고 있습니다. 현재는 『라면을 끓이며』를 반쯤 썼습니다. 시는 송재학 시집이 열 권 있는데 거의 다 베껴 쓰기를 했고 마지막 시집인 『슬프다 풀 끗혜 이슬』을 반쯤 쓰고 있습니다.

검도에는 '백련자득百鍊自得'이란 말이 있습니다. 100번 단련을 하면 스스로 깨달아 얻는다는 뜻입니다. 한 가지의 시라도 거듭 베껴 쓰면 어떤 깨달음이 오지 않을까 해서, 허만하 시인과 송재학 시인의 작품 중 모방하고 싶은 시를 골라 100번씩 베껴 쓰고 있습니다. 현재는 송재학의 시 〈공중〉, 〈흰색와 분홍의 차이〉, 〈습탁〉, 〈명자나무 우체국〉, 〈겨울 저수지가 얼면서 울부짖는 소리는 군담소설과 다를 바 없다〉를 96번 베껴 썼습니다. 물론 한 행이 아니라 한 문장 단위로 베껴 씁니다.

'글쓰기는 수영과 똑같다. 동작과 자세에 관한 공식을 많이 배우고 외운다고 저절로 잘 되는 것이 아니다. 물도 많이 먹고 허우적거리면서 물과 친해지면서 는다.'라고 안정효 작가가 말했습니다. 문장 수련에도 왕도가 있는 것은 아닙니다. 베껴 쓰기도 하나의 방법이 됩니다. 베껴 쓰기의 효용을 신뢰하고 무엇보다 꾸준히 시간을 투자해야 합니다. 제 경험상 한두 달해서 되는 것이 아니라 적어도 1년 반 내지는 2년은 해야 비로소 무언가 자득할 수 있다고 생각합니다. 어찌 보면 기약 없이 무료한 작업이지요. 하지만 지루한 반복이 쌓여 어떤 성취를 이루는 게 세상의 이치입니다.

4. 고쳐 쓰기는 대장장이의 노동이다
가지치기와 분재

손주들과 글쓰기 연습을 하면서 은유 만들기 외에 『초등 글쓰기 좋은 질문 642』에 나오는 질문을 과제로 주기 시작했습니다. 그때가 아마 아이들이 초등학교 3,4학년 때쯤일 것 같습니다. 과제에 대한 답을 제출하면 제가 수정을 하고 나름의 조언을 해주었습니다. 그때 가장 눈에 띄는 게 반복되는 단어였습니다. 예를 들면 '나는~', '~처럼', '~같이'… 이런 식으로 같은 단어가 계속 반복되는 것이죠. 접속사인 '그런데', '그리고'도 많이 사용했습니다. 그렇게 쓰지 말라고 충고를 해도 정말 고쳐지지 않았습니다. 그나마 거의 2년이 지나니까 완벽하지는 않아도 그런 습관이 많이 사라졌습니다.

글쓰기를 하면 자동으로 맞춤법을 고쳐주는 시스템이 있습니다. 예를 들어 '브런치' 플랫폼에도 글을 쓰면 '맞춤법 검사'가 있어 클릭하기만 하면 자동으로 오류를 잡아줍니다. 그러니 별로 신경 쓸 일이 없습니다. 더군다나 책을 내면 편집자가 알아서 교정하니 부담이 훨씬 덜어진 셈입니다. 하지만 글의 맞춤법이 엉망이면 우선 첫인상이 별로 좋지 않습니다. 고쳐 쓰기를 하면 먼저 비문非文을 살펴보는 일에 집중합니다. 여기서 가장 주의

해야 할 것이 주어와 동사가 잘 상응하고 있는지의 여부입니다. 저도 처음에는 주어와 동사가 호응이 안 되는 경우가 많았는데, 베껴 쓰기를 오래하다 보니 자연히 이런 문제가 많이 해결되지 않았나 생각합니다.

근자에 와서 고쳐 쓰기를 많이 하면서 저의 버릇 하나를 발견했습니다. 문장을 쓰다가 '~만' 하면서 문장을 일단 끝마치고는 다시 이어 쓰는 것입니다. 이런 행태가 상당히 많이 있었습니다. 그 대부분 복문이기에 단문으로 처리했습니다. 아마도 누구나 각자의 버릇이 있을 것 같습니다. 말하자면 어투에도 사람에 따라 자주 사용하는 말들이 있는 것과 마찬가지겠죠.

그리고 시제 문제가 있습니다. 과거 시제로 문장을 시작했다면 과거 시제가 일관되게 흘러야 합니다. 별 생각 없으면 과거에서 현재로, 현재에서 과거로 마음대로 왔다갔다하게 됩니다. 물론 과거 시제로 썼어도 중간에 회상하는 내용이 있으면 현재 시제로 말할 수는 있으나, 일단은 시제를 일치시키는 것이 원칙이라 생각합니다.

아이들이 초등학교 때를 지나 중학교에 들어와서도 문단에 대한 개념이 거의 없었습니다. 문단이란 문장 5,6개가 모여 하나의 생각을 나타내는 단위입니다. 아이들은 이런 개념이 없이 그냥 붙여서 써내려가기 일쑤였습니다. 문단을 시작할 때는 시작 글자를 한 칸 들여쓰기가 일반적이지만 들여 쓰지 않는 경우도 있다고 알고 있습니다. 그리고 문단이 끝나면 줄을 바꾸어 써야합니다.

글쓰기 책을 보면 저자 대부분 글을 다 쓴 후 낭독해보라고 권합니다. 소리 내어 읽으면서 리듬이나 반복되는 단어, 어색한 문맥 등을 발견할 수 있다고 합니다. 사실 이 말은 많이 들었으나 실제로 행하기는 어려웠습니다. 지금도 잘 실행하고 있지 못하고 있습니다.

　마지막으로 개인적으로 은유에 대해 관심이 많기 때문에 산문시에 가까운 서정 수필을 쓰는 경우에는 문장을 은유로 바꾸는 작업을 합니다. 예를 들어 〈봄의 이야기〉라는 시리즈의 이야기 산문시는 일단은 다 써놓은 다음, 문장 하나하나를 은유로 바꿉니다. 문장을 세어보니 대충 50개 정도의 문장이었는데, 아직 실력이 부족해 쉽지 않았습니다.

　고쳐 쓰기를 할 때 으레 예를 드는 경우가 어네스트 헤밍웨이Ernest Hemingway입니다. 그는 『노인과 바다』를 4백여 회 고쳐 썼다고 합니다. 산문은 열 번, 스무 번만 해도 엄청난 회수입니다. 고쳐 쓰기는 분재와 같다는 생각이 듭니다. 필요 없는 가지들을 쳐내어 기품 있는 소나무를 만들어내는 분재 예술가의 작업과 고쳐 쓰기는 통하는 면이 있죠. '필요 없다'고 판단하는 기준은 오랜 세월 기른 안목입니다. 이는 하루아침에 다다른 경지는 아닐 것입니다. 글 쓰는 이 역시 분재 예술가처럼 고쳐 쓰기의 기준을 항상 상기하여, 깊이 있고 감각적인 언어를 가다듬어야 할 것입니다.

5. 사물을 어떻게 볼 것인가
다섯 개의 체크 리스트

인간은 흔히 육체와 정신으로 이루어져 있다고 합니다. 이제 막 태어난 인간의 뇌에 가장 먼저 들어오는 것은 무엇일까요? 바로 육체 밖에 존재하는 사물일 것입니다. 사물이란 사전적으로 말하면 "물질세계에 있는 모든 구체적이며 개별적인 존재를 통틀어 이르는 말"입니다.

인간이 사물을 인식하는 기전에 대해 칸트는 "인간의 감성을 통하여, 즉 감각 기관을 통하여 들어온 정보는 시간과 공간의 제약 아래 우리의 선험적 범주(양, 질, 관계, 양태)를 거쳐 인식하여 이론적 인식인 지성을 이룬다."고 말했습니다. 문제는 우리가 그렇게 아는 사물은 우리가 '인식'한 것이지 사물 자체는 아니라는 것입니다. 과학을 연구하든 종교적 사유를 하든 문학을 하든, 우리는 일차적으로 우리의 앞에 전개되는 사물을 인식한 후 각자의 과업을 실행합니다.

일본의 이토 게이치伊藤桂一가 일찍이 '사물을 보는 시각의 차이'라고 언급한 것은 특히 문학을 하려고 하는 사람에게 귀중한 조언이라 생각합니다. 이토 게이치는 인터넷을 검색하여도 어떠한 인물인지 잘 나오지 않습니다. 겨우 구글에서 찾아본 자료로는 "1917년 태어난 일본의 시인, 소설

가. 1962년 소설 「반딧불의 강」으로 나오키상을 받으면서 전문적인 작가 생활을 시작했다."고 합니다. 이토 게이치의 '사물을 보는 시각의 차이'라 검색하면 다음과 같이 아홉 가지로 되어 있습니다.

    (1) 나무를 그냥 나무로 본다.

    (2) 나무의 종류와 모양을 본다.

    (3) 나무가 어떻게 흔들리고 있는가를 본다.

    (4) 나무의 잎사귀가 움직이는 모양을 세밀하게 살펴본다.

    (5) 나무 안에 승화되어 있는 생명력을 본다.

    (6) 나무의 모양과 생명력의 상관관계를 본다.

    (7) 나무의 생명력이 뜻하는 그 의미와 사상을 읽어본다.

    (8) 나무를 통해 나무 그늘에 쉬고 간 사람들을 본다.

    (9) 나무를 매개로 하여 나무 저쪽에 있는 세계를 본다.

위의 내용은 어떤 의미에서 복잡하여 산뜻하게 머리에 들어오지 않고 산만합니다. 머리에 잘 정리되게 요약하면 다음과 같이 다섯 가지로 나눌 수 있습니다. (1) 사물의 외면 (2) 사물의 내면 (3) 사물의 감정 (4) 주변 사물과의 관계 (5) 사물 너머의 영적 세계, 즉 영혼, 신과 우주.

제가 틈만 나면 자주 가는 비봉산에 가면 350년 된 느티나무가 한 그루 있습니다. 이 나무의 커다란 줄기와 무수히 잔가지를 뻗어 하늘을 가리는 기세는 압도적입니다. 무엇보다 사람 팔뚝보다 굵은 뿌리가 용트림을 하며 땅속으로 꿈틀대며 기어들어가는 듯한 모습에 살아 있는 생명의 힘을 느낍니다. 이는 이토 게이치가 말한 느티나무의 외면에 해당된다고 볼 수 있습니다.

한편 느티나무의 내면은 어둠 속 무수한 길들이 위로 뻗어나가고 있을 겁니다. 거기에는 스스로 괴사한 아픈 흔적도 남아 있습니다. 어둠이야말로 느티나무가 사랑하는 평안일지 모릅니다. 느티나무는 우월의식을 가지고 이 세상의 온갖 생물을 능욕하는 인간의 언어가 없습니다. 350년 동안 살아오면서 느티나무는 아무런 희로애락이 없었을까요. 단지 말을 나타내는 성대가 없었을 뿐, 느티나무는 침묵으로 희로애락을 수용했을 것입니다. 느티나무 곁에는 삼월 말, 사월 초에 피는 벚나무가 있습니다. 벚꽃이 피면 느티나무 역시 자신의 역동을 느끼며, 바다처럼 넓어진 마음으로 제 몸을 다시 한 번 흔들었을 것입니다.

350년을 견디어온 느티나무가 자신의 머릿속으로 생각하는 궁극의 지점은 어디일까요. 그것은 자신의 존재와 생로병사일 것입니다. 거기에는 언제나 신과 영혼과 우주에 대한 사유의 길이 있습니다. 느티나무에 영혼이 없다는 것은 단지 인간의 판단일 뿐입니다. 얼마나 세련되어 있나의 차이일 뿐 모든 생명의 근본 원리는 결국 같다는 것을, 죽음에 더 가까이 갈수록 깨닫게 됩니다.

시를 쓰든 수필을 쓰든, 우리가 사물을 만나면 그저 외면적으로 - 그것도 피상적으로 - 훑고 지나갈 것이 아니라 항상 이토 게이치가 말한 다섯 가지 체크 리스트를 바탕으로 사물을 대하는 것도 글쓰기에 도움이 될 것입니다.

6. 글은 왜 쓸까?

글을 쓰는 이유는 '행복해지기 위해서'다

글쓰기는 도대체 왜 할까요? 어떤 사람은 글쓰기를 하라면 진저리를 치며 고개를 젓습니다. 어려워서, 혹은 체질에 맞지 않아서 못 쓰겠다고 합니다. 별로 취미에 맞지 않다고 회피하기도 합니다. 저는 가만히 생각해 봅니다. 주위에 글쓰기 좋아하는 사람도 거의 없고 남들이 인정해주는 것도 아닌데, 그렇다고 돈이 되는 것도 아닌데 무엇 때문에 쓰느냐고 스스로 묻습니다.

글을 쓰는 첫째 이유는 저의 생각을, 마음을 정리하는 의미가 있습니다. 대학 시절 짝사랑하던 여학생에게 차이고 나서 상심했던 때가 있었습니다. 하숙방에는 텔레비전도 없으니 들을 것이라고는 클래식뿐이었습니다. 그러니 제가 할 수 있는 것이라고는 저조한 저의 감정과 생각을 글로 끄적거리는 것이었습니다. 어쩌면 그러한 경험이 제가 이 세상의 존재에 대해 조금씩 눈을 떠온 연유인지도 모릅니다. 세월이 흘러 결과적으로 문학에는 대단한 재능이 없어서 객관적 평가를 얻지 못하는 처지가 되었지만, 이제는 제 자신의 능력을 수용하는 입장이니 그것마저 별로 갈등은 없습니다.

두 번째 이유로는, 어쩌면 조금 현학적衒學的일지 모르지만 칸트의 『판단력 비판』이 떠오릅니다. 취미 판단에는 심미적 판단과 숭고 판단이 있다고 합니다. 자연 앞에 나아가 그 크기와 힘에 압도되면서 현실에서 그토록 중요하게 여겼던 재산, 건강, 생명 등의 하찮음을 깨닫는 경험. 이를 통해 마음의 여유와 평안함을 느끼는 것이 숭고 판단입니다. 반면 심미적 판단은 어떤 아름다움에 대한 감성이 우리의 이념(이성)과 만나 인식의 자유로운 유희와 함께 마음의 생기生氣, esprit가 일어나는 정신의 원리입니다. 수필이나 시, 소설을 쓸 때 우리는 미술이나 음악에서 느끼는 아름다움과 같은 정신적 경험을 하게 됩니다.

세 번째 이유는 '약간 잘난 체 하고 싶어서'입니다. 인간은 제 잘난 맛에 산다고들 합니다. 남보다 내가 낫다는 것을 보여주기 위해 인간이 하는 짓은 상상하기 어려울 정도로 다양합니다. 저 역시 2004년엔 졸작 시들을 모아서 자비로 시집을 내기도 했습니다. 이것이 딱히 부정적인 의미만은 아닐 것입니다. 어제의 나보다는 나아 보이려고 하는 인간의 노력으로 보아줄 만도 하다고 생각합니다.

글쓰기에 대해 관심과 흥미가 있어 오랜 세월 글쓰기 책을 읽어왔습니다. 언젠가 제가 읽은 관련 책을 세어보니 백여 권이 넘었습니다. 그렇게 읽고도 글쓰기의 비법에 아직도 도가 통하지 못했으니, 스스로 한심하기도 한데요. 그 많은 책 중에서 기억에 남는 세 가지가 있습니다. 오규원의 『현대시작법』과 나탈리 골드버그의 『글쓰며 사는 삶』, 수전 티베르기앵 Susan M. Tiberghien의 『글쓰는 삶을 위한 일 년』 등이 저에게 많은 영향을 주었습니다.

오규원 시인에게서 배운 것은 시적 대상에 대한 관점과 지각입니다. 시적 대상은 크게 관념적 대상과 실재적 대상으로 나눌 수 있습니다. 전자는 풍자적 지각과 해석적 지각이 있고 후자는 감각적 지각과 사실적 지각이 있습니다. 그중에서도 결국 감각적 지각, 즉 이미지를 주로 하는 시가 주류를 이룬다고 할 수 있습니다. 또 중요한 것은 시적 언술의 형태입니다. 이것은 묘사와 진술인데 묘사에는 서경적, 심상적 묘사와 서사적 묘사가 있습니다. 여기서 제가 가장 중요하게 생각하는 것은 심상적 묘사입니다. 심상적 묘사, 즉 'mental picture'는 현실의 눈으로 보는 이미지가 아니라 우리의 머릿속에 있는 비현실적인 상입니다. 다시 말해서 상상으로 이루어지는 이미지는 은유가 대표적인 것입니다. 저의 시의 감상은 기본적으로 그 작품의 언술이 진술이냐 묘사이냐를 구분하는 데서 출발합니다.

한편 수전 티베르기앵에게서는 산문시에 대한 아이디어를 얻었습니다. 그녀가 쓴 아래 산문시가 저에게 많은 시사점을 주었습니다.

배나무

창밖으로 우리 집 앞마당 한가운데는 작은 배나무가 한 그루가 기우뚱하게 서 있다. 줄기는 어두운 회색이다. 앙상한 가지 위로 성기게 꽃을 피웠다. 나는 이 나무를 눈앞에서 치워버리고 싶었다. 여러 해 전에 심은 이 나무는 목재 말뚝을 받쳐주었는데도 휘어져 자랐다. 나중에 결국 그 말뚝을 뽑아내면서도 거식증 환자처럼 앙상한 가지들이 버텨줄지 걱정이 되었다.

치매를 앓는 시어머니는 가슴 팍을 가로 지른 모진 스카프로 휠체어에 단단히 묶여 있다. 믿을 수 없다는 듯 멍한 표정이다. 눈은 어두운 회색 원으로

만 보인다. 나는 그 눈동자에서 빛을 찾아보려고 하지만 어둠만이 보일 뿐이다. 그녀의 손가락들이 스웨터의 마지막 단추를 잠그려 애쓴다.

오늘 반 고흐의 〈꽃을 피운 배나무〉 그림이 그려진 엽서를 받았다. 그림 속 배나무의 어두운 회색 몸통은 비틀려 있고, 가지들도 흉한 몰골로 뻗어 있었다. 하지만 그 옹이투성이 나무 속에는 온갖 색깔이 담겨 있었고, 짙은 색 이파리 몇 장에 둘러싸인 하얀 꽃의 만다라가 있었다.

창밖의 앙상하고 말라비틀어진 배나무를 보면서 그녀는 치매를 앓는 시어머니의 모습을 발견합니다. 그리고 반전으로 고흐의 〈꽃을 피운 배나무〉 그림엽서를 통하여 앞서 등장한, 배나무와 비슷한 시어머니의 이미지까지 '하얀 꽃의 만다라'로 승화됩니다. 이런 식의 작법은 일본의 이노우에 야스시井上靖의 산문시에서도 볼 수 있었습니다.

3년 전인가 과학기술대학 평생교육원의 시창작반 수업을 받은 일이 있습니다. 강사이신 박종현 선생님이 시를 쓰는 이유를 "행복해지기 위해서"라고 말씀하시는 것을 듣고 속으로 뜨악했습니다. 왜냐하면 그토록 오래 글을 쓴다고 했지만 한 번도 행복하다고 느껴본 적이 없었기 때문입니다. 행복은 저에게 언제나 저 하늘 높이 날아다니는 파랑새였습니다. 사람은 결국 행복해지기 위해서 한평생 사는 게 아닌가, 그런 생각이 인생의 황혼 길에 접어든 이제야 어렴풋이 들기 시작합니다. 죽음 다음에 무언가가 있느냐 없느냐는 일단 논외로 하더라도, 행복감을 얼마나 안고 죽음 저 너머로 건너가는지가 중요한 게 아닐까요.

행복, 즉 "만족과 기쁨을 느끼어 흐뭇함"을 느끼는 일은 다분히 주관적인 영역입니다. 빌 게이츠나 재벌 혹은 당대에 위세를 떨치는 정치가가 가지는 행복의 폭은 평범한 사람보다는 훨씬 넓고 풍부하리라 쉽게 상상할 수 있습니다. 하지만 단순하고 소박한 행복감과 빌 게이츠의 행복감 사이의 질적 진폭이 우리가 생각보다 크지 않을지도 모릅니다. 인생 8,90년을 살고 갈 때의 의미는 결국 "만족과 기쁨을 느끼어 흐뭇함"의 기억과 추억을 자신 안에 얼마나 쌓았느냐에 달려 있다고 생각합니다. 그리고 여기서 제가 깨달은 것은, 제 글쓰기 동력이 얼마나 행복감을 취하느냐에 달려 있다는 점입니다. 감나무 밑에서 감이 떨어지기 기다리는 것이 아니라 스스로 자기 최면을 걸어야 합니다. 대단하지 않은 글을 쓰더라도 "만족과 기쁨을 느끼어 흐뭇함"을 자신의 몸으로 느껴야 합니다. 그 행복감을 얻기 위해서 타자기 앞에 앉아서 집중과 열정을 다해가면서 자신을 행복의 영역으로 몰아가야 합니다.

저는 행복이란 하늘에서 어느 날 그냥 떨어지는 복으로만 생각했습니다. 이제는 스스로 행복의 광산에 들어가서 곡괭이로 파야 한다는 것을 압니다. 무라카미 하루키 같은 전문 글쟁이도 새벽 네 시에 일어나 5,6시간 글 쓰고, 오후에는 운동하는 자신만의 '루틴Routine'을 반복하고, 몰입을 위해 스스로를 최면 상태로 만든다고 합니다. 다시 말해 그러한 '행복의 상태'로 가기 위한 수단으로 몰입이 있습니다. 비록 모자란 글쓰기 실력이라도 행복을 찾아가는 소중한 수단이자 과정입니다. 그 길을 향해 남은 인생 동안 뚜벅뚜벅 걸어가야 할 것 같습니다.

7. 아이들이 잘 빠지는 함정
반복과 직유, 그리고 접속사

제게는 손자 두 명과 손녀 두 명이 있습니다. 저는 남자 오형제 틈바구니에서 자라서인지 여자들의 생각을 잘 모릅니다. 제가 낳은 자식도 두 명다 남자여서 더욱 그렇습니다. 처음으로 손녀가 생겼고 마침 같은 또래의 손자들과 글쓰기를 하게 되었습니다. 자연히 두 그룹이 써내는 글을 보면서 비교하여 성별 간 차이를 느끼지 않을 수 없었습니다. 여자아이들은 역시 남자아이들보다 상상력이 뛰어났습니다. 남자아이들은 글이 무뚝뚝한 반면 여자아이들은 섬세하고 상상의 폭이 넓었습니다.

나중에 초등학교 고학년이 되니까 조금 나아졌지만 처음 초등학교 저학년에서 글짓기를 한 것을 보면 몇 가지 특징이 있었습니다. 그 가운데 가장 흔한 것이 단어의 반복이었습니다. 물론 그 나이에 생각의 폭이 넓을 수 없으니 이해는 됩니다. 예를 들어 '내가' 무엇을 어떻게 했다는 문장으로 시작했다면, 계속 '내가' 어쨌다고 하면서 주저리주저리 내용을 이어갑니다. 우선 시각적으로 같은 단어가 계속되면 지루하고 피곤하기도 합니다.

그 다음에는 직유법 즉 '~처럼', '~같이'가 또 주렁주렁 달립니다. 사실 직유는 같은 비유법 중에서도 천대를 받고 있습니다. 직유直喩라는 한문 단어는 '곧을 직', '깨우칠 유'자로 구성되어 있습니다. 반면에 은유隱喩는 '숨을 은', '깨우칠 유자'입니다. 즉 직유는 원관념과 보조관념을 직접적으로 연결합니다. 예를 들면 '무쇠처럼 단단한 주먹'이 그렇습니다. 무쇠와 주먹의 유사성이 너무 노골적으로 연결되니까 참신하지 않습니다. 은유는 원관념과 보조관념의 유사성이 너무 멀면 난해하지만, 그 거리가 난해를 넘어가는 경계에 있으면 신선하게 다가옵니다. 아이들이 이런 뜻을 알 리가 없겠고 단지 직접적으로 비교하는 것이 쉬우니 그런 습관을 붙였겠죠. 그럼에도 불구하고 직유를 사용하면 안 된다고 거의 강압적으로 전달했습니다. 말하자면 쉽게 '직유'로 가는 버릇을 끊기 위해서였습니다.

또한 아이들의 작문에서는 접속사가 유난히 눈에 띄었습니다. 접속사는 문장과 문장 또는 문장 가운데 두 성분들을 이어 주는 말입니다. 그 종류로는 여러 가지가 있겠지만 아이들이 특히 남발하는 접속사는 '그런데, 그래서, 때문에, 그리고'였습니다. 접속사를 많이 쓰면 글을 읽으면서 스스로 생각할 여유가 없어집니다. 그저 글쓴이의 생각대로 따라가게 마련입니다. 사실 문장과 문장 사이에 약간의 비약을 주어서 연결시킬 수만 있다면 글을 읽는 재미는 훨씬 나아집니다. 스스로 상상하고 논리를 전개하며 읽을 수 있기 때문입니다.

마지막으로 아이들에게는 단락을 짓는 일이 쉽지 않은 것 같습니다. 이건 초등학교 고학년과 중학교에 들어갔을 때의 일입니다(초등학교 저학년은 단락을 구분할 만큼의 원고량을 채울 수가 없습니다). 단락은 문단이라고도 하는데 글쓴이가 말하고자 하는 내용의 최소 단위라고 할 수 있습니다. 이렇게 표현한 단락은 한 문장으로 이루어질 수도 있고 또한 몇 개의 문장, 수많은 문장으로 구성될 수도 있습니다. 기술적으로는 그러한 단락이 완성되면 줄 바꾸기를 합니다. 아이들은 이러한 내용을 모르니까 제목을 주고 글을 쓰라고 하면 무조건 붙여서 씁니다. 물론 세월이 지나 소년에서 청년으로 성장하면 자연스럽게 배울 수 있는 부분이지만 어릴 때부터 단락이 무엇인지를 알아두는 것도 좋으리라 생각합니다.

반복되는 단어의 사용, 직유법의 남용, 접속사의 무분별한 사용, 단락 짓는 법 등을 글을 쓸 때마다 입이 닳도록 말했건만 어느 정도 교정하는 데만 꼬박 2년 정도 걸렸습니다. 어른에게는 별 것 아닌 것 같지만 아이들에게는 만만치 않은 과제였겠지요.

8. 꼬시기 작전

강권적인 할아버지의 사랑

아이들과 글쓰기로 씨름하면서 나름 갈등이 많았습니다. 저의 욕심만 앞세워 프리라이팅을 하라, 세잔이나 고흐의 그림을 보고 보이는 대로 써보라, 은유를 만들어라, 세 장면 쓰기를 하라고 했습니다. 일주일에 한 번씩하면서 처음에는 돈으로 꼬셔 보려고 저금통장에 글을 보내면 일정액의돈을 송금했습니다. 하지만 이것은 나중에 보니 별로 효과가 없었습니다. 자기들 손에 돈이 직접 들어오는 것도 아니고 초등학생의 신분으로 돈을가지고 제 마음대로 쓸 수 있는 것도 아니니까요. 아무튼 미끼 던지기는한 셈입니다.

"숙제가 많아요", "너무 어려워요" 하면서 숙제를 보내지 않으면 속이부글부글 끓었습니다. 그렇다고 거친 말을 하면서 책망할 수도 없었지요. 어떤 때는 마음을 먹고 토요일쯤 아내와 함께 서울로 올라갔습니다. 저녁에 근사한 음식점에 가서 불고기도 사주면서 손주들에게 알랑방귀를 뀌었습니다. 그러고 나면 애들도 양심이 있는지 한동안 제대로 글을 보내더군요. 초등학교 시절엔 공책에 글을 쓰면 엄마 아빠가 사진을 찍어 카톡으로보내 주었습니다. 그걸 제가 컴퓨터에 입력을 해서 강평을 하고 다시 엄마아빠에게 이메일로 보냈습니다.

처음에는 일주일에 한 번이었는데 너무 말을 듣지 않으니 할 수 없어서 2주에 한 번 보내라고 했습니다. 그것도 한동안 잘 진행이 되었지만, 약발이 떨어지면서 점점 한 달에 한 번으로 되고 그나마 쓰지 않고 버티는 녀석까지 나왔습니다. 그럴 때는 손주들에게 화를 낼 수도 없고, 애먼 아내에게 "내가 왜 이런 짓거리를 해야 하는 거지?" 불평불만을 늘어놓으면 아내는 저를 다독입니다. "이게 다 손주를 사랑하고 그들에게 유익한 가르침을 전하려는 것이니 너무 애쓰지 말아요." 아내는 서울에 가면 손주들에게 "이게 다 할아버지의 사랑인데, 이걸 안 하니 너희는 할아버지를 사랑하지 않는가 보다."라면서 그들을 설득했고, 아이들이 그건 아니라면서 다시 마음을 잡고 글을 보내왔습니다.

미국에 있는 손녀는 초등학교 저학년일 때는 한글을 그런대로 따라오더니 고학년이 되면서는 일상 회화는 가능하지만 한글의 고급 단어를 잘 이해하지 못하게 되었습니다. 하는 수 없이 제가 보낸 강평을 보고 아빠가 직접 설명을 해주고 있습니다. 사실 이 글쓰기를 하는 동안 손주들과 실랑이만 있던 것은 아닙니다. 두 아들과 며느리들도 마음고생을 했습니다. 특히 며느리들 입장에서는 시아버지가 저렇게 설쳐대니 자기들도 나 몰라라 할 수도 없고, 애들이 글쓰기를 하지 않으면 야단치면서 쓰라고 하지만 그 놈들은 또 요리조리 빼먹으니 중간에서 힘들었을 것입니다. 그것도 하루 이틀도 아니고 몇 년을 그러려니 보통 일은 아니었습니다. 글쓰기에 대한 선호도 각자가 다를 테지만 대놓고 시아버지에게 "저는 별로 할 생각이 없다"고 말하기도 어려웠을 것입니다.

한 번은 진짜 위기가 있었습니다. 큰손자와 어쩌다 전화가 연결되어 과제를 안 한 것을 이야기하다 보니 옆에 있었던 아들이 들었던 모양입니다. 아들이 갑자기 손자에게 큰 소리로 "야, 이 새끼야 내가 그렇게 시키는데도 하지 않냐" 버럭 소리를 질렀습니다. 저도 기분이 엄청 나빠져서 옆에 있는 아내에게 안 되겠다며 오늘부터 그만두자고 했습니다. 분위기가 심각해서인지 서로 더 이상 말하지 않았습니다. 사실 아들들과 며느리들의 스트레스도 엄청나기는 했습니다. 시아버지는 은근히 부담이 되지, 애들을 달래려고 "과제 다 하면 게임 보게 해주겠다"고 하는 것도 하루이틀이지 오죽했겠습니까. 아무튼 저도 마음을 추스르고 손주들이 하든 말든 나는 과제만 내주자고 스스로 타협을 했습니다.

그래도 처음에는 손주들이 공책에 쓰면 사진 찍어 카톡으로 열심히 보내주었습니다. 아내는 며느리와 전화할 때 기회가 있을 때마다 "너희들이 수고한다"고 격려하며 다독였습니다. 요즘은 애들이 커서 저와 직접 이메일을 주고받고 있으니 애들의 아빠 엄마는 부담이 덜하기는 하겠지요. 그런데 이놈들에게 문자로, 카톡으로 과제 보냈으니 글쓰기 보내라고 하면 "넵", 대답만 하고 함흥차사입니다. 그러면 제 속에서 또 갈등이 생겨 때려치우려고 하다가 이런 생각을 하게 됩니다. '아냐, 답이 있든 없든 나는 저들이 중3 될 때까지 하기로 했으니 과제를 보내는 거다. 내가 죽고 나면 그래도 내 마음을 알아줄 날이 오겠지'라고 저 자신을 합리화, 위로를 하고 추진하는 동력을 얻습니다.

솔직히 말해서 제가 하는 일이 딱히 옳은 것인지도 모르겠고 학교 수업이 우선인 마당에 이렇게 아이들에게 시간을 빼앗아도 되는 건지 자신이 없습니다. 그 시간에 영어, 수학 공부하는 것이 손주들의 장래에 보탬이 될 것도 같습니다. 글쓰기는 스스로 재미를 느끼며 달려들어야 하는데, 할아버지라는 권위에 눌려 강제로 '공부를 당하는 것'이 정당한지 의문도 듭니다. 다만 글쓰기는 결국 자신의 마음을 정리하고 사고를 깊이 하는 길이라고 믿기 때문에, 지금은 부담이 되겠지만 손주에게 사랑을 전하는 저만의 방법이라 스스로 위안을 삼습니다.

9. 순유, 순규, 서윤, 서우와의 설문조사

손주들이 서울에서 제 시골집으로 왔을 때입니다. 아이들과 글쓰기 공부하기가 쉽지 않았는데요. 특히 중학생 손주는 과제를 하라고 애걸복걸해도 "네" 하고는 거들떠보지도 않았습니다. 밑에 있는 초등 6년생 녀석도 덩달아 "자기도 별로 생각이 없다"고 안면을 꼬불치고 있습니다. 그렇다고 회초리 들고 종아리를 때릴 수도 없는 노릇이고요. 아이들이 온 김에 얘들이 도대체 글쓰기에 대해 어떤 생각을 가지고 있는지 알고 싶어 어설프지만 설문지를 만들어 주었습니다. 대답은 잘 했네요.

[인터뷰이]

- 김순유/중학교 2학년
- 김순규/초등학교 6학년
- 김서윤/중학교 1학년
- 김서우/초등학교 3학년

[날짜]

- 2022.1.1. 토요일

1 글쓰기는 언제 시작했나요?

유: 초등학교 2학년.

규: 초등학교 2학년(아마도).

윤: 유치원.

우: 모르겠다.

2 처음 시작할 때 어떤 생각이 들었나요?

유: 하기 싫었던 것 같다.

규: 내가 이걸 왜 하지?

윤: 학교와 글쓰기에 매우 도움이 된다고 느꼈다. 좀 더 묘사하는데 도움이 되었다.

우: 기분이 좋았다.

3 하면서 제일 좋았던 점은 무엇이었나요?

유: 은유는 할 만했다.

규: 은유가 그나마 좋았다.

윤: 숙제의 가장 좋은 점은 틀에서 벗어난 생각을 할 수 있는 방법이었고 그것은 여전히 의미가 있다.

우: 학교에서 글쓰기 하는 데 도움이 되었다.

4 하면서 제일 싫었던 점은 무엇이었나요?

유: 글쓰기가 너무 귀찮았다.

규: 글쓰기.

윤: 숙제를 하는 데 시간이 걸렸다.

우: 시간이 너무 걸렸다.

5 하면서 제일 어려웠던 점은 무엇이었나요?

유: 글쓰기 구상하는 게 어려웠다.

규: 글쓰기.

윤: 메타포를 스토리와 연관시키는 것이었다.

우: 은유 만들기.

6 결과적으로 자신에게 글쓰기 실력에 도움이 되었다고 생각하나요? 아니면 별로 효과가 없다고 생각하나요?

유: 도움이 된 것 같다.

규: 도움이 되었다고 생각한다.

윤: 예, 다른 학생들보다 더 창의적이고 새로운 세상을 열어주었다.

우: 예.

7 지나고 나니 이런 연습이 필요하다고 생각하나요?

유: 네.

규: 조금.

윤: 메타포는 이야기와 연결되어야 한다.

우: 은유 문장 만들기.

8 제일 처음 글쓰기는 어떤 것으로부터 시작했나요?

유: 프리라이팅.

규: 기억 안 난다.

윤: 엄마는 추상적인 미술 사진을 골랐고 나는 은유로 그림을 묘사했다.

우: 두 단어로 메타포 문장 만들기.

9 프리라이팅을 할 때 어려웠던 점은 무엇이었나요?

유: 쓸 게 없었다.

규: 접속사를 줄이는 것.

윤: 메타포를 이야기에 연결시키는 것이다.

(메타포가 이야기 속에서 통일성을 가지게 하라고 지적 받았던 일을 말하는 것 같음)

우: 아이디어를 얻는 것이었다.

10 그림 보고 글쓰기, 프리라이팅, 은유, 세 장면 쓰기, 브레인 스토밍 등 중에서 본인이 생각하기에 자신에게 가장 적절한, 혹은 좋은 방법은 어떤 것이라고 생각하나요?

유: 은유, 세 장면 쓰기, 브레인 스토밍.

규: 브레인 스토밍.

윤: 나는 문장 은유를 좋아한다. 왜냐하면 창조적인 것을 쓸 수 있다.

우: 프리라이팅.

11 『의사 할아버지가 손주에게 가르치는 글쓰기』라는 책을 낸다면 자신의 글을 게재해도 좋은가요?

유: 네.

규: 네.

윤: 네.

우: 네.

12 글쓰기에서 어려웠던 점은 무엇인가요?

유: ① 그림 보고 글쓰기: 소재는 적은데 길게 써야 하니까 너무 자세히 쓴 것 같다.

② 프리 라이팅: 너무 쓸 게 없었다.

③ 은유 만들기: 추상명사로 은유를 쓰는 게 조금 어려웠다.

④ 세 장면 쓰기: 세 장면으로 나눠서 은유를 많이 사용해 길게 쓰는 게 어려웠다.

⑤ 그림 보고 시 쓰기: 말도 안 되는 걸 생각하는 게 어려웠다.

⑥ 브레인 스토밍: 딱히 어렵지 않았던 것 같다.

⑦ 종합명제: 난이도는 은유와 비슷했다.

규: ① 그림 보고 글쓰기: 접속사 줄이기.

② 프리라이팅: 접속사 줄이기.

③ 은유 만들기: 말도 안 되는 소리 쓰기.

④ 세 장면 쓰기: 은유를 집어넣기.

⑤ 그림 보고 시 쓰기: 딱히 어려운 것은 없었다.

⑥ 브레인 스토밍: 아이디어 많이 쓰기.

⑦ 종합명제: 이미 제시된 문장이 무슨 뜻인지 몰라서 어떤 식으로 나아가야 할지 모르겠다.

윤: ① 그림 보고 글쓰기: 그림 보고 묘사했는데 메타포가 바닥이 났을 때.

② 프리라이팅: 은유를 주제에 연결시킬 때(즉, 은유가 주제에서 벗어났을 때).

③ 은유 만들기: 힘들지 않았다.

④ 세 장면 쓰기: 각 단계에 대해 많은 것을 설명해야 했다.

⑤ 그림 보고 시 쓰기: 각각의 은유들은 서로 연결되어야 했다(통일성을 이루어야 했다).

⑥ 브레인 스토밍: 비유를 너무 많이 써서 결말이 흐릿했다.

⑦ 종합명제:

우: ① 그림 보고 글쓰기: 많은 이야기들.

② 프리라이팅: 아이디어 얻는 것.

③ 은유 만들기: 어렵지 않았다.

④ 세 장면 쓰기:

⑤ 그림 보고 시 쓰기:

⑥ 브레인 스토밍:

⑦ 종합명제:

13 그 외 하고 싶은 말이 있으면 자유롭게 말해주세요. 수고했습니다.

유: 되도록 종합명제로 많이 내 주세요.

규: 없다.

윤: 할아버지 사랑해요, 할아버지 최고.

우: 이런 글쓰기를 하게 해주셔서 감사하다. 왜냐하면 학교에서 글쓰기 하는데 도움이 되기 때문이다.

2

상상과 발견은
창조의 기쁨이다

1. 은유는 몽상하는 촛불이다
존재의 의미를 새롭게 창조하는 가장 본질적 방법

오랫동안 글쓰기에 대해 관심을 가져왔지만 제가 은유에 대해 본격적으로 알아본 것은 비교적 최근입니다. 대학 시절 시창작 동아리에 들어가서 시를 써도 그저 시적 분위기를 전달했을 뿐, 실제로 은유라는 수사법을 알고 적용하지는 못했지요. 2001년 인터넷 시창작 교실에 들어가서 시를 배웠고, 2004년에 『모호한 중심』이란 시집을 출간했을 당시에도 그저 배운 대로 흉내를 내었지 실제 '이것은 은유이다'라고 의식하면서 시를 쓴 적은 거의 없었습니다. 물론 은유법이 "원관념 A와 보조관념 B 사이의 유사성을 발견하여 새로운 의미를 만들어낸다."는 원리 정도는 알고 있었지만요.

희랍어로 'metaphor'는 '넘어'라는 의미의 'meta'와 '가져가다'라는 의미의 'pherein'에서 나왔다고 합니다. 이는 원관념 A를 '넘어서' 보조관념 B로 '가져간다'라는 말이 됩니다. 즉 메타포는 A에서 B를 향해 '넘어 가져가서' 새로운 의미와 이미지를 창출합니다. 다시 말해 은유는 상상과 새로운 발견으로 이어지는 사유와 이미지의 확장을 가져옵니다. 따라서 은유를 많이 사용하는 시는 해석하기 어렵습니다. 하지만 은유의 비의秘意를 알았을 때 읽는 이의 기쁨과 미적 쾌감은 남다를 것입니다. 시뿐만 아니라 일반 산문에도 은유를 자유자재로 구사할 수 있다면 글의 깊이와 품격이 완전히 달라진다고 생각합니다. 시(문학)가 언어적 상상력을 기본으로 요구한다면, 은유야말로 글쓰는 이가 사물의 본질을 파악하는 데 가장 요긴한 도구라고 할 수 있습니다.

　제가 은유에 대해 눈을 뜨게 도와준 책 두 권이 있습니다. 하나는 엄경희 교수의 『은유』였고 다른 하나는 빌 루어바흐・크리스틴 케클러의 『내 삶의 글쓰기』였습니다. 엄경희 교수의 『은유』를 읽으면서 컬럼버스가 신대륙을 발견한 것과 같은 새로운 지평이 저에게 열렸습니다. 그것은 은유에는 유사성을 축으로 한 은유만 있는 것이 아니라 차이성을 축으로 한 은유도 있다는 사실이었습니다. 그 유명한 김동명의 시의 구절을 갖고 차이성을 축으로 한 은유를 만든다면 이런 식이 됩니다. "내 마음은 호수의 문을 가만히 흔들었다." 즉 원관념 A(내 마음)의 층위와 보조관념 B(호수)의 층위의 차이를 그래도 유지하면서 두 관념을 연결함으로써 새로운 의미와 이미지를 만들어냅니다. 제 손자에게 원관념 A(목소리)와 보조관념 B(개구리)를 가지고 은유를 만들어보라고 하니까 '떨리는 목소리는 개구리 입에서 산다'라고 했습니다. 이 문장은 '목소리'라는 층위와 '개구리'라는 층위에서 유사성보다는 차이성을 보여주고 있습니다.

　빌 루어바흐・크리스틴 케클러의 『내 삶의 글쓰기』에는 은유를 훈련하는 방법이 나옵니다. 그것도 한 페이지 정도 잠깐 예를 보였습니다. 「은유를 만드는 간단한 방법」에서 예를 들어 A의 항목에는 '이혼, 건강, 어린 시절, 진실, 과학, 욕구, 음악, 질투, 광기, 승리, 영감' 등의 단어가, 그리고 B의 항목에는 '쇠스랑, 나뭇잎, 덴마크인, 연못, 풍선, 샴푸, 구두 밑창, 우편

함, 향수, 공기, 키스' 등의 단어가 있었습니다. 즉 A항목의 단어와 B항목의 단어를 연결하여 문장을 만들라는 것입니다. 가장 기본적으로는 "음악은 키스다."라는 식으로 만들지만 B항의 단어를 동사로 만들 수도 있다고 했습니다. 가령 "음악이 키스한다." 같은 식입니다. 이 책은 2011년에 처음 읽었는데 당시엔 이런 식의 은유 만들기에 대해서 큰 신경을 쓰지 않았습니다. 개인적으로 작시를 할 때는 은유를 구사하려고 애를 썼지만 잘 되지 않아 재능이 없다는 생각만 들었습니다. '너무 늦은 나이는 순발력을 요구하는 이런 기술을 감당하기에는 어렵구나' 하면서 자격지심을 가지기도 했죠. 그런 와중에 손주들에게 어릴 때부터 이런 '은유 만들기'를 훈련시키면 나중에 성인이 되어 저와 같은 꼴은 되지 않을 것이란 생각이 들었습니다. 그러자 옛날에 읽었던 『내 삶의 글쓰기』의 「은유를 만드는 간단한 방법」이 떠올랐습니다. A항목의 '이혼'과 B항목의 '쇠스랑'을 가지가 은유를 만들어 보았습니다. "이혼에는 쇠스랑 소리가 난다."

그리하여 2018년 1월 6일부터 제가 만든 방식의 은유 만들기 연습을 손주들에게 훈련하기 시작했습니다. 『내 삶의 글쓰기』에서는 A항이 추상명사이고 B항이 구체적 사물명사이지만 저는 A,B 둘 다 구체적 사물명사를 사용했습니다. 2018년 1월 6일 당시의 과제를 다시 찾아봤습니다. A항목은 '궁전, 넓은 도로, 골목길, 황금, 시장'이었고 B항목은 '탁 트인 하늘, 뜨거운 햇볕, 소낙비, 비바람, 담벽 틈새'였습니다.

처음에는 아이들의 문장을 보면 대부분이 묘사(심상)의 문장이 아니라 진술이었습니다. 예를 들면 이렇습니다. "궁전에서 탁 트인 하늘을 바라본다. 궁전에 올라 뜨거운 햇볕을 쬐었다. 궁전이 소낙비에 흔들리고 있다."

그렇지만 1,2년이 지나면서 저보다도 신선한 은유의 문장을 지어내게 되었습니다. 가장 최근인 2022년 2월 14일의 과제는 A항목은 '몰티즈, 신발, 상처, 마스크'이었고 B항목은 '문화, 통일성, 질서, 균형'이었습니다. 손자가 보내온 은유 만들기는 이랬습니다. "마스크는 문화의 수호자이다. 마스크가 통일성을 덮었더니 변종 코로나가 나타났다. 마스크는 어쩌다가 질서의 아버지가 되었다. 마스크가 균형을 째려봤더니 가면이 되었다."

크게 기대하지 않았던 저도 무척 놀랐습니다. 이것이 어쩌면 이 책을 쓰려고 마음먹은 동인動因일지도 모르겠습니다. 제가 손자들에게 편지를 쓸 때면 – 2019년 4월부터 시작하여 매달 한 번씩 손주들에게 편지를 써오고 있습니다 – "너희들에게 은유를 가르치면서 내가 오히려 은유에 대해 배우게 되어 고맙게 생각한다."고 말하곤 합니다.

2. '말도 안 되는 소리' 하기
밑져야 본전이다

큰 손자가 이제 중학교 3학년이 되었습니다. 그 밑으로 중학교 1학년 두명, 막내가 초등학교 3학년입니다. 한국과 미국의 학제가 다르기 때문입니다. 미국은 유치원 1년, 초등학교 5년을 마치고 중학교 1학년이 됩니다. 게다가 미국은 학기 시작이 9월입니다. 원래 순규, 서윤이는 두 살 차이인데 중학생이 되다 보니 같은 중학교 1학년이 되었습니다.

2018년 1월부터 본격적으로 '은유 만들기' 훈련을 시작했습니다. 저는 글쓰기 전문가가 아닙니다. 다만 글쓰기에 관심이 많아서 관련 책을 조금 많이 읽었을 뿐입니다. 글쓰기 방법은 여러 가지가 있을 것입니다. '브런치' 같은 글쓰기 플랫폼에서도 문장은 글 읽는 사람에게 잘 전달하기 위해 간단명료해야 한다는 말을 많이 듣습니다. 저는 거기에 대해 조금 다른 생각을 가지고 있습니다. 간단명료한 문장은 논리적 글쓰기, 예를 들어 자기계발서나, 보고서, 혹은 자기 소개서 같은 경우에 해당됩니다. 문학적 글쓰기는 기본적으로 상상에 근거하므로 간단명료한 것이 아니라 애매모호합니다. 그래야만 다의성을 갖게 되고 읽는 사람마다 그 문장의 느낌이 다릅니다.

그러한 문장을 만드는 데는 진술보다는 심상적 묘사 즉 은유가 가장 적합하다고 생각합니다. 문학적 글쓰기에서 은유의 역할이 지대하다고 생각했기에, 손주들에게 어릴 때부터 그런 훈련을 시키고 싶다는 욕심에서 시작한 겁니다.

당시 제일 큰 놈이 초등학교 5학년이었고 그 밑으로 더 어린 손주들을 데리고 은유에 대해 설명하는 것은 쉽지 않았습니다. 그들에게 '원관념'이나 '보조관념'을 설명할 수도 없었습니다. 2016년 1월 6월 토요일 드디어 처음으로 문제를 내었습니다. A항에는 '궁전, 넓은 도로, 골목길, 황금, 시장'이 있고 B항에는 '탁 트인 하늘, 뜨거운 햇빛, 소낙비, 비바람, 담벽 틈새'가 있습니다. A항의 단어와 B항의 단어를 연결해서 문장을 만들어보라고 했습니다. 아이들도 처음에는 은유의 문장을 어떻게 만들지 감이 안 잡히는 모양이었습니다. 궁여지책으로 이렇게 말했습니다. "두 단어를 가지고 보통 생각할 수 있는 것이 아니라 아주 새로운 발상으로 문장을 만들어 봐라." 애들을 데리고 두 단어 사이의 유사성이니 차이성을 말할 수 없었던 것입니다. 단지 실제 문장을 가지고 지적하는 수밖에 없었습니다. A항과 B항의 단어를 가지고 그들이 만든 문장들의 예를 들어 보겠습니다.

궁전에서 탁 트인 하늘을 바라본다.
넓은 도로가 뜨거운 햇볕에 뜨거워지고 있다.
골목길에 비바람 때문에 사람이 한 명도 없다.
황금이 뜨거운 햇볕을 반사시킨다.
시장에 소낙비가 와서 사람들이 피한다.

이런 문장들은 진술입니다. 아이들에게 이렇게 말이 되는 글을 쓰지 말고, '말이 안 되는 글'을 써보라 했습니다. 그렇게밖에 설명할 도리가 없었지요. 그들도 알아들었는지 평범한 진술 가운데서 가끔 은유가 튀어나오기 시작했습니다.

궁전이 탁 트인 하늘 아래 심심하게 앉아 있다.
넓은 도로가 소낙비에 홀랑 젖어서 슬퍼한다.
골목길이 뜨거운 햇볕이 너무 뜨거워서 절교를 했다.
황금이 뜨거운 햇볕에 화상을 입었다.
시장이 뜨거운 햇볕 때문에 장사가 안 되어서 싫어하고 있다.

처음에는 아이들도 명확히 어떤 개념을 이해한 것이 아니라 실제 문장을 만들어 보고는 '이런 식으로 하는구나' 하는 느낌에 따라 문장을 만들더군요. 제가 '은유 만들기' 과제를 내어주면 애들은 "할아버지, '말도 안 되는 소리'를 쓰면 되지요?" 묻습니다. "그래 맞아 바로 그거야." 제가 맞장구칩니다.

'말도 안 되는 소리' 하기에는 몇 가지 장점이 있다고 생각합니다. 첫째는 실패에 대한 두려움을 없애줍니다. 왜냐하면 어차피 말도 안 되는 소리를 한다고 자신에게 다짐을 했으니까 실패해도 밑져야 본전입니다. 둘째는 역발상을 일으키고 굳어진 사고의 틀을 깹니다. 셋째는 상상력이 풍부한 글로 이어집니다.

제가 정말 놀란 점은 아이들의 생각이 가진 순수함입니다. 유연성이 저

같은 늙은이와는 비교가 되지 않습니다. 어떻게 저런 문장을 만들어냈지 하는 감탄을 한 적이 한두 번이 아닙니다. 이런 시도가 과연 저 아이들이 성인이 되었을 때 어떤 결과를 가져올지는 잘은 모르겠습니다. 아마도 그때는 제가 이 세상 사람이 아니니 확인할 도리도 없을 것 같습니다. 다만 이것도 어쩌면 어릴 때 피아노나 바이올린 교육을 시키는 것과 같지 않을까 하는 막연한 생각으로 좋은 결과를 기대할 뿐입니다.

3. 지상렬 식으로 글쓰기
종합명제 연습하기

김상환 교수는 『왜 칸트인가』에서 칸트는 인간의 마음은 감성과 상상력
과 지성 그리고 이성의 네 부분으로 이루어졌다고 말했습니다. 감성은 물
자체物自體에 의해 촉발된 자극을 직관으로 받아들이는 능력으로서 시간과
공간의 전제하에 성립됩니다. 지성은 감성이 받아들인 잡다한 내용을 선
험적으로 우리의 정신에 주어진 형식, 즉 12가지의 범주(양, 질, 관계, 양태의 범
주와 그 각각의 아래에 3개씩 더 있음)에 의해 인식하는 능력을 말합니다. 그리고
직관을 통해 들어온 감성의 내용을 특정한 형식, 즉 12가지 범주를 가지고
인식하게 될 때 감성과 지성이 잘 결합할 수 있도록 매개자의 역할을 하는
것이 상상력이라고 합니다. 이성은 지성이 인식한 것을 체계화하여 추론
하는 능력입니다. 이성이 수렴되는 세 가지의 이념이 영혼, 우주, 신이라
고 합니다.

이러한 의식을 가진 인간이 어떤 판단과 인식을 얻기 위해 사유를 할 때
흔히 명제를 말합니다. 이때 명제命題/proposition 란 논리학에서 진위眞僞를 물
어보는 뜻이 담긴 것을 의미합니다. 분석명제analytic proposition는 분석 판단
을 내용으로 하는 명제이고, 종합명제synthetic proposition는 칸트 철학에서, 종
합 판단을 명제로서 표현한 것이라고 합니다.

갑자기 "은유는 몽상하는 촛불이다" 하면서 웬 생뚱맞은 명제 운운하느냐고 물을지도 모르겠습니다. 저 자신도 처음에는 이것이 무슨 의미인 줄 알아차리지 못했습니다. 그러나 최근에 이 '종합명제'가 은유의 또 다른 표현이라는 것을 깨달았습니다. 『왜 칸트인가』에서 김상환 교수의 말을 길지만 인용해보겠습니다.

칸트 이전까지는 명제를 분석명제와 종합명제로 나누었다. 분석명제에서는 술어에 해당하는 속성이 주어에 이미 포함되어 있다. … 예를 들어 '삼각형은 세 변을 가진다' 또는 '삼각형은 넓이를 지닌다' 같은 명제를 보자. 여기서 술어인 '세 변'과 '넓이'는 모두 주어인 삼각형의 정의 속에 함축되어 있다. 이런 명제는 결코 틀릴 수 없다. 언제나 보편적이고 필연적이다. … 새로운 내용의 확장은 가져오지 못한다.

우리가 평상시에 사용하는 문장들이 대부분 칸트가 말한 '분석명제'입니다. 주어의 속성을 가진 술어로 말하기 때문에 우리가 받아들이는 데는 아무런 논리적 모순이 없습니다. 따라서 우리는 그야말로 술술 이해합니다. 반면에 종합명제는 그렇지 않습니다. 다시 인용해 보겠습니다.

이와 달리 종합명제에서는 주어에 없는 속성이 술어에 의해 덧붙여진다. '이 삼각형은 금으로 만들어져 있다', '저 삼각형은 초록이다' 같은 명제를 보자. 여기서는 술어에 있는 '금'이나 '초록'은 삼각형의 정의에 없는 요소다. 삼각형 자체와 무관한 경험적 사실이 계사('~ 이다')에 의해 주어에 결합된다. 이런 명제는 분석명제와 달리 내용의 확장을 가져온다. 그러나 이런 궁극적인 역할에도 불구하고 종합명제는 보편적이지도 필연적이지도 않다. 다만 개연적이며, 그래서 언제나 오류 가능성에 빠질 위험이 있다.

종합명제에서는 주어에 없는 속성을 가지고 술어로 덧붙여지기 때문에 우리는 듣는 순간 금방 이해할 수 없습니다. 잠시 왜 그런지 숙고해 보아야 합니다. 여기가 바로 메타포의 비밀이 숨어 있습니다. 분석명제는 대부분 진술일 것입니다. 틀릴 수가 없습니다. 보편적이고 필연적입니다. 반면에 종합명제는 대부분 차이성을 축으로 한 은유입니다. 보편적이거나 필연적이지 않습니다.

마침 엄경희 교수는 『은유』에서 제가 말한 '종합명제'를 설명하고 있습니다. 엄경희 교수는 물론 '주어의 속성'이라는 말 대신에 '선택 제약'이라는 말을 사용합니다. 강은교 시인의 〈자전自轉 I〉이라는 시를 예로 듭니다.

그 문장들은 주로 '선택 제약'을 벗어난 문장 형태로 이루어져 있다. 즉 문장을 구성하는 어휘 항목 가운데 함께 쓰일 수 없는 경우가 있는데 이를 함께 묶어놓으면 규범문법 구조로부터 일탈하게 된다. 이 같은 문장을 찾아보자.

- 빈 뜰이 넘어진다
- 사람은 혼자 펄럭인다.
- 햇빛이 도시를 끌고 간다.
- 여자들은 떨어져 쌓인다.
- 집이 흐느낀다.

• 일평생一平生이 낙과落果처럼 흔들린다.

이 문장들은 주어와 술어가 선택 제약을 벗어난 채 연결되어 있다. '주어에 맞지 않는 동사'가 한 문장 안에 결합되어 있는 것이다. 이처럼 선택 제약을 벗어난 주어와 술어는 서로 층위가 어긋난 경우로 대부분 주어를 다른 층위로 옮겨놓는 은유의 형태가 된다.

신기하게도 위의 문장들은 김상환 교수가 앞에서 말한 종합명제의 문장들과 구조가 같습니다. 주어의 속성이 아닌, 엄경희 교수 식으로 말한다면 주어의 '선택 제약'을 벗어난 술어로 문장을 구성하고 있습니다.

개그맨 중에 지상렬이라는 분이 있습니다. 그의 언술이 독특하여 동료 연예인들이 그를 '언어의 연금술사'라고 말합니다. 그가 나오는 티비 혹은 유튜브를 보면 그의 언술에 같이 출연한 분들이 놀라면서도 대단히 즐거워합니다. 그의 언술이 바로 여기서 말하는 종합명제에 속합니다. 동료들은 당연히 지상렬이 말한 주어에 대해 주어의 속성을 가진 술어로 말하리라고 무의식 중에 기대하고 있는데 주어의 속성에 전혀 속하지 않는 술어를 풀어놓기 때문에 놀라기도 하면서 박장대소를 합니다. 예를 들면 이렇습니다. "구라도 마일리지가 이제 53살 아니에요.", "상 받고 나니 입에 근력이 많이 생겼어.", "옷걸이 좀 건들지 말라고.", "혈압이 장난 아니야 지금 마운틴이야.", "너 오늘 목젖으로 타종 좀 한다.", "너가 왜 내 인생에 깜박이 켜고 들어와?", "나 덤프로 살았다.", "셋바닥 열중 쉿." 개그인 탓에 조금은 과도한 문장이기도 하지만 기본적으로는 종합명제에 충실하다고 봅니다.

우리는 글을 쓰려고 – 물론 모든 문장을 이렇게 쓴다는 것은 아닙니다만 - 주어를 잡으면 특별히 신경을 쓰지 않는 한 '분석명제' 식으로 나아갑니다. 즉 주어의 속성에 있는 술어로 문장을 구성합니다. 하지만 '종합명제'를 지향하거나 지상렬 식의 언사를 구사하려면, 주어가 주어졌으면 주어의 속성이 아닌, 즉 주어에 맞지 않는 동사를 갖다 붙여야 합니다.

문제는 이때 지상렬처럼 순발력 좋게 완성하면 좋은데 저처럼 둔하면 시간을 투자해서 머리를 짜내어야 합니다. 이런 종합명제를 손주에게 훈련시키려고 김훈의 『연필로 쓰기』에 나오는 은유 문장을 골라서 문제를 내었지만 손주가 잘 따라주지 못해 소기의 성과는 없었습니다. 다음은 손주가 종합명제 연습을 한 예입니다.

1. 연필은 _____ .
   → 똥싸개이다.

2. 여름에 빛나는 꽃일수록, 가을에는 _____ .
   → 안개가 된다.

3. 무너져서 결실을 이루니, 무너짐과 피어남이 _____ .
   → 서로 절친이다.

4. 가까이 가서 들여다보면 이 혼백(억새의) 안에 가을빛이 _____ .
   → 춤을 춘다.

5. 억새가 가진 것은 _____ .
   → 인내뿐이다.

6. 작은 꽃씨 하나가 _____ .
   → 하늘을 반으로 갈랐다.

7. 가을 잠자리는 내려앉은 채 바람에 흔들리는데, 가을빛이 _____.

 → 잠자리의 균형이 되어주었다.

8. 가을 매미는 _____.

 → 소리주머니가 도망쳤다.

9. 내가 15년을 살면서 눈 똥의 질감과 표정은 _____.

 → 변덕스럽다.

10. 창자 속의 풍경이 _____.

 → 나를 미로로 데려가 주었다.

11. 똥의 모양새는 _____.

 → 키가 컸다 작아졌다 뚱뚱해졌다 말라졌다 한다.

12. 간밤에 마구 지껄였던 그 공허한 말들의 파편도 덜 썩은 똥 속에

 _____. → 쿨쿨 자고 있다.

종합명제의 구사, 즉 지상렬 식 글쓰기는 매력적입니다. 지상렬은 주어가 주어지면 주어의 속성이 아닌 술어를 능숙하게 사용하니까 듣는 사람에게 그 내용이 충격적이고 신선하게 들립니다. 이런 식의 글쓰기를 한다면 주위의 친구들이 모두 지상렬의 말에 반전을 느끼며 좋아하듯이 사람들의 공감을 얻을 수 있다는 증거가 됩니다. 다만 지상렬은 그 방면에 타고난 재능이 있는 것입니다. 그렇지 않은 사람은 역시 연습을 해야 하는데, 쉽지만은 않죠.

4. 세 장면 쓰기
자판기에서 뽑아 마시는 커피 한 잔에도 세밀묘사가 있다

'세 장면 쓰기'는 공식적인 용어가 아닙니다. 제가 만들어낸 말인데 거기에는 이유가 있습니다. 10년도 더 오래 전, 노트북에 저장해 놓았는데 그걸 까맣게 잊고 있다가 우연히 보게 되었습니다. 거기에는 장은수라는 분이 말했다고 적혀 있었습니다. 하지만 인터넷으로 검색해 보아도 어떤 분인지 정확히 알 수가 없었습니다. 제 노트북에 저장된 것은 아래와 같습니다.

  1) 그는 동전을 넣는다 → 5백 원짜리 은화가 반짝이는 것을 보면서 그는 반짝이는 강물을 갑자기 생각했다. 스릿slit으로 된 구멍의 안쪽이 무한히 넓은 어둠이라는 것을 느끼면서 그는 동전을 살며시 집어넣었다.
  2) 스위치를 누른다 → 블랙과 밀크와 여러 가지 메뉴가 갑자기 어른거리는 복권 돌리기판처럼 윙윙 돌아가는 어지러움을 느꼈다. 어느 것을 눌러야 할지 모르겠다는 망설임과 곤혹감이 흘깃 지나갔다. 사는 것은 이렇게 형편없는 선택의 연속일지도 모른다는 생각이 떠올랐다.
  3) 플라스틱 뚜껑을 열고 컵을 뽑아든다 → 김이 모락모락 나는 3백 원짜리 커피도 기다려야 한다. 모든 것이 찰 때까지. 천천히 무슨 판결문을 읽듯 뽑아들고 코앞을 지나가는 향기를 읽었다. 싸구려 커피도 어떤 고급 커피처럼

품위를 느낀다. 반환 레버를 당기면 잔돈 떨어지는 소리가 커피 값에 비해 엄청나게 크게 들린다.

4) 커피를 마신다 → 입속으로 퍼져가는 커피향과 푸름의 배합이 뇌수의 어디를 흔들어 놓는다.

말하자면 '그는 자판기에서 커피를 뽑아 마신다'는 단순한 문장을 세 가지 혹은 네 가지로 세분하여 묘사하는 것입니다. 이 글을 보자 제 머릿속에 어떤 영감이 스쳐지나갔습니다. '그래, 이런 식으로 문장을 만드는 연습을 해보자.' 그리고 당장 손주들에게 과제를 주기 시작했습니다. 설명을 충분히 해주었지만 막상 아이들은 잘 이해를 못하더군요. 따라서 '세 장면'을 쓰는 데 의도했던 만큼 잘 따라오지는 못했습니다. 물론 '세 장면'은 '네 장면' 혹은 '다섯 장면', 그 이상으로 쓸 수도 있습니다. 저 역시 실제로 많이는 해보지 않았지만 연습해 보았습니다. 예를 들면 이렇습니다. '진료실 문을 열다'라는 단순한 문장을 세 장면으로 나누어 세밀하게 묘사해 보는 것입니다.

1) 진료실 문 앞에서 그는 반짝이는 비닐 속 "진료 중에는 휴대폰을 진동으로"라는 글귀가 적힌 문구 옆 입이 째지게 미소 짓는 아이콘을 보면서 저렇게까지 웃어야 할까 하는 생각을 했다. 은빛 손잡이가 가로로 놓여서 가로막았다. 자신이 숨겨 놓은 비밀을 알려면 자신을 비틀라고 하는 것 같았다.

2) 천천히 지긋이 돌리면서 손잡이로부터 전해져 오는 쇠붙이의 차가움을 느끼면서 문을 열었다. 백 미터 달리기의 출발선상에서 긴장하여 엉덩이를 치켜든 선수들처럼 방안의 공기는 나를 밀치고 앞으로 나갔다. 밤새 그런 자세로 땀을 흘리고 있었는지 퀴퀴한 땀 냄새가 코끝을 휙 지나갔다.

3) 문은 천천히 닫고는 방안을 공기가 빠져나간 허공을 헤치면서 나갔다. 책상 위의 침묵이 나를 기다렸다. 나는 천천히 어깨에 멘 가방을 책 선반에 있는 공간에 내려놓고 의자에 앉았다. 아무도 없는 시공간에 내가 들어서니 침묵이 깨졌다. 컴퓨터에 스위치를 넣으니 화면에 파란색 화면이 떠오르고 모든 것이 바빠졌다.

이런 연습을 하다보니 '세 장면 쓰기'의 좋은 점을 알게 되었습니다. 묘사가 디테일해 진다는 점이 있습니다. 이것은 좀 더 극대화되면 어쩌면 의식의 흐름을 쓰는 것이 아닌가, 하는 생각도 들었습니다. 다른 하나는 모자란 원고량을 수월하게 채울 수 있겠다는 생각이 들었습니다. 그러나 이것에 너무 의존하면 글의 진도가 나가지 않을 가능성이 있습니다. 디테일한 묘사에 집중하다 보면 시간적으로 사건의 전개가 나아가지 않아 지루할 수 있습니다. 그럼에도 불구하고 제 생각에는 이런 방식의 글쓰기도 유용한 수단이 될 수 있겠다 싶습니다.

5. 그림 보고 보이는 대로 글쓰기
관찰하고 나서 설명하지 말라

감성이란 자극을 느끼는 성질인데 우리 인간에게는 대체로 다섯 가지가 있다고 알고 있습니다. 시각과 청각, 미각과 후각 그리고 촉각입니다. 이들 감성은 칸트에 의하면 '시간과 공간의 전제 하에서만 우리가 인식할 수 있다'고 했습니다. 시각, 청각, 미각, 후각, 촉각의 감각기관을 통해 머릿속에 들어온 자극은 대뇌피질의 후두엽, 측두엽, 두정엽 등에서 수용되어 인식하게 됩니다.

글이란 생각이나 사물 등의 내용을 글자로 나타내는 것이라고 할 수 있습니다. 우리가 어떤 대상을 글로 표현할 때, 가장 이성적으로 수긍하기 쉬운 것이 논리적인 글입니다. 그것은 인과율에 들어맞습니다. '1+1=2'라는 식으로 아무런 상상도 갈등도 느낄 수 없습니다. 이런 식의 글의 대표적인 것이 과학 논문이라고 할 수 있습니다. 그러나 문학적인 글은 대상을 통해 들어온 자극(감성)이 상상을 통해 지성과 만날 때 칸트에 의하면 심미적 판단을 일으켜 미적 쾌감을 누리게 됩니다. 다시 말해 상상이 필요한 것입니다. 논리적인 글로는 이런 상상을 만들기 어렵습니다. 저는 은유야말로 가장 인간의 상상을 만들어내기에 효과적인 도구라고 생각합니다.

한편 문학적 글쓰기에서 가장 중요한 것은 이미지라 생각합니다. 이 이미지는 '서경적인 구조'와 '심상적 구조', '서사적 구조'가 있다고 오규원 시인은 『현대 시작법』에서 말합니다. 심상적 구조의 대표는 은유법이고 서사적 구조는 이야기로써 이미지를 그립니다. 그러나 그러한 이미지를 전달하는 가장 기본적인 것이 서경적 구조인데 그것은 우리의 오감인 시각, 청각, 후각, 미각, 촉각을 통하여 우리의 머릿속으로 들어온 이미지입니다. 그중에서도 가장 비중을 많이 차지하고 있는 것이 시각이라고 봅니다.

　'문장으로 은유 만들기'를 하기 전에, 아이들이 시각을 통해 보이는 그대로 글쓰기를 해보도록 하고 싶었습니다. 그래서 자신의 눈에 보이는 대로 써보라 했습니다. 교재로는 세잔이나 고흐의 그림책을 보고 자신이 마음에 드는 그림을 쓰라고 했습니다. 이때 해야 할 일은 두 가지입니다. 우선 꼼꼼하게 관찰해야 합니다. 어떤 모양이나 색이 있으면 다른 사물과는 어떤 관계에 있는지 알아내야 합니다. 그리고 그것을 자신의 감정을 배제하고 있는 그대로 글로써 표현합니다. 의미는 생각하지 말고 그냥 눈에 보이는 대로 씁니다. 다른 하나는 대상을 보고 설명하려는 유혹을 이겨내야 하고, 그런 습관에 젖지 않도록 연습해야 합니다. 설명하기 위해서는 논리의 비약이 없어야 하고 상대가 알아듣기 쉽게 이야기하기 위해서는 관념적 언어를 사용하기 쉽습니다.

　보이는 대로 쓴다는 것은 실제로 해보면 그렇게 쉬운 것은 아닙니다. 아이들이 초등학생이어서 어리기도 했지만 그들은 여전히 같은 단어의 반복, '~처럼', '~같은' 직유법을 자주 사용하고 접속사를 남발했습니다. 다음은 2017년 1월 14일 초등학교 3학년인 손자가 쓴 글입니다.

빈센트 반 고흐, 〈아를의 침실〉

빈센트의 방은 파란색과 하늘색으로 되어 있다. 그리고 연한 황토색 의자가 왼쪽 문 앞에 하나, 침대 옆에 하나가 있다. 바닥은 초록색과 갈색이 있고 파란 두 개의 문이 있다. 책상은 갈색이고 서랍이 하나 있고 그 위에는 주전자, 컵, 맥주 등등이 있고 벽에 수건이 걸려 있다. 그리고 침대는 갈색이고 베개와 메트리스는 흰색, 이불은 빨간색이다. 벽에는 파란 셔츠가 걸려 있다. 그리고 벽에 거울과 빈센트의 사진들이 액자에 걸려 있다. 창문은 초록색이고 조금 열려 있다. 그리고 의자 다리가 야구 방망이 같고 내가 이 방에서 살고 싶다. 파란 셔츠가 걸려 있는 옷걸이는 갈색이다. 바닥은 원래 다 초록색이었는데 바닥이 벗겨져서 갈색도 있는 것 같다. 액자 틀은 갈색이고 노란 액자들도 있다. 수건과 액자는 못에 걸려 있다.

감정을 넣지 말라고 했는데도 손자는 '내가 이 방에서 살고 싶다'라고 말하네요. 초등학교 저학년에게 일종의 시각적 훈련인 '그림 보고 보이는 대로 글쓰기'는 그들의 글쓰기 역량을 높이는 데 많은 도움이 되리라고 생각합니다.

6 세잔의 그림 보고 은유 만들기
이미지의 다의성

바버라 베이그$^{Barbara Baig}$가 쓴 책 『하버드 글쓰기 강의』에 보면 상상력에 대한 얘기가 나옵니다. 베이그의 말에 의하면 '상상력은 감각 세계에 존재하지 않는 것을 마음속에 그림 그려주는 정신적인 기능이다'라고 합니다. 상상력이 중요하다는 말은 누구나 많이 하고 듣는 사람은 그것에 대해 공감을 합니다. 하지만 아는 것과 그러한 상상력의 능력을 자신의 것으로 만드는 것은 또 다른 문제입니다.

베이그는 상상력을 단련하는 방법을 소개합니다. 한 가지 방법은 이렇습니다. 우선 눈을 감고 백지 한 장을 떠올립니다. 바둑판 같이 네모칸을 그립니다. 그 다음 그 속에 빨강을 채워봅니다. 둘레의 네모를 원으로 바꿉니다. 원을 파랑으로 합니다. 다시 네모로 갑니다. 네모칸을 지우고 백지로 돌아옵니다. 이런 식으로 초록, 노랑으로 채우는 연습을 하는 것입니다. 다른 한 가지 방법은 실제로 머릿속에 이미지를 그려봅니다. 베이그는 고양이를 가지고 예를 듭니다. 햇빛이 고양이 털 하나하나 속으로 들어갑니다. 고양이가 기분이 좋아 가르릉 소리를 냅니다. 여기서 더 나아가서 얼마든지 상상하여 이미지를 만들 수 있습니다.

저는 삼사 년부터 세잔의 그림을 가지고 상상하는 연습 겸 글쓰기를 해보자고 마음을 먹었고 실행한 적이 있습니다. 세잔의 화집(일본의 집영사에서 나온 '현대세계미술전집' 중 세잔 편입니다)의 여섯 번째 그림이 〈생 빅투아르 산과 절개길〉입니다. 생 빅투아르 산은 세잔이 평생 추구해 왔던 그림의 원점이었던 같습니다.

세잔의 이 그림을 가지고 저 나름으로 평범하게 진술로 설명하기보다는 은유를 사용하여 그림의 이미지의 다의성, 상상과 발견을 하는 연습을 하자고 마음먹었습니다. 다시 말해 세잔의 그림 속에서 사물의 형체, 색깔, 사물들과의 관계 등을 재료로 하여 마음대로 상상하여 글을 써보는 것입니다. 실제로 해보면 형편없는 문장이 되는 경우도 있지만 제가 상상하지 못했던 문장을 만나고는 쾌감과 행복감을 느끼는 경우도 없지 않습니다. 더구나 더 좋은 점은 그러한 상상들이 하나의 의미를 만들어낸다는 것입니다. 그림 속의 '생 빅투아르 산, 절개길, 푸른 바다, 직선길, 조그만 창'을 원관념 A로 삼아 저나름의 은유를 만드는 연습을 했습니다.

풀 세잔, 〈생 빅투아르 산과 절개길〉

생 빅투아르 산은 세잔이 평생 쌓아올린 형이상학이다. 몸에 각을 세우고 서 있는 것은 사는 것이 전율을 일으키기 때문이다. 세잔이 품은 말들은 형태도 없이 산의 어둠에 잠겼다. 절망을 가른 절개길을 따라가면 견디고 있는 푸른 바다를 만날 수 있다. 저 푸른 하늘에 구름의 한적함은 언제나 그의 능력 너머에 있는 평온함이다. 하지만 멀리서 쳐다보아야만 한다. 시원하게 뚫고 지나가는 직선의 길들은 타기해야 할 상투성이다. 지붕이 붉은 조그만 집에 들어앉아 조그만 창을 내고 프루스트처럼 잃어버린 기억을 찾아가야겠다.

이런 식의 은유 연습은 글쓰기에 많은 도움이 되리라고 개인적으로 믿습니다. 이런 글들을 모아 책으로 만들어볼까 하는 욕심도 가져본 적 있습니다.

7. '브레인스토밍'은 무의식이 찾아가는 길이다
글쓰기의 유용한 도구

2년 전인가 문득 아이들에게 논술의 중요성을 이야기해야겠다는 생각이 들었습니다. 제 능력 밖인 걸 알면서도 단지 가장 기본적인 것이라도 전해 주고 싶었습니다. 그래서 이혁의 『논술의 정석』을 요약하여 내용을 전했습니다. 자료를 찾아보다가 '브레인스토밍'이라는 말이 나왔습니다. 처음 듣는 단어였습니다. 인터넷에 찾아보니 "브레인스토밍은 어떤 문제의 해결책을 찾기 위해 여러 사람이 생각나는 대로 마구 아이디어를 쏟아내는 방법이다."라고 하네요. 주로 기업에서 사원들의 아이디어를 이런 식으로 모집하여 새로운 상품이나 영업 방법을 모색하는 것 같습니다.

저는 이것이야말로 글쓰기에 좋은 방법이겠다 싶어 주로 시라든가, 시적 산문을 쓰는 데 실제로 적용해 보았습니다. 글에 대한 착상이 잘 되어 술술 글이 나오면 굳이 이런 방법을 동원할 필요가 없습니다. 주제는 정했는데 글이 도무지 써지지 않을 때가 있는데 이런 경우에 브레인스토밍을 하면 좋다고 생각했습니다. 제가 어느 정도 익숙해지고 나서 아이들이 여름방학 때 집으로 놀러 왔을 때 시간을 내어서 테스트 겸, 브레인스토밍으로 글쓰기를 해보았습니다. 우선 집에 있는 오디오를 이용하여 루돌프 부흐빈더가 연주한 베토벤의 피아노 소나타 14번, 일명 〈월광〉을 들려주었습니다. 1악장이 6분, 2악장이 2분, 3악장이 5분으로 총 13분이 소요됩니다. 각 악장을 듣고 각자의 머릿속에 생각나는 이미지를 무엇이든지 - 엉뚱한 것일수록 좋으니까 - 노트에 적어 놓으라 했습니다.

연주를 다 듣고 나서는 각 악장마다 자신이 브레인스토밍한 것을 가지고 문장을 만들어 냅니다. 자신의 노트에 적힌 이미지들은 음식으로 말하면 음식 재료에 해당합니다. 그 재료를 가지고 음식을, 다시 말해 문장을 구성하는 셈입니다. 여기서 문맥이 맞는지 여부는 그다지 신경을 쓸 필요는 없습니다. 그것은 나중에 고쳐 쓰면 됩니다. 우리의 무의식이 풀어놓은 말은 겉으로 보기에는 무질서해 보이지만 그것은 하나의 개체가 무엇인가 말하려고 하는 줄기가 있다는 것을 읽은 적이 있습니다. 마찬가지로 브레인스토밍으로 지은 글이 처음에는 뒤죽박죽 같아 보여도 정리를 하면 거기에는 자기가 말하고 싶은 의미가 담깁니다.

브레인스토밍은 글쓰기가 막다른 골목에 다다라 도저히 더 이상 쓸 수 없을 때 무척 유용한 도구가 되었습니다. 이것은 또 시 쓰기에도 얼마든지 적용할 수가 있습니다. 요즘 인터넷에 찾아보니 이런 식의 브레인스토밍을 이용한 글쓰기는 이미 많은 사람들이 해오고 있었음을 발견했습니다. 제가 실제로 브레인스토밍하여 쓴 글을 예로 들어보겠습니다.

1악장(6분) : 어둠 속에 혼자 서 있다. 가망이 없어 보인다. 쓸쓸하다. 삶은 꿈을 꾸고 있다. 머리가 이별 속에서 온다. 비밀의 문 앞에 있다. 연인과 헤어짐. 핸드폰을 떨어뜨렸다. 산 정상이 아직 많이 남음. 앉아서 좌절 중. 의식을 잃고 있다. 길을 잃어버렸다. 눈앞이 보이지 않는데 눈물이 나옴. 고독하게 산책.

2악장(2분) : 아침에 새가 운다. 핸드벨. 연극. 구슬. 물방울. 나들이. 잔디. 청량한 숲. 경쾌하게 걷다. 느긋하게 게임을 한다. 조용한 동물원에 옴.

3악장(5분) : 심장이 요동친다. 터질 것 같다. 시속 50킬로미터로 뛰고 있다. 죽음의 사신. 칼. 시험 칠 때. 번지 점프. 지진. 화재. 호랑이 마주침. 토네이도가 오다. 소나기가 창문을 두드림. 깜깜한 학교. 귀신. 엄마한테 혼남. 뒤에서 화살이 날아옴. 게임에서 짐. 머리가 터질 것 같다. 살인 사건. 응급실. 큰 수술. 엄마 뭔가를 함. 종이에 손 베임. 낭떠러지. 동굴. 사망.

※

1) 어둠은 혼자가 아니다. 어둠과 같이 있어도 희망은 돛단배를 타고 가물가물 멀어진다. 내 삶은 꿈속에서 걷고 있다. 이별이 내 머리 속에서 걸어 나온다. 비밀로 들어가는 문앞에서 나는 멍청히 서 있다. 연인과의 헤어짐이란 나뭇잎이 떨어짐이다. 핸드폰이 떨어지면서 내 이별을 소리친다. 산 정상은 걸으려면 아라비안나이트가 되어야 한다. 좌절은 나를 서 있지 못하게 하고 앉으라고 한다. 의식이 길을 잃었다. 나오는 눈물이 눈앞을 막았다. 산책하는 나에게 고독이 질리도록 따라오면서 중얼거린다.

2) 아침에 새가 우는 울음은 아지랑이다. 핸드폰 벨이 새울음을 간지른다. 연극은 절망이 없다. 내가 걸어온 길은 구슬이 되어 동그랗다. 물방울이 내 심장을 씻어주고 더 뛰라고 말해주고 사라진다. 오랜만의 나들이가 벌써 달음박질을 시작했다. 내 발밑의 잔디가 웃고 있다. 청량한 숲이 나를 포용한다. 경쾌함은 흔들 의자가 되었다. 느긋하게 하는 게임에게 산들바람이 와서 딴청을 한다. 이제는 조용한 동물원에 가서 수리부엉이에게 물어보아야겠다. 어디로 가야하는지를.

3) 심장이 내 걸어온 길이 틀린 것이 아니라고 요동치며 소리친다. 발은 이미 시속 50킬로미터의 등짝에 올라탔다. 죽음의 사신이 놀라서 제 창을 떨어뜨렸다. 번득이는 내 심장의 칼은 나의 허망을 잘라버릴 것이다. 인생의 시험이란 헛된 종이조각이다. 번지 점프하는 것은 내 인생이다. 내 슬픔을 찢어 놓는 지진이 시작되었다. 타오는 불 속에서 소멸하는 그대여. 호랑이는 나의 긍지이다. 깔때기 모양의 구름을 타고 올라가는 내 생명이다. 소나기가 내 잠속에 찾아와서 창문을 두드린다. 깜깜한 학교에 내 추억을 다 묻어버렸다. 꿈에 만난 엄마가 나의 짓거리를 손가락질하고 있다. 언제나 나를 긴장하게 하는 화살은 뒤에서 숨통을 노리고 있다. 나의 좌절은 게임 속에서 울고 있다. 머릿속이 터질 것 같음은 나에게 희망이 남아 있다는 신호이다. 사람을 죽인다는 것은 이미 저 너른 강으로 자유하게 했다. 응급실에 가는 것은 사춘기이다. 내게 남은 큰 수술은 결단이다. 엄마가 꿈속에서 뭔가 말하는 따뜻함을 타고 나는 하늘을 오른다. 종이에 손을 갖다댐은 혈서를 쓰는 것이다. 낭떠러지에 떨어지는 것은 새로운 대류에서 놀기 위한 결단이다. 동굴의 어둠을 내 마음의 한구석에 있다. 죽음은 내가 걸어가는 하나의 불빛이다.

위의 글들은 맥락이 없이 뒤죽박죽입니다. 이것은 나중에 고쳐 쓰기를 하면서 주제에 맞는 것을 골라서 정리합니다. 일관성에서 벗어난 이미지는 과감히 버려야 합니다. 우리가 브레인스토밍으로 연상한 것은 무의식의 흐름입니다. 그러한 무의식도 말하고자 하는 하나의 주제가 있습니다. 브레인스토밍은 이것에 근거하고 있습니다.

브레인스토밍은 시 쓰기에도 응용할 수 있습니다. 예를 들어 〈겨울비〉라는 제목으로 시를 쓴다고 합시다. 어떤 시상이 떠오르면 그대로 쓰고 진행을 해나갑니다. 그러다가 별로 시상이 안 떠오르면 베토벤의 피아노 소나타 '월광곡'을 브레인스토밍 했듯이 머릿속에 떠오르는 이미지를 적어봅니다. 예를 들어 '쓸쓸하다, 어둡다, 기적소리 들린다, 낙엽이 구른다, 마음

이 젖어 있다, 어디론가 흘러간다, 그립다, 무언가 뜨거움이 올라온다……'
등등을 써놓고 이미지들을 연결하든지, 혹은 한 단어를 가지고 종합명제
를 사용하여 문장을 만들어 봅니다. 모아본 것 중에 '겨울비'의 이미지와는
전혀 상관없는 것은 과감히 버립니다. 정리하여 하나의 주제, 즉 '겨울비'
에 맞는 이미지만으로 완성합니다.

3

은유의 실전은
백련자득百鍊自得의
길이다

1. 은유를 만들려면 우선 '말도 안 되는 소리'를 하자

 은유 실전 연습

구체적 사물명사 A = 구체적 사물명사 B / 구체적 사물명사 A = 추상명사 B

손주들과 2018년 1월 6일부터 현재 2022년 5월 17일까지 4년 넘게 은유 실전 연습을 했습니다. 그와 동시에 『글쓰기 좋은 질문 624』에 나오는 글쓰기 제목을 이용하여 글쓰기 연습도 했습니다. 시 쓰기도 몇 편 하기는 했지만 많지는 않습니다. 물론 이때는 반드시 은유를 구사해야 한다는 원칙이 있습니다.

'은유 실전 연습'은 제가 과제를 내주고 손주들이 이메일로 보내오면, 제가 검토하여 강평을 하고 손주나 그들의 아빠에게 이메일로 돌려줍니다. 이 작업을 하다가 참으로 손주들에게 감사한 마음이 들었습니다. 어줍잖은 실력으로 글쓰기 – 주로 은유 – 를 가르치면서 저 자신이 은유에 대해서 더 확실히 깨닫게 되었기 때문입니다. 또한 바이올린이나 피아노를 어릴 때부터 가르치는 것처럼 글쓰기도 어릴 때부터 시작해야 한다는 것을 알게 되었습니다. 그러면 그 예를 한번 들어보겠습니다.

A	B
궁전palace	탁 트인 하늘an open sky
넓은 도로a wide road	뜨거운 햇볕hot sun
골목길an alley	소낙비shower
황금gold	비바람storm
시장market	담벽 틈새a crack in the wall

순유(초5)

1) 궁전이 탁 트인 하늘 아래 심심하게 앉아 있다.
2) 궁전이 햇볕 때문에 눈부셔 하고 있다.
3) 궁전이 소낙비 때문에 몸이 다 젖었다.
4) 궁전이 비바람 때문에 콧물이 나려고 한다.
5) 궁전 안에 담벼락 틈새에서 나온 쥐가 들어가려고 해서 싫어하고 있다.

1) 넓은 도로에 있는 비행기가 탁 트인 하늘로 날아가고 있다.
2) 넓은 도로가 뜨거운 햇볕에 뜨거워지고 있다.
3) 넓은 도로가 소낙비에 홀랑 젖어서 슬퍼한다.
4) 넓은 도로에 비바람 때문에 차들이 거의 다니지 않아서 슬퍼하고 있다.
5) 넓은 도로에 담벽이 있는데 담벽 틈새가 생겨서 넓은 도로가 그 틈을 고치려고 한다.

1) 골목길이 탁 트인 하늘 때문에 소풍을 가고 싶어한다.

2) 골목길이 뜨거운 햇볕이 너무 뜨거워서 절교를 했다.

3) 골목길이 소낙비 때문에 저체온증에 걸렸다

4) 골목길에 비바람 때문에 사람이 한 명도 없다.

5) 골목길이 담벽 틈새로 들여다 보고 있다.

1) 황금이 탁 트인 하늘 아래에서 주인을 기다리고 있다.

2) 황금이 뜨거운 햇볕에 화상을 입었다.

3) 황금이 소낙비가 오니까 태풍이 올까 봐 겁을 먹었다.

4) 황금이 비바람 때문에 오돌오돌 떨고 있다.

5) 황금이 담벽 틈새로 들어가서 주인한테 가려고 한다.

1) 시장이 탁 트인 하늘 아래에서 물건을 팔고 있다.

2) 시장이 뜨거운 햇볕 때문에 장사가 안 되어서 싫어하고 있다.

3) 시장이 소낙비 때문에 파라솔과 팔 것이 다 젖어서 슬퍼하고 있다.

4) 시장이 비바람 때문에 파라솔이 날아가고 아수라장이 돼서 이사를 갔다.

5) 시장에 담벽 틈새에 해충이 나와서 사람이 싫어하고 있다.

할아버지 강평

1. 잘 썼네. 아이들이라 그런지 역시 어른인 나보다 발상이 신선하네.

2. 다음은 진술의 문장이고 나머지 문장은 모두 매력적인 은유의 예들이다.

- 궁전 안에 담벼락 틈새에서 나온 쥐가 들어가려고 해서 싫어하고 있다.
- 넓은 도로에 있는 비행기가 탁 트인 하늘로 날아가고 있다.
- 넓은 도로가 뜨거운 햇볕에 뜨거워지고 있다.
- 골목길에 비바람 때문에 사람이 한 명도 없다.
- 시장이 탁 트인 하늘 아래에서 물건을 팔고 있다.
- 시장에 담벽 틈새에 해충이 나와서 사람이 싫어하고 있다.

순규(초3)

1) 궁전에서 탁 트인 하늘을 바라본다.
2) 궁전에 올라 뜨거운 햇볕을 쬐었다.
3) 궁전이 소낙비에 흔들리고 있다.
4) 궁전이 비바람에 무너진다.
5) 궁전이 비바람 땜에 담벽 틈새가 생긴다.

1) 넓은 도로에 탁 트인 하늘을 보며 자동차 타고 운전하는 사람들이 있다.
2) 넓은 도로에 뜨거운 햇볕을 받고 점점 뜨거워 자동차가 있다.
3) 넓은 도로에 소낙비가 와서 사고가 났다.
4) 넓은 도로에 비바람이 몰려와 자동차 한 대가 날라갔다.
5) 넓은 도로에 한 자동차에 담벽 틈새가 생겼다.

1) 골목길에 있는 한 아이가 탁 트인 하늘을 바라보고 있다.

2) 골목길에 한 여인이 뜨거운 햇볕을 피하려고 양산을 폈다

3) 골목길에 한 아이가 소낙비를 피하려고 집으로 가고 있다.

4) 골목길에 한 자동차가 비바람에 날라갔다.

5) 골목길에 있는 자동차가 벽에 부딪쳐서 담벽 틈새가 생겼다.

1) 황금이 너무 빛나서 탁 트인 하늘보다 더 예쁘다.

2) 황금이 뜨거운 햇볕을 반사시킨다.

3) 황금이 소낙비에 맞아서 물방울이 있어 더 빛난다.

4) 황금이 비바람에 날아갔다.

5) 황금에 담벽 틈새가 있다.

1) 시장에 있는 사람들이 탁 트인 하늘을 보고 있다.

2) 시장에 있는 사람들이 뜨거운 햇볕을 피하려고 양산을 쓴다

3) 시장에 소낙비가 와서 사람들이 피한다.

4) 시장에 비바람이 와서 장사를 그만 둔다

5) 시장에 게 파는 장소에 게가 있는 유리병에 담벽 틈새가 났다.

할아버지 강평

1. 잘했네. 우선 말을 만드는 것 자체가 잘한 거다.

2. 순규야, 아쉽지만 특별히 눈에 띄는 게 없다. 거의 모든 답안이 진술
   이 되어 버렸다.

3. 아직은 A의 구체적 사물 명사가 주어로 사용된다는 점을 확실히 알
   지 못한 것 같으나 차차 알게 되겠지.

1) Castle is in the sky.

2) Castle has a lot of sunshine.

3) Castle is made out of rain.

4) Caslte is windy.

1) Gold is harder than sky.

2) Gold and sunshine are like a jewel.

3) Gold is shining in the rain.

4) Gold is flying in the wind.

1) Market is falling from the sky.

2) Market is melting in the sunshine

3) Market is floating it the rain.

4) Market is eating the wind.

1) The wide road is disappearing in the sky.

2) The wide road is making the sunshine coming down.

3) The wide road is blocking the rain.

4) The wide road is flying through the wind.

----ⓜ(metaphor/은유) ----Ⓢ(statement/진술)

1) 성이 하늘에 있다.----ⓜ

2) 성은 햇빛이 많이 든다.----Ⓢ

3) 성은 비로 만들어졌다.----ⓜ

4) 성은 바람이 분다.----ⓢ

1) 금은 하늘보다 단단하다.----ⓜ
2) 금과 햇빛은 보석과 같다.----ⓢ
3) 금이 빗속에서 빛나고 있다.----ⓢ
4) 금이 바람에 날리고 있다.----ⓢ

1) 시장은 하늘에서 떨어지고 있다.----ⓜ
2) 시장은 햇빛에 녹고 있다.----ⓜ
3) 시장은 빗속에서 흘러가고 있다.----ⓜ
4) 시장이 바람을 먹고 있다.----ⓜ

1) 넓은 길이 하늘에서 사라지고 있다.----ⓜ
2) 넓은 도로가 햇빛을 내리쬐게 하고 있다.----ⓢ
3) 넓은 도로가 비를 막고 있다.----ⓢ
4) 넓은 길이 바람을 타고 날고 있다.----ⓜ

할아버지 강평

1. 은유로 만든 문장들은 신선하다.

2. 영어라서 한글하고는 맛이 좀 다르네.

3. be 동사를 너무 많이 사용한다. 아직은 어려서 무리한 요구 같지만
   be 동사 말고 다른 동사를 쓰도록 하자.

서우(초2)

1) The scary palace was at the top of the sky.

2) The bright palace melted from the sun.

3) The ugly palace was the god of rain.

4) The pretty palace was sunk by the wind.

1) The bumpy road headed to the sky.

2) The pretty road was shiny as the sun.

3) The rough road disappeared from the rain.

4) The ugly road stopped the wind.

1) The small market disappeared from the sun.

2) The week market got full of water from the rain.

3) The strong market's roof fell off from the wind.

-----ⓜ(metaphor/은유) -----ⓢ(statement/진술)

1) 무서운 궁전은 하늘 꼭대기에 있었다. -----ⓜ

2) 밝은 궁전은 태양으로부터 녹았다. -----ⓜ

3) 못생긴 궁전은 비의 신이었다. -----ⓜ

4) 예쁜 궁전은 바람에 가라앉았다. -----ⓢ

1) 울퉁불퉁한 길은 하늘로 향했다. -----ⓢ

2) 예쁜 길은 태양처럼 빛났다. -----simile

3) 험한 길이 비가 와서 사라졌다. -----ⓢ

4) 추한 길이 바람을 멈추게 했다. -----ⓜ

1) 작은 시장은 태양으로부터 사라졌다.-----ⓜ
2) 주간 시장은 비로 물이 가득 찼다.-----Ⓢ
3) 강한 시장의 지붕이 바람에 떨어졌다.-----Ⓢ

할아버지 강평

1. 서우는 이제 2학년인가? 어린 학년인데도 잘 했다.

2. 그렇지만 아직은 서투르니 배워가야겠지. 우선 은유^{metaphor}를 가장 알기 쉬운 말로 하면 '말도 안 되는 소리' 하기란다. 다시 말해 이치에 맞지 않고 자신이 엉뚱하게 상상한 것을 의미한다. 내가 눈으로 보는 세상에서는 볼 수 없는 것들 말이다.

3. 은유^{metaphor}의 예를 들어보자.

   • The bright palace melted from the sun.

     '밝은 궁전이 태양으로부터 녹았다.'는 것은 내가 실제로 눈으로 볼 수 있는 것이 아니라 내 머릿속에서 상상한 것이다. 즉 말도 안 되는 소리이다.

   • The ugly palace was the god of rain.

     이것도 마찬가지다. "못생긴 궁전은 비의 신"이라는 것이 내가 보는 세상에서는 있을 수가 없다.

4. 그 다음에는 진술의 예를 들어본다. 진술은 이치에 맞는 이야기다. 말하자면 내가 보는 세상에서 눈으로 얼마든지 볼 수 있는 것들이다. 어려운 말로는 인과법칙^{law of cause and effect}에 맞는 말이다. 서우

가 쓴 것을 볼까?

- The pretty palace was sunk by the wind.

  "예쁜 궁전이 바람 때문에 가라앉았다."는 말은 '말도 안 되는 소리'가 아니라 내가 세상에서 눈으로 얼마든지 볼 수 있다. 다시 말해 그런 사실을 이치reason, logic에 맞게 설명했다.

- The week market got full of water from the rain.

  "주간 시장은 빗물로 가득 찼다." 이 말은 '말도 안 되는 소리'는 아니지. 내가 살아가는 세상에서 볼 수 있는 것을 설명한 것뿐이다.

5. 직유를 서우가 썼네.

- The pretty road was shiny as the sun.

  "예쁜 길이 태양 같이 빛났다." 직유simile는 한국말로는 '같이', '처럼', '듯이' 이런 말을 사용하여 두 가지를 비교하는 것이다. 영어로는 ~as, ~like이다. 서윤이가 어렸을 때 이걸 엄청나게 많이 썼는데 요즘은 거의 안 쓴단다. 직유도 글쓰기에 필요하지만 이것을 너무 많이 쓰면 글이 수준이 낮아지기 때문에 처음에는 될 수 있는 대로 안 쓰는 것이 좋다.

6. 잘 했다. 수고했다.

2019년 8월 17일 토요일

A	B
별star	열차train
소나기rain shower	웅덩이puddle
단잠sound sleep	모차르트Mozart
가로등 불빛the light of a street lamp	빵bread
잔디밭a lawn	불가사리starfish

순유(초6)

1) 별은 인생의 목적지이다.
2) 별이 웅덩이에게 시비를 걸었다가 하늘로 올라가게 되었다.
3) 별은 모차르트가 만든 것이다.
4) 별이 바다로 내려왔다가 불가사리랑 친구가 되었다.

1) 소나기가 열차를 못 움직이게 마법을 걸었다.
2) 소나기는 웅덩이에게 매일 절을 받는다.
3) 소나기가 모차르트의 머리 속에서 뇌를 갈아먹고 있다.
4) 소나기가 불가사리를 사각형으로 만들었다.

1) 가로등 불빛은 열차의 심장이다.
2) 가로등 불빛이 웅덩이에 비친 자기 얼굴을 보고 자기가 빛이라는
   것을 알았다. (와우!!!)
3) 가로등 불빛이 모차르트의 머릿속을 환하게 비추어 주었다.
4) 가로등 불빛이 불가사리를 별로 만들었다.

1) 잔디밭은 열차의 속도를 느리게 한다.
2) 잔디밭은 웅덩이의 사촌이다.
3) 잔디밭이 모차르트 발에 부딪쳤을 때 잔디에서 음악이 나왔다.
   (와우!!!)
4) 잔디밭은 불가사리의 다리이다.

할아버지 강평

1. 오늘의 장원

   • 별은 모차르트가 만든 것이다.

   • 가로등 불빛이 웅덩이에 비친 자기 얼굴을 보고 자기가 빛이라는
     것을 알았다.

   • 잔디밭이 모차르트 발에 부딪쳤을 때 잔디에서 음악이 나왔다.

2. 순유야, 정말 잘 썼다. 그 동안 할아버지가 고생 아닌 고생을 했다만
   정말 보람을 느낀다. 괜히 눈물이 핑 도네. 그 동안 할아버지가 시킨
   대로 잘 해줘서 고맙다.

순규(초4)

1) 별은 열차의 가로등이다.
2) 별은 별똥별이 되어 떨어지는데 안 아프려고 웅덩이에 떨어졌다.
3) 별은 간식으로 빵을 먹는다.
4) 별은 불가사리를 닮아 바다에서 살려고 노력한다.

1) 소나기가 열차를 밀어 주었다.

2) 소나기가 웅덩이를 만든다.

3) 소나기는 빵을 먹는다

4) 소나기는 불가사리를 바다에서 추방했다

1) 가로등 불빛은 열차의 눈이다

2) 가로등 불빛은 웅덩이를 지켜준다

3) 가로등 불빛은 빵이 가렸다.

4) 가로등 불빛은 불가사리를 외롭지 않게 해준다.

1) 잔디밭은 항상 열차라 하면서 논다.

2) 잔디밭은 웅덩이의 친구다.

3) 잔디밭은 사람이 버린 빵을 먹는다

4) 잔디밭이 싫어하는 건 불가사리다.

할아버지 강평

1. 순규도 이제 많이 발전했네.

   오늘의 장원은

   • 별은 열차의 가로등이다.

   • 소나기가 열차를 밀어 주었다.

   • 별은 간식으로 빵을 먹는다(별이 간식으로 '밤'을 먹었다면 더 기
   발했으려나?).

1) The shiny star rode on the bumpy train.

2) The dirty star jumped in a brown puddle.

3) The lazy star went to the movies with the responsible bread.

1) The lovely rain shower washed away the mistakes Mozart made in his music.

2) The rain shower slept with the glowing starfish.

3) The neat rain shower washed the dirty mud puddle.

1) The mean sound of sleep annoyed the starfish while it was sleeping.

2) The sleepful sound of sleep made the energetic train sleep.

3) The calm sound of sleep calmed the wild mud puddle.

1) The bright light of streetlight made the path clear for the deaf bread.

2) The mean light of streetlight jumped on the tiny starfish.

3) The love full light of streetlight married the handsome Mozart.

1) The comfy lawn let the tiered starfish sleep on top of him.

2) The smart lawn was made fun of a mean mud puddle.

3) The beautiful lawn was married by a piece bread.

----ⓜ(metaphor/은유) ----ⓢ(statement/진술)

1) 빛나는 별은 울퉁불퉁한 기차를 탔다.----ⓜ
2) 더러운 별은 갈색 웅덩이에 뛰어들었다.----ⓜ
3) 게으른 별은 책임감 있는 빵을 들고 영화를 보러 갔다.----ⓜ

1) 사랑스러운 소나기는 모차르트가 그의 음악에서 범한 실수를 씻어냈다.----ⓜ
2) 소나기는 빛나는 불가사리와 함께 잠을 잤다.----ⓜ
3) 단정한 소나기가 더러운 진흙 웅덩이를 씻었다.----ⓜ

1) 불가사리가 자는 동안 잠자는 소리가 심술궂게 들렸다.----ⓜ
2) 잠드는 소리에 활기찬 기차가 잠이 들었다.----ⓜ
3) 잔잔한 잠결에 들끓는 진흙 웅덩이가 잠잠해졌다.----ⓜ

1) 밝은 가로등 불빛이 귀머거리 빵을 위한 길을 열어주었다.----ⓜ
2) 가로등 불빛이 작은 불가사리 위로 껑충 뛰어올랐다.----ⓜ
3) 가로등 불빛이 가득한 사랑은 잘생긴 모차르트와 결혼했다.
   ----ⓜ
1) 편안한 잔디밭은 줄지어 있는 불가사리를 그의 위에서 자게 했다.
   ----ⓜ
2) 똑똑한 잔디밭은 못된 진흙 웅덩이를 놀렸다.----ⓜ
3) 아름다운 잔디밭은 빵 한 조각으로 결혼했다.----ⓜ

1. 서우는 거의 백점이네!!

2. '책임감 있는 빵'이 기발하긴 한데 무얼 뜻하는지 잘 모르겠다. 그러나 개중에는 정말 말도 안 되는 소리가 있지만 상관없다. 계속 이런 식으로 써야 한다.

3. 서우 특징은 주어 앞에 형용사를 붙이는데 그게 이미 은유가 되고 있다. 예를 들면, '사랑스런 소나기' '단정한 소나기' '편안한 잔디밭' '똑똑한 잔디밭'이 그것이다.

4. 수고했다.

A	B
벽wall	의사doctor
섬island	멜로디언melodion
증기steam	먼지dust
수박watermelon	문어octopus

순유(중1)

1) 벽은 의사의 뇌 속의 일부이다.
2) 벽은 항상 멜로디언의 시끄러운 소리를 만들어낸다.
3) 벽은 항상 밥 대신 먼지를 마신다.
4) 벽은 검은색 옷을 입을 때 문어를 쓴다.

1) 섬이 의사를 보았더니 아픈 게 말끔하게 나았다.
2) 섬은 멜로디언 때문에 귀마개를 쓴다.
3) 섬이 먼지를 째려봤더니 먼지가 하늘을 날았다.
4) 섬이 문어를 째려보면 저절로 염색이 된다.

1) 증기는 의사의 조언이다
2) 증기가 멜로디언 몸속 여행을 하다가 귀가 터졌다.
3) 증기는 먼지가 좋은데 먼지는 계속 뒷걸음질 친다.
4) 증기가 문어를 밀쳤더니 검은색 눈물을 흘렸다.

1) 수박이 아파서 의사를 찾아왔다가 검은색 눈만 남았다.
2) 수박이 멜로디언을 불다가 멜로디언이 호스로 다 빨아들였다.
3) 수박이 먼지랑 합체했더니 볼링공이 되었다.
4) 수박이 문어에게 잘못 걸려서 검은 수박이 되었다.

할아버지 강평

1. 또 백점!!
2. 장원은,

- 벽은 항상 밥 대신 먼지를 마신다.
- 섬이 의사를 보았더니 아픈 게 말끔하게 나았다 .
- 섬은 멜로디언 때문에 귀마개를 쓴다.
- 섬이 먼지를 째려봤더니 먼지가 하늘을 날았다.
- 섬이 문어를 째려보면 저절로 염색이 된다.
- 증기가 멜로디언 몸속 여행을 하다가 귀가 터졌다.
- 증기가 문어를 밀쳤더니 검은색 눈물을 흘렸다.

순규(초5)

1) 벽이 의사한테 갔더니 새 생명을 주었다.

2) 벽은 멜로디언들을 무서워한다.

3) 벽은 먼지의 단짝 친구다.

4) 벽은 문어와 사촌이다.

1) 섬은 의사의 집이다.

2) 섬은 멜로디언을 두려워한다.

3) 섬은 먼지가 쌓여 가라앉았다.

4) 섬은 문어를 보고 다리가 생겼다.

1) 증기가 의사를 괴롭힌다.

2) 증기는 멜로디언의 신이다.

3) 증기가 먼지와 만났더니 더러워졌다.

4) 증기는 바다에 들어가 문어의 먹물이 되었다.

1) 수박이 깨졌더니 의사가 청진기를 꺼내 들었다.

2) 수박은 멜로디언의 악마다.

3) 수박은 너무 커 먼지를 올렸다.

4) 수박은 문어의 머리가 됐다.

1. 순규도 옛날보다 잘 하네.

2. 장원은..

   • 벽은 먼지의 단짝 친구다

   • 섬은 먼지가 쌓여 가라앉았다.

   • 증기는 바다에 들어가 문어의 먹물이 되었다.

3. 은유가 아닌 것. 전형적인 진술은,

   • 증기가 먼지와 만났더니 더러워졌다.

서윤(초4)

1) The wall fell down because the doctor gave it a shot.

2) The wall ate the melodian and there was sounds in the wall.

3) The wall ate the dust and sneezed and the house fell down.

4) The wall ate the octopus and it grew 8 legs.

1) The island was having a baby island. So, it called a doctor.

2) The jumping island made dust.

1) The watermelon turned the doctor into a seed because the doctor kept eating the watermelon.

2) The watermelon made the doctor swallow the seed.

3) The watermelon painted the melodian green.

4) The watermelon kissed the dust's dry face.
5) The watermelon made a comic about on octopus who was red inside.

1) The octopus ate the steam and it farted out the steam.

----ⓜ(metaphor/은유) ----ⓢ(statement/진술)

1) 벽이 의사가 주사를 놓았기 때문에 무너졌다.----ⓜ
2) 벽이 멜로디안을 먹어서 벽에서 소리가 났다.----ⓜ
3) 벽이 먼지를 먹고 재채기를 하자 집이 무너졌다.----ⓜ
4) 벽이 문어를 먹었고 문어는 여덟 개의 다리가 생겨났다.----ⓜ

1) 그 섬에는 아기 섬이 있었다. 그래서 의사에게 전화했다.----ⓢ
2) 점프하는 섬은 먼지를 만들었다.----ⓜ

1) 수박은 의사를 씨앗으로 만들었다. 왜냐하면 의사가 계속 수박을 먹었기 때문이다.----ⓜ
2) 수박은 의사로 하여금 씨앗을 삼키게 했다.----ⓜ
3) 수박은 멜로디언을 초록색으로 칠했다.----ⓜ
4) 수박이 먼지의 마른 얼굴에 키스를 했다.----ⓜ
5) 수박은 속이 빨간 문어에 대해 풍자를 했다.----ⓜ

1) 문어는 증기를 먹고 방귀를 뀌었다.----ⓜ

1. 서윤아 'and', 'because', 'so'를 당분간 쓰지 말아라. 제발! 차라리 접속사는 없애고 한 문장으로 종결하고 다음 문장으로 연결해라.

2. 벽이 멜로디안을 먹어서 벽에서 소리가 났다. 은유는 제대로 됐네.

3. 벽이 재채기해서 집이 무너진다라는 표현은 기똥차다.

4. 오늘의 장원은,

   • 수박이 먼지의 마른 얼굴에 키스를 했다.

5. 수고했다. 학교 숙제가 많다고 하니 할 말은 없다만 너무 띄엄띄엄 하니 실력이 축적이 안되고 늘 제자리 걸음이다. and에 대해서 수십 번 얘기했는데 하나도 교정이 안 되네. 학교에서 할 일이 너무 많으니 도리는 없다만.

서우(초3)

1) The wall kicked the doctor in the stomach.
2) The happy wall played the joyful melodion.
3) The lazy wall went to the movies with the kind pile of dust.
4) The mean wall killed the scary octopus.

1) The kind island saved the kind doctor from drowning.
2) The busy island went shopping with the happy melodion.
3) The clean island cleaned the dirty pile of dust.
4) The joyful island was friends with the nice octopus.

1) The hot steam killed the scary doctor.

2) The hot steam melted the icy cold melodion.

3) The mean steam hated the kind pile of dust.

4) The scared steam ran away from the scary octopus.

1) The healthy watermelon went a check up with a kind doctor.

2) The dumb watermelon did not know how play the pretty melodion.

3) The dirty watermelon hated the clean pile of dust.

4) The weird watermelon punched the weak octopus.

----ⓜ(metaphor/은유) ----ⓢ(statement/진술)

1) 벽이 의사의 배를 걷어찼다.----ⓜ

2) 행복한 벽이 즐거운 멜로디를 연주했다.----ⓜ

3) 게으른 벽은 먼지 더미와 함께 영화관에 갔다.----ⓜ

4) 못된 벽이 무서운 문어를 죽였다.----ⓜ

1) 친절한 섬은 물에 빠진 친절한 의사를 구했다.----ⓜ

2) 번화한 섬은 즐거운 멜로디온과 함께 쇼핑을 하러 갔다.----ⓜ

3) 깨끗한 섬은 더러운 먼지 더미를 청소했다.----ⓜ

4) 즐거운 섬은 멋진 문어와 친구였다.----ⓜ

1) 뜨거운 증기가 무서운 의사를 죽였다.----ⓢ

2) 뜨거운 증기가 얼음처럼 차가운 멜로디언을 녹였다.----ⓜ

3) 못된 증기는 그런 먼지 더미를 싫어했다.----ⓜ

4) 겁먹은 증기가 겁많은 문어에게서 도망갔다.----ⓜ

1) 건강한 수박은 친절한 의사에게 진찰을 받았다.----ⓜ

2) 멍청한 수박은 예쁜 멜로디온을 어떻게 연주하는지 몰랐다.
   ----ⓜ

3) 더러운 수박은 깨끗한 먼지 더미를 싫어했다.----ⓜ

4) 이상한 수박이 약한 문어를 주먹으로 때렸다.----ⓜ

할아버지 강평

1. 와우! 서우가 은유를 정말 잘 하네. 칭찬해 주어야겠다.

2. 다만 형용사를 남발하는 경향이 있다. 형용사를 잘 쓰면 멋있다. 예를 들면 '행복한 벽', '못된 벽', '게으른 벽', '친절한 섬', '바쁜 섬', '즐거운 섬'은 이것 자체가 은유이다. 그러나 '깨끗한 섬'은 은유도 아니고 그냥 수식어다. '못된 증기', '겁먹은 증기'는 이것 자체가 은유이다. 그러나 '뜨거운 증기'는 수식어인데 하나마나한 수식어. 증기는 말 안 해도 뜨겁다. '건강한 수박', '멍청한 수박', '이상한 수박'은 은유이나 '더러운 수박'은 단순한 수식어이다.

3. 서우는 이런 형용사를 잘 쓰는데 자칫하면 안 해도 되는 형용사를 쓸 위험이 있다.

4. 어쨌든 잘 했다!!

A	B
칼sword	영혼spirit
빛light	성찰introspection
감자potato	지조fidelity
잠sleep	환상fantasy

순유(중2)

1) 칼이 영혼을 베었더니 막대기가 되었다.
2) 칼이 성찰과 일체가 되었더니 닌자가 되었다.
3) 칼은 지조의 아들이다.
4) 칼이 환상에 박치기를 했더니 장난감용 칼이 되었다.

1) 빛이 영혼한테 직진했더니 목숨이 두 개가 되었다.
2) 빛이 성찰을 왕따시키면 어둠이 된다.
3) 빛이 지조를 흡수했더니 태양이 불사신이 되었다.
4) 빛이 환상에게 먹혔더니 디즈니랜드가 되었다.

1) 감자는 영혼의 머리통이다.
2) 감자가 성찰한테 잽을 한 대 날렸더니 고구마를 존경하게 되었다.
3) 감자는 지조의 창조물이다.
4) 감자가 환상 속에서 잠을 자다가 아이스크림이 되었다.

1) 잠은 영혼의 놀이동산이다.
2) 잠이 성찰을 재워주었더니 하루만에 억만장자가 되었다.
3) 잠은 항상 지조랑 싸운다.
4) 잠과 환상이 결혼해서 낳은 자식이 꿈이다.

할아버지 강평

1. 은유는 잘 하네. 그 중에서도 "잠과 환상이 결혼해서 낳은 자식이 꿈이다."는 정말 기똥차다!!

2. 내가 진주에서 말한 종합명제를 항상 기억하고 산문을 쓸 때 이용해라. 다시 복습하면 종합명제는 주어의 속성 중에 없는 것을 서술어로 사용한다.

3. 잘 했다.

4. 세 장면쓰기도 은유을 잘 사용해서 써라. 제발!!

1) 칼은 영혼의 수호자다.

2) 칼이 성찰을 먹자 정의의 칼이 됐다.

3) 칼이 지조를 베자 사람들의 노력이 사라져 회사들이 망했다.

4) 칼은 환상을 진실로 만들 수 있다.

1) 빛이 영혼과 동맹하자 악이 됐다.

2) 빛이 성찰에게 선의 힘을 빌려 준다.

3) 빛은 지조를 소화해서 만든 것이다.

4) 빛이 환상 속에 들어가자 어둠이 세상을 지배했다.

1) 감자는 영혼을 소금으로 생각한다.

2) 감자가 자신을 희생해서 성찰을 안으로 올렸다.

3) 감자가 지조의 도움을 받아 더 큰 감자가 되었다.

4) 감자가 환상을 막아 버리자 토마토가 됐다.

1) 잠은 영혼을 싫어해 유체이탈이란 경험이 생겼다.

2) 잠이 성찰을 유식하게 만든다.

3) 잠은 지조의 스승이다.

4) 잠은 환상처럼 가상이다.

1. 순규야, 은유 정말 오랜만에 하네. 지난 6월 6일에 은유 연습하고 두 달만에 하는구나.

2. 정말 잘하네. 은유는 이제 웬만큼 구사할 줄 알게 되었다. 그동안 공부한 것이 헛된 것이 아니었다. 축하한다. 그 중에서도 "잠은 영혼을 싫어해 유체이탈이란 경험이 생겼다." 이건 정말 멋있다.

3. 잠은 환상처럼 가상이다. ~처럼은 은유가 아니라 직유이다.

4. 잘 했어! 수고했다.

5. 제발!! 세 장면쓰기도 좀 해주라.

서윤(초5)

1) The sword went camping with the spirit in the mailbox.
2) The sword swam in the cup of water to introspect.
3) The sword ate bacon while talking to a fidelitous frog.
4) The sword opened a magical door filled with noodles from fantasy worlds.

1) The light slept in the stove with a spirit screaming on top of the stove.
2) The light fixed a car with a shirt that was introspecting what he had done wrong.

3) The light cooked chicken with a fidelitous pot.

4) The light peeled oranges while getting sucked into a fantasy book.

1) The potato was being peeled by a spirit in a grocery bag.

2) The potato drank juice on a donut instrospective.

3) The potato sang a song with a fidelitous spoon by its side.

4) The potato played the clarinet bouncing on a trampoline in a fantasy castle.

1) The sleep gave a pillow to the spirits birthday on a lemon.

2) The sleep typed up a poem to send it to a dog in introspection.

3) The sleep set a bomb on a fidelitous clock who woke him up during his sleep.

4) The sleep bought a cup of coffee from the front desk in the fantasy movie.

----ⓜ(metaphor/은유) ----ⓢ(statement/진술)

1) 칼이 우편함에 있는 영혼과 함께 캠핑을 갔다.----ⓜ

2) 칼이 반성하기 위해서 물이 담긴 컵에서 헤엄쳤다.----ⓜ

3) 칼이 충성스러운 개구리와 이야기하면서 베이컨을 먹었다.
   ----ⓜ

4) 칼이 환상세계의 국수로 가득 찬 마법의 문을 열었다.----ⓜ

1) 빛은 난로 위에서 비명을 지르는 영혼과 함께 난로에서 잠을 잤다.----Ⓢ
2) 빛은 그가 무엇을 잘못했는지 살펴보는 셔츠로 차를 고쳤다.----Ⓜ
3) 빛은 충직한 냄비로 닭을 요리했다.----Ⓜ
4) 빛은 환상의 책 속으로 빨려 들어가면서 오렌지 껍질을 벗겼다.----Ⓜ

1) 감자는 장바구니에 든 영혼에 의해 벗겨지고 있었다.----Ⓢ
2) 감자는 도넛에 쥬스를 묻혀 마셨다.----Ⓜ
3) 감자는 충직한 숟가락을 옆에 두고 노래를 불렀다.----Ⓜ
4) 감자는 환상의 성에서 트램펄린 위에서 튕기며 클라리넷을 연주했다.----Ⓜ

1) 잠은 레몬 위에서 영혼의 생일을 베게 해주었다.----Ⓢ
2) 잠은 성찰하여 개에게 시를 보내려고 타이프를 쳤다.----Ⓜ
3) 잠은 그가 자는 동안 깨운 만지작거리는 충직한 시계에 폭탄을 설치했다.----Ⓜ
4) 잠은 환상의 영화에서 프런트 데스크에서 커피 한 잔을 샀다.----Ⓜ

1. 서윤이가 이번에는 추상명사abstract noun, 혹은 관념어ideal language에 대해 확실히 이해하지 못하는 것 같다.

   • 추상명사의 뜻: 추상적 개념을 나타내는 명사. '사랑', '희망', '삶' 따위가 있다.

   • 관념어의 뜻: 구체적인 대상이 아닌 추상적인 생각이나 심리를 나타내는 말.

2. 추상명사와 그것의 형용사는 다르다. 여기서 연습하는 것은 구체적인 사물의 명사 A=빛light과 추상명사 성찰instrospection B를 연결하는 것이다. 다시 말해 빛(A)과 성찰적인introspective을 연결하는 것이 아니다. B가 성찰적introspective이 아니라 성찰instropection이다. 마찬가지로 B가 지조fidelity이지 충직한fidelitous이 아니다.

3. 이런 방식의 은유 만들기를 하는 목적은 구체적인 사물명사와 추상명사를 연결하는 연습을 하는 것이다.

예를 들어 볼게.

1) 칼은 시퍼런 날 속에 있는 영혼을 깨웠다.

2) 칼은 눈을 감고 성찰을 가슴 속에 담았다.

3) 칼은 지조를 옆구리에 달고 다닌다.

4) 칼은 환상을 두 조각으로 갈라버렸다.

1) 빛은 영혼의 심장을 뚫고 나갔다.

2) 빛은 성찰의 주위를 돌면서 졸았다.

3) 빛은 충성 앞에서 고개를 숙였다.

4) 빛은 환상을 밝게 비추어 주었다.

1) 감자는 영혼이 없다.

2) 감자는 성찰을 발로 차버렸다.

3) 감자는 지조에게 깃발을 꽂았다.

4) 감자는 환상을 먹었다.

1) 잠은 영혼을 졸리게 했다.

2) 잠은 성찰을 살살 달랬다.

3) 잠은 지조에게 길을 비키라고 했다.

4) 잠은 환상의 겨드랑이를 간질렀다.

5. 내 식으로 해봤다. 서윤이도 이걸 참고로 수고스럽지만 다시 써보
   기 바란다.

2. '질문에 답하기'의 관건은 은유의 구사에 달렸다

이번부터는 이 책(『창의력을 키우는 초등 글쓰기 좋은 질문 642』)에 나오는 글짓기 제목 624개에서 1번, 2번 문제를 내려고 한다. 이 책 되게 재미있어.

글쓰기는 대충 다섯 내지 열 문장 정도로 한다. 물론 그 이상도 좋지만.

그런데 다음과 같은 원칙을 잊지 말거라.

1. 문제를 보고 머릿속에 그림을 그릴 것
2. 눈에 보이는 것을 보이는 대로 쓸 것.
3. 거기에서 구체적 사물 두 가지를 골라 은유를 하나 이상 쓸 것.
4. 나머지는 그냥 우리가 이야기하듯이 쓰면 된다.

처음이니까 내가 한번 예를 들어 볼게. 잘 쓰려고 하지 말고 정답을 맞히려 노력하지 마라. 틀려도 상관없다.

001 바닷가에서 모래성을 쌓고 있는데, 편지가 들어 있는 병이 파도에 밀려와 여러분 앞에 멈췄어요. 편지에는 무슨 이야기가 쓰여 있을 까요? (You're enjoying making sand castles at the beach, when the ocean waves wash up a message in the bottle. You pull out the message: What does it say?)

우선 머릿 속에 그림을 그린다고 했지. 파란 바다가 펼쳐져 있고 파도가 줄줄이 밀려와 하얗게 머리가 부서지고 있다. 거기에 따라 노란 모래사장이 있고 누군가 모래성을 쌓고 있다. 저 멀리서 초록색 병이 보였다 안 보였다 하면서 내 발 밑까지 왔다. 나는 병을 잡고 뚜껑을 여니 파란색 종이에 글씨가 쓰여 있다. 대충 이렇게 그림을 그린다. 그리고 눈에 보이는 것을 글로 쓴다.

파란 바다가 넓게 펼쳐져 있습니다. 갈매기가 빙빙 돌고 끼룩끼룩 웁니다. 파도가 모래사장에 다가오면서 머리가 하얗게 고사리처럼 꼬부라집니다. 아이들이 모래성을 만들어 손으로 쓰다듬고 있습니다. 멀리서 초록색 병이 파도 속에 묻혀서 보였다 안 보였다 합니다. 내 발밑에서 병이 멈췄습니다. 뚜껑을 열자 파란색 종이 하얀 글자를 적은 편지가 나왔습니다.
그것은 먼 훗날 내가 나에게 쓴 편지였습니다. 내가 어릴 때의 나를 그리워하는 편지였습니다.
"순유야 나는 네가 보고 싶구나."

1. 대부분은 눈에 보이는 대로 쓴 것이다. 이것을 어려운 말로 서경적 묘사로 한다.

2. 그 다음에는 위 글에서 한 군데만 은유로 바꿔 써보자. 은유는 심상 적 묘사라고 한다. 서경적 묘사는 실제로 눈으로 볼 수 있는 것이고 심상적 묘사는 실제로 볼 수 있는 것이 아니고 마음속으로만 볼 수 있다.

   - '파도가 모래사장에 다가오면서 머리가 하얗게 고사리처럼 꼬 부라집니다.' 여기서 A=파도, B=모래사장으로 해서 은유를 만 들면 이렇게 된다. '파도는 머리를 하얗게 숙이면서 모래사장의 품안으로 스며들어 갔습니다.'

   - '내 발밑에서 병이 멈췄습니다. 여기서 A=발밑 B=병. 은유로 바 꾸어 쓴다. '병이 내 발밑을 빤히 쳐다보았습니다.'

   이렇게 해서 다 수정한 최종 글은 다음과 같이 되는 거다.

파란 바다가 넓게 펼쳐져 있습니다. 갈매기가 빙빙 돌고 끼룩끼룩 웁 니다. 파도는 머리를 하얗게 숙이면서 모래사장의 품안으로 스며들 어 갔습니다. 아이들이 모래성을 만들어 손으로 쓰다듬고 있습니다. 멀리서 초록색 병이 파도 속에 묻혀서 보였다 안 보였다 합니다. 병이 내 발밑을 빤히 쳐다보았습니다. 뚜껑을 열자 파란색 종이에 하얀 글 자를 적은 편지가 나왔습니다.
그것은 먼 훗날 내가 나에게 쓴 편지였습니다. 내가 어릴 때의 나를 그리워하는 편지였습니다.
"순유야 나는 네가 보고 싶구나."

2019년 7월 20일 토요일

002 여러분은 세계에서 가장 위대한 피자를 개발하라는 과제를 받았어요. 어떤 재료를 골라 무슨 피자를 만들건가요? (You've been assigned the task of inventing the world's greatest pizza - what ingredients will you choose?)

순유(초6)

지금 내 눈 앞에는 반죽과 오븐이 있다. 지금 반죽은 날 보고 빨리 피자를 만들어 달라고 하고 있는 것 같았다. 참고로 난 피자 만들기 대회에 나와 있다. 피자를 어떻게 만들어야 할지 생각났다. 바로 공부를 하면서 피자를 먹을 수 있도록 반죽에 수학 공식과 문제를 새겨 놓는 것이다. 이쑤시개가 반죽의 심장을 스크래치하고 있다. 이쑤시개와 피자는 원수지간인 것 같다. 결과가 나왔다. 내가 일등이었다.

할아버지 강평

1. 순유가 정말 잘 썼다.
2. 할아버지가 말 한 것 있지. 우선 머리로 어떤 장면을 그리고 그것을 눈에 보이는 대로 쓰라고. 우리가 옛날에 그림책 보고 글쓰기 한 것을 살리는 거야.
3. 이 글의 백미白眉 (흰 눈썹이라는 뜻으로, 여럿 가운데에서 가장 뛰어난 사람이나 훌륭한 물건을 비유적으로 이르는 말)는 피자에 수학 공식과 문제를 새겨

놓는다고 생각한 것이다.

4. "이쑤시개가 피자 반죽의 심장을 스크래치한다."는 문장은 우리가 이제껏 고생하면서 연습한 바로 은유야. 잘 했어!!

5. 다만 조금 더 욕심을 부리자면 피자 반죽의 장면을 머리 속에 그려서 보이는 대로 썼으면 더 좋을 뻔 했지.

6. 이런 글을 쓸 때 주의해야 하는 것은 같은 말을 반복하지 않는 거야. 여기서는 '지금', '~것 같았다'가 두 번 나왔다. '~ 같다'는 표현을 직유라고 하는데 이건 쓸 때 주의해야 해. 정말 필요한 게 아니면 안 쓰는 게 좋아. 그러니까 "빨리 피자를 만들어 달라고 하고 있다.", "원수지간이다."라고 쓰는 게 더 낫다는 거지

7. 수고했다. 우리 순유 다음 글이 기대되네.

순규(초4)

나는 아이들의 영양이 좋은 과일과 채소로 만든 피자다. 반은 과일, 반은 채소다. 먼저 과일은 당이 있는 것, 나머지는 영양에 좋은 채소. 그렇게 해서 과일 채소 피자로 만든다. 과일, 채소는 네모나게 생겨 아이들이 좋아한다.

1. 순규야 할아버지가 열 문장 쓰라고 했는데 다섯 문장밖에 안 되네.

2. 순규야 글 쓸 때 할아버지가 뭐라고 했지? 우선 어떤 장면을 머리로 그림을 그리라고 했지? 그래야 묘사(그리기)가 우선 되는 거야. 우리가 그림책 보고 글쓰기 한 걸 써먹어야 하는 거다.

3. 그리고 한 두 문장을 은유를 집어넣어야 한다.

4. 위의 글제에서 요구하는 것이 보통 피자가 아니라 '위대한 피자'라고 했지. 그건 딴 말로 하면 보통 상식적이 아니라 어떤 특별한 피자를 만들라고 한 것이다.

5. 너는 묘사도 없고 은유도 없고 문제를 낸 사람의 요구하는 특별한 피자도 아니다. 그냥 설명하듯이 진술한 것뿐이야. 할아버지가 한 번 써 볼 테니 참고해 봐라.

피자의 테두리가 서쪽 하늘처럼 붉다. 볼록하게 올라와 피자를 감싸고 있다. 피자는 하얀 치즈의 바다다. 그 속에 여기저기 감자와 양파와 빨간 소세지가 요트처럼 흔들거리고 있다. 파도가 잠잠하면 피자 속에는 고요가 정지해 있다. 갈매기가 날아와 감자와 양파와 소시지를 물고 사라졌다. 나는 채소를 가지고 스파이더맨을 외로운 치즈 바다에 올려놓았다. 피자가 갑자기 비행접시가 되어 하늘로 날아간다.

순규야 할아버지는 인터넷에서 피자 그림을 찾아서 보고 있는 그대로 그리기도 하고 내 마음대로 상상을 한 것이다.

서윤(초3)

A man came to me and ask me to make me a pizza. I made the pizza greater than the sun. I cooked it hotter than the sun. I put watermelon and mango on it. I put 9,000,000 pounds cheese on it. I named it cheese fruit pizza. A fat man came to me and asked me to make a pizza. I made the pizza 1 centimer. It was a shape of Bongo. I colored it with bright food coloring. The pizza was for a mouse. My pizza became famous.

어떤 남자가 나에게 와서 나에게 피자를 만들어 달라고 부탁했다. 나는 피자를 태양보다 더 크게 만들었다. 나는 그것을 태양보다 더 뜨겁게 요리했다. 나는 그 위에 수박과 망고를 올렸다. 나는 9백만 파운드의 치즈를 그 위에 얹었다. 나는 그것을 치즈 후르츠 피자라고 이름 지었다. 뚱뚱한 남자가 나에게 와서 피자를 만들어 달라고 부탁했다. 내가 피자를 1센티미터로 만들었다. 그것은 봉고 모양이었다. 나는 그것을 밝은 식용 색소로 칠했다. 그 피자는 쥐를 위한 것이었다. 내 피자는 유명해졌다.

할아버지 강평

1. 이번 글은 공부할 게 많네. 첫째 짧은 글일수록 같은 말을 반복해서 쓰면 안 된다. '나(I)'를 무려 일곱 번이나 썼다. 이러면 글이 지루해져 재미없다. 더 이상 읽고 싶지 않아지지.

2. 이 앞글에서도 말했지만 이 글에서는 묘사가 거의 없고 거의 다 설

명이다. 묘사하는 방법은 앞의 글을 참고해라. 설명인 글들을 한번 확인해보자.

① 어떤 남자가 나에게 와서 나에게 피자를 만들어 달라고 부탁했다. 이건 설명 혹은 진술이다. 이걸 묘사를 사용하면 이렇게 된다. "눈썹이 희고 광대뼈가 툭 튀어나온 사람이 내게 와서 피자를 만들어 달라고 했다."

② 나는 피자를 태양보다 더 크게 만들었다. 나는 그것을 태양보다 더 뜨겁게 요리했다. 설명이다. 설명의 문장을 쓰면 안 되는 건 아니다. 꼭 필요하면 써야 해. 이 문장은 설명으로 들어가도 좋을 것 같다.

③ 나는 그것을 태양보다 더 뜨겁게 요리했다. 설명이다. 이걸 묘사로 고친다면 이렇게 될 것이다. "내가 피자를 태양보다 더 뜨겁게 요리하니까 피자의 한가운데서 용암이 부글부글 끓으면서 솟아올랐다."

④ 나는 그 위에 수박과 망고를 올렸다. 설명이다. 묘사를 한다면, "나는 피자 속에 등에 줄이 구불구불 기어가는 수박과 똥 덩어리 같이 노란 망고를 집어넣었다."

3. 그 외는 생략했지만 설명이나 진술이 필요 없다거나 틀린 표현이란 말이 아니라는 걸 기억해라. 다만 아무 생각 없이 쓰면 이렇게 설명만을 나열하기 쉽기 때문에 우리는 특별히 묘사하는 방법을 배우려 이렇게 글쓰기 연습을 하는 것이다.

4. (봉고는 서윤이네 집에 있는 반려견 이름이다.)

The Kindness Pizza

If I was the greatest chef, I will make a pizza called 'The kindness pizza' and I will add sweet and juicy apples from the Love tree, crunchy and healthy green pepper from the kindness tree, salty and yummy cheese from the respectful tree and red and juicy tomatoes from the funny tree. And for the olive oil, it comes out from Superman's laser eye. For the pizza dough, it comes from the human's skin!

THE END

I hope you enjoyed Jeslyn's Kindness Pizza!!!!

친절 피자

만약 내가 최고의 요리사였다면, 나는 '친절 피자'라고 불리는 피자를 만들 것이고 그리고 사랑나무의 달콤하고 즙이 많은 사과를, 친절나무의 아삭아삭하고 건강한 피망을, 존경받는 나무의 짜고 맛있는 치즈를, 그리고 웃기는 나무의 붉고 즙이 많은 토마토를 첨가할 것이다. 올리브 오일은 슈퍼맨의 레이저 눈에서 나온다. 피자 반죽은 인간의 피부에서 나온다!

끝.

제슬린의 친절 피자를 맛있게 드셨기를 바라요!!!!

1. 와우!! 서우 정말 잘 썼네. 왜 그런지 볼까.

2. 첫 문장이 완전히 압도하네. 나는 처음에 뭔 문장을 이렇게 길게 썼지? 하고 의아하게 생각했다. 그런데 문장을 분석해보니 이건 어른도 쓰기 힘든 문장이다. 왜냐고? 아래 다섯 가지 은유가 나오기도 하지만 문장의 구조가 균형이 어그러지지 않고 완벽하다.

   ① 사랑나무의 달콤하고 즙이 많은 사과를

   ② 친절나무의 아삭아삭하고 건강한 피망을

   ③ 존경받는 나무의 짜고 맛있는 치즈를

   ④ 웃기는 나무의 붉고 즙이 많은 토마토를 첨가할 것이다.

3. 여기서 나무를 보고 그냥 '나무의 달콤하고 즙이 많은 사과를' 이라 했다면 은유도 아니고 그냥 평범했을 것이다. 사랑나무, 친절나무, 존경받는 나무, 웃기는 나무라고 했기 때문에 멋있는 은유가 된 것이다.

4. 제목의 '친절 피자'도 은유이다. 친절=피자.

5. 짧지만 잘 썼다. 앞으로 서우 글쓰기가 기대된다.

2022년 3월 1일 화요일

045 여러분이 무지개의 끝을 발견한다면 어떨 것 같은가요?
(You find the end of the rainbow.)

①글 제목을 꼭 쓸 것 ②은유, 종합명제를 많이 구사할것 ③글의 양을 A4 용지 한 장 혹은 200자 원고지 9장을 목표로 쓸 것

순유(중3)

무지개의 끝

내 남동생 도현이와 함께 밖에서 뛰어논 그때가 아직 눈에 아른거리는데 올해는 벌써 세 계절이 지고 차가운 겨울이 되었다. 분명 도현이의 키는 내 목까지 오도록 컸으나 내 눈엔 그저 작은 '꼬마 소년'이었다. 늦둥이 남동생이라 그런지 더 아꼈고 잘 놀아주었다.

어느 토요일 아침, 시침 10시가 도현이를 째려보고 있었다. 나는 여느 때처럼 도현이를 깨워 씻기고 머리를 고슬고슬 말려주었고, 그 동안 일기예보를 확인했다. 나에게 한 소리 들은 도현이는 조금 삐지긴 했으나 비 오는 날에 노는 걸 좋아하는 도현은 일기예보에 오전에 비가 온다는 소식을 듣고 풀어진 듯 했다. 우리는 눈빛을 교환하고 서로 씨익 웃었다.

밖에 나서니 정말 비가 마구 오고 있었다. 길과 도로는 벌써 이미 다 젖어 미끄러웠다. 꼬마 소년은 나오자마자 철없이 인도를 뛰어다녔다.
"우하하 형 이거 봐 나 피겨스케이팅 하고 있어!"

어째 오늘은 동생이 기분이 좀 좋아보였다. 한바탕 샤워를 한 가로수들 옆으로 해맑은 도현은 벌써 저만큼 앞서나갔다. 나도 도현이를 쫓아갔다.

"야!! 딱 기다려라!!!!"

기분 좋은 찬바람을 가르며 뛰어가던 나는 갑자기 몸이 굳었다. 주변이 모자이크 된 것처럼 보이지 않았고 소리도 들리지 않았다. 그저 나를 향해 뒤돌아보며 혓바닥을 내밀고 있는 도현이와 바로 옆에 커다란 트럭밖에 보이지 않았다. 트럭 천장엔 눈이 가득 쌓여 있었고 덩치는 마치 설인을 보는 것 같았다. 그 무지막지한 설인은 미끄러운 빙판길과 마찰을 내며 휘청거렸다. 3초 뒤에는 멀리 저 바닥만 점점 선홍색으로 변해가고 있었다.

급하게 달려가 봤더니 도현이는 어디에도 보이지 않았다. 도현이가 분명 공중으로 튕겨나가면서 피를 흘린 걸 봤기에 나는 바닥에 무릎을 꿇고 좌절했다. 머릿속이 새하다. 도현이와 함께 논 그 시간들이 내 머리를 간지럽히며 도망갔다. 내 눈물도 내가 싫었는지 자꾸 밑으로, 밑으로 떨어졌다.

겨우 정신을 차리고 조심스럽게 고개를 돌렸더니 내가 왔을 때만 해도 있었던 그 설인같은 트럭마저도 이미 사라져 있었다. 내 눈앞에는 그저 젖은 차도와 피 뿐이었다. 그때 휘파람 소리가 들렸다. 익숙했다. 나는 홀린 듯, 그냥 아무 이유 없이 그 소리를 따라갔다. 나는 내 앞에 있는 것을 보고 한 번 더 몸이 굳었다. 그 트럭이었다. 나는 평생 느끼지 못했던 내 몸이 각성하는 것을 느꼈다. 옆에 있는 쇠파이프를 들고 그 트럭을 향해 한 걸음, 한 걸음 다가갔다. 심장은 터질 듯이 요동쳤다. 다행히 운전석에 인기척이 있었다.

쇠파이프를 유리창에 휘갈기려는 찰나 나는 그 순간 얼음이 되었다.

"아빠..?"

아빠도 나를 발견하고는 깜짝 놀란 거 같았다. 아빠가 조용히 문을 열어주었다. 정말 혹시나 하는 마음에 옆자리를 봤는데 아무도 없었다. 나는 쇠파이프를 뒤로 버렸다. 눈물이 미친 듯이 나왔다. 아빠가 뭐라 말했는데 들리지 않았다. 그 순간 뒤에서 누가 내 등을 건드렸다. 그때는 정말 아무 생각이 없어서 반응하지 않았다. 2초 뒤에 정말 익숙했던 목소리가 들려왔다.

"형..!!!"

눈물이 쏙 들어갔다. 빠르게 뒤를 돌아보았다. 도현이가 방긋 웃고 있었다. 상황 파악을 하려는데 아빠랑 도현이가 같이 웃음이 터졌다. 나는 아이스크림을 먹으며 집에 돌아갈 때야 기분이 풀렸다. 그날 일은 평생 기억에 남을 것이였다. 뒤를 돌아봤는데 어느새 비는 그쳐 있고 내가 살면서 본 것 중에 가장 크고 밝은 무지개 하나가 떠 있었다.

할아버지 강평

1. 도현이가 사고로 없다가 나타나면 이것이 반전이다. 이 반전이 이 글의 재미이고 포인트이다. 그러나 반전은 그냥 아무런 논리도 없이 나타나면 설득력이 없다. 도현이가 나타난 이유가 읽은 사람이 '아, 그래서 도현이가 사라졌다가 나타났구나' 하는 이유를 발견하고 그 반전에 쾌감을 느끼는 것이다. 그러한 점이 별로 없지 않는가 한다. 아빠가 나타나는 이유도 뭔가 그럴듯한 논리가 있어야 한다. 무조건 반전을 하면 읽는 사람이 맥이 빠진다.

2. 왜 아빠가 갑자기 트럭 운전대에 있는 것인지 모르겠다.

3. 선홍색 피를 흘린 도현이가 왜 아빠 옆의 트럭에 있는지 그 이유가 불분명하다.

4. 이야기는 자연스럽게 풀어나갔는데 결정적인 순간에 반전이 있어야 한다. 그것도 논리가 있는 반전!!

5. 아쉬운 것이 있다. 많지는 않아도 우리가 배운 은유도 몇 개쯤 넣으면 글의 품격이 달라진다.

6. 그런 문장의 맛을 주기 위해서 나는 글을 일단 쓴 다음 고쳐 쓰기를 해서 필요한 은유를 집어넣는다. 내가 하는 식이다. 예를 들어보면 이렇다.

할아버지식 고쳐 쓰기

무지개의 끝

----ⓜ(metaphor/은유) ----ⓢ(statement/진술) ----simile(직유)

- 내 남동생인 도현이와 함께 밖에서 뛰어 놀던 그때가 아직 눈에 아른거리는데 올해는 벌써 세 계절이 지고 차가운 겨울이 되었다. ---ⓢ
차가운 겨울의 형용사 '차가운'은 불필요하다. 왜냐하면 차갑지 않은 겨울이 있나?

⇒ 남동생 도현이와 함께 밖에서 뛰어논 그 세월은 내 속에서 산이 되고 여울이 되어 흐르고 있었다. 눈에서 아른거리는 도현은 겨울의 목을 끌고 왔다.

- 분명 도현이의 키는 내 목까지 오도록 컸으나 내 눈엔 그저 작은 '꼬마 소년'이었다. ----ⓢ

  ⇒ 내 목까지 오는 도현의 키는 '꼬마 소년'의 담장을 넘고 있었다.

- 늦둥이 남동생이라 그런지 더 아꼈고 잘 놀아주었다.----ⓢ

  ⇒ 늦둥이 남동생의 귀여움이 나를 평안한 풀밭에 눕게 했다.

- 어느 토요일 아침, 시침 10시가 도현이를 째려보고 있었다. ----ⓜ

  ⇒ 어느 토요일 아침, 열 시를 가리키는 시계 바늘이 도현이의 등을 토닥여주었다.

- 나는 여느 때처럼 도현이를 깨워 씻기고 머리를 고슬고슬 말려주었고, 그동안 일기예보를 확인했다. ----ⓢ

  ⇒ 여느 때처럼 도현이를 깨워 씻겼고 고슬고슬 말려준 머리카락들이 음모를 꾸미는 듯이 꼬여있었다. 그 동안 일기예보는 멀리서 빗물 소리를 들려주었다.

- 나에게 한 소리 들은 도현이는 조금 삐지긴 했으나 비 오는 날에 노는 걸 좋아하는 도현은 일기예보에 오전에 비가 온다는 소식을 듣고 풀어진 듯 했다. ----ⓢ

  ⇒ 비 오는 날 노는 걸 좋아하는 도현은 오전에 비가 온다는 소식에 두 다리가 벌써 밖으로 달려나가려고 핵핵대었다.

- 우리는 눈빛을 교환하고 서로 씨익 웃었다. ----ⓢ

  ⇒ 우리가 교환한 눈빛은 서로의 눈꼬리를 위로 잡아당겼다.

- 밖에 나서니 정말 비가 마구 오고 있었다. 길과 도로는 벌써 이미 다 젖어 미끄러웠다. ----ⓢ

  ⇒ 밖에 나서니 정말 비가 마구 사선을 쳤다. 길과 도로는 벌써 빗줄기에 흠씬 두들겨 맞고 늘어졌다.

- 꼬마 소년은 나오자마자 철없이 인도를 뛰어다녔다. ----ⓢ

  ⇒ 꼬마 소년은 나오자마자 철없이 인도의 헛바닥을 끌고 다녔다.

- "우하하 형 이거 봐 나 피겨스케이팅 하고 있어!" ----Ⓢ(그대로 살린다)
- 어째 오늘은 동생이 기분이 좀 좋아보였다. ----Ⓢ
    ⇒ 어째 오늘은 동생의 기분은 체신머리 없이 촐랑대었다.
- 한바탕 샤워를 한 가로수들 옆으로 해맑은 도현은 벌써 저만큼 앞서 나갔다. ----Ⓢ
    ⇒ 한바탕 샤워를 한 가로수들이 물을 털고 해맑은 도현의 발걸음은 저만큼 여울물 소리를 내고 달려갔다.
- 나도 도현이를 쫓아갔다. ----Ⓢ
    ⇒ 도현의 뒤꼭지가 갑자기 내 앞에서 눈을 번쩍 떴다.
- "야!! 딱 기다려라!!!!" ----Ⓢ(그대로 살린다.)
- 기분 좋은 찬바람을 가르며 뛰어가던 나는 갑자기 몸이 굳었다. ----Ⓢ
    ⇒ 기분 좋은 찬바람을 쪼개면서 뛰어가던 내 몸이 갑자기 깨갱 소리지르고 마침표가 되었다.
- 주변이 모자이크 된 것처럼 보이지 않았고 소리도 들리지 않았다. ----Ⓢ
    ⇒ 주변의 풍경은 가로세로로 찢어지고 소리는 땅속을 기어들어가 귀에는 정적이 흘렀다.
- 그저 나를 향해 뒤돌아보며 혓바닥를 내밀고 있는 도현이와 바로 옆에 커다란 트럭밖에 보이지 않았다. ----Ⓢ
    ⇒ 그저 나를 향해 뒤돌아보며 혓바닥을 내밀고 있는 도현이와 바로 옆에 커다란 트럭만이 네 발을 들고 나오고 있었다.
- 트럭 천장엔 눈이 가득 쌓여 있었고 덩치는 마치 설인을 보는 것 같았다. ----simile(그대로 살린다.)

- 그 무지막지한 설인은 미끄러운 빙판길과 마찰을 내며 휘청거렸다. ----Ⓢ

  ⇒ 그 무지막지한 설인이 빙판길을 미끄러지며 휘청거리는 땡고함이 내 뺨을 때렸다.

- 3초 뒤에는 멀리 저 바닥만 점점 선홍색으로 변해가고 있었다. ----Ⓢ

  ⇒ 순간 멀리 저 바닥에는 선홍색의 쓰나미가 몰려오고 있었다.

- 급하게 달려가 봤더니 도현이는 어디에도 보이지 않았다. ----Ⓢ

  ⇒ 급하게 달려가 보았으나 도현의 모습은 빙판길에 허공으로 걸어들어 갔다.

- 도현이가 분명 공중으로 튕겨나면서 피를 흘린 걸 봤기에 나는 바닥에 무릎을 꿇고 좌절했다. ----Ⓢ

  ⇒ 도현이 분명 설인의 긴 팔로 내동댕이쳐지고 선홍색 핏물이 빗줄기 속을 스며드는 것을 보았다. 내가 바닥에 꿇은 무릎은 좌절의 목을 이미 꺾었다.

- 머릿속이 새하얗다. ----Ⓢ

  ⇒ 머릿속은 숨결을 조르자 새하얗게 서리가 꼈다.

- 도현이와 함께 논 그 시간들이 내 머리를 간지럽히며 도망갔다. ----ⓜ

- 내 눈물도 내가 싫었는지 자꾸 밑으로, 밑으로 떨어졌다. ----ⓜ

  ⇒ 눈물 속에는 웃고 있는 도현이 들어앉아서 반짝였다.

- 겨우 정신을 차리고 조심스럽게 고개를 돌렸더니 내가 왔을 때만 해도 있었던 그 설인같은 트럭마저도 이미 사라져있었다. ----simile

  ⇒ 겨우 정신을 차리고 조심스럽게 고개를 돌렸더니 설인 같은 트럭의 모습은 절망 속으로 들어가버렸다.

- 내 눈앞에는 그저 젖은 차도와 피뿐이었다. ----⑤

  ⇒ 내 눈앞에는 그저 젖은 차도와 피만이 낙인찍혀 있었다.

- 그때 휘파람 소리가 들렸다. ----⑤

  ⇒ 그때 휘파람 소리가 귓속에 화살로 날아와 꽂혔다.

- 익숙했다. ----⑤

  ⇒ 익숙함이 넘실댔다.

- 나는 홀린 듯, 그냥 아무 이유 없이 그 소리를 따라갔다. ----⑤

  ⇒ 그 소리는 귓속에서 이명이 되어 내 모가지를 끌고 갔다.

- 나는 내 앞에 있는 것을 보고 한 번 더 몸이 굳었다. ----⑤

  ⇒ 내 앞의 어떤 존재는 나를 돌산으로 만들었다.

- 그 트럭이었다. 설인처럼 털복숭이를 하고 고릴라처럼 아가리를 벌리려고 했다. ----simile(그대로 살린다)

- 나는 평생 느끼지 못했던 내 몸이 각성하는 것을 느꼈다. ----⑤

  ⇒ 내 평생에 느끼지 못한 찬바람이 내 속에서 떨면서 올라왔다.

- 옆에 있는 쇠파이프를 들고 그 트럭을 향해 한걸음, 한걸음 다가갔다. ----⑤

  ⇒ 옆에 있는 쇠파이프를 들고 그놈의 설인을 향해 내 숨결을 번득이는 칼로 갈았다.

- 심장은 터질 듯이 요동쳤다. ----simile

  ⇒ 심장은 제 몸을 뒤틀면서 불뚝 일어섰다.

- 다행히 운전석에 인기척이 있었다. ----⑤

  ⇒ 운전석에 인기척이 부스럭거리며 일어났다.

- 쇠파이프를 유리창에 휘갈기려는 찰나 나는 그 순간 얼음이 되었다. ----ⓜ

- "아빠..?"

  아빠도 나를 발견하고는 깜짝 놀란 거 같았다. ----Ⓢ(그대로 살린다)

- 아빠가 조용히 문을 열어주었다. ----Ⓢ

  ⇒ 아빠가 조용히 내 슬픔의 문을 열어주었다.

- "아빠가 여기 웬 일이에요?"----Ⓢ(그대로 살린다)

- "응, 내가 말 안 했나? 내가 회사에서 목이 잘려 트럭운전수가 되어 다닌다는 걸."----Ⓢ(그대로 살린다)

- 정말 혹시나 하는 마음에 옆자리를 봤는데 아무도 없었다. ----Ⓢ

  ⇒ 혹시나 하는 마음은 옆자리 뒷자리를 서치라이트를 가지고 둘러보았다.

- 나는 쇠파이프를 뒤로 버렸다. ----Ⓢ

  ⇒ 쇠파이프는 뱀꼬리를 흔들고 내 뒤에서 사라졌다.

- 눈물이 미친 듯이 나왔다. ----simile

  ⇒ 눈물이 안도의 절벽을 타고 내려갔다.

- 아빠가 뭐라 말했는데 들리지 않았다. ----Ⓢ

  ⇒ 아빠가 뭐라고 말한 것을 내 눈물이 덮어버렸다.

- 그 순간 뒤에서 누가 내 등을 건드렸다. ----Ⓢ

  ⇒ 그때 뒤에서 도현이의 손이 등 위를 나비가 되어 앉았다.

- 그때는 정말 아무 생각이 없어서 반응하지 않았다. ----Ⓢ

  ⇒ 나는 얼어버린 한 송이 꽃이었다.

- 2초 뒤에 정말 익숙했던 목소리가 들려왔다. ----Ⓢ

  ⇒ 순간 도현이의 익숙한 목소리는 내 가슴 속을 이미 활개치고 날고 있었다.

- "형..!!!"

  "아니 네가 왜 거기에? 아까 흘린 피는 네 것이 아니야?"----Ⓢ

(그대로 살린다)

⇒ "형, 잊었어. 오늘 동지잖아. 본죽에서 팥죽 사서 들고 가던 중이었는데 그놈의 설인이 내 팥죽을 작살내고 도망갔다고, 마침 아빠를 만나서 다행이네. ----⑤(그대로 살린다)

• 눈물이 쏙 들어갔다. ----⑤

⇒ 내 눈물이 안심 속으로 들어갔다

• 빠르게 뒤를 돌아보았다. ----⑤

⇒ 속은 것에 약이 오른 내 눈빛이 미소를 지었다.

• 도현이가 방긋 웃고 있었다. ----⑤

⇒ 도현이가 방긋 웃으며 내 기분을 다림질해서 말끔해졌다.

• 상황 파악을 하려는데 아빠랑 도현이가 같이 웃음이 터졌다. ----⑤

⇒ 아빠랑 도현이가 맞장구치는 웃음이 산머리를 지나 하늘로 돌아나갔다.

• 나는 아이스크림을 먹으며 집에 돌아갈 때야 기분이 풀렸다. ----⑤

⇒ 집으로 돌아갈 때에야 아빠가 사준 아이스크림이 내 몸을 달달하게 만들었다.

• 그날 일은 평생 기억에 남을 것이었다. ----⑤

⇒ 그날 일은 평생 기억에다가 조각을 해서 새겨 놓았다.

• 뒤를 돌아봤는데 어느새 비는 그쳐 있고 내가 살면서 본 것 중에 가장 크고 밝은 무지개 하나가 떠 있었다. ----⑤

⇒ 어느새 비는 그쳐 있었고 무지개가 도현이와 아빠 뒤에서 빨주노초파남보로 행복의 벽돌을 쌓고 있었다.

1. 문장이 대충 58개이다. 이걸 될 수 있는 대로 은유로 만들어 보았다.

2. 처음부터 은유를 척척 쓰면서 글을 써나가는 사람은 없을 것이다. 처음에는 생각나는 대로 거침없이 쓰고 나서 그 다음에 고쳐 쓰기를 하는 것이다. 이런 식으로 하는 것은 내 방식이고 모든 글쓰기를 내 방식으로 해야 하는 것은 아니다. 분명한 것은 고쳐 쓰기는 중요하다. 다만 고쳐 쓰기는 중노동이니까 하기가 쉽지는 않다.

3. 순유 너도 글을 한 편 썼다고 그냥 거기서 멈추는 것이 아니라 고쳐 쓰기를 해야 한다. 명심하도록!

4. 마지막으로 은유로 만든 글들을 정리해 보아라. 이 수정본을 네가 처음 쓴 글과 비교하면 그 차이를 알 것이다.

순규(중1)

무지개의 끝

나는 평범한 삶보다 더 평범한 삶을 살고 있는 어느 한 회사원이다. 오늘은 비가 거하게 와서 우산을 들고 회사에 가는 길이었다. 우산을 바라보고 있는데 우산이 비를 맞아서 언짢은 표정으로 나를 보기 시작했다. 내 생각엔 다른 우산도 많은데 하필 날 골라서 짜증이 난 듯했다. 그렇게 회사에 가던 중에 갑자기 비가 멈추고 무지개가 생겼다. 하지만 희한하게 무지개의 색깔이 반대로 되어 있었다. 나는 너무 호기심이 발동해서 회사에 몸이 아프다는 거짓말을 하고 그 무지개의 끝을 찾아보기로 했다. 얼른 집 주차장에 가니 내 차가 기다렸단 듯한 얼굴을 했다. 나는 내 차를 몰고 무지개의 끝을 좌표로 찍어서 목적지를 정하고 출발했다. 맨 처음에는 한 시간이면 도착할 것 같았는데 그렇게 긴 여정이 시작 될 줄 몰랐다.

그곳을 찾아 떠난 지 벌써 3일이 지났다. 나는 매일 한 시간마다 왜 이렇게 긴 건지를 이해할 수 없다며 가고 있었다. 그리고 드디어 그 지점에 왔다. 그 지점에는 그냥 단순한 폭포가 있었다. 하지만 그 폭포의 모습은 내가 올 것을 이미 알고 있었다는 얼굴을 하고 있었다. 그리고 그 폭포는 떨어지는 물의 폭이 엄청 넓었다. 나는 속으로 이럴 일 없다고 생각하고 뭐가 있겠지 라는 생각으로 그 떨어지는 물속으로 들어갔다. 그러고는 나는 회사를 3일 동안 안 나간 것에 대해 후회 대신 뿌듯함을 느꼈다. 바로 천국이 있었다. 그곳에선 비로 인해 충분한 물을 얻으면 나머지 물을 밝은 빛으로 만들어 내보내는 것이었다. 그것이 바로 무지개인 것이다.

나는 바로 집으로 돌아와 이 사실을 뉴스에 보고하고 엄청난 관심을 끌었다. 그렇게 나의 인생은 평범한 삶에서 전혀 평범하지 않은 인생으로 바뀌었다. 그리고 TV에서 어두운 색의 계열의 무지개가 나타났다는 것을 알려줬다.

할아버지 강평

1. 재미있다.

2. 무지개의 끝을 찾아가는 것에 대해서 읽는 사람으로 하여금 궁금증을 자아내게 한다. 그런 것이 필력이지.

3. 많지는 않지만 은유를 구사한 문장을 볼 수 있다.

4. 무지개 끝을 찾아가니 '천국'이라고 하는 것은 반전으로 좋기는 한데

그런 것은 누구나 생각할 수 있는 것이어서 좀 더 기발하거나 참신한 아이디어였으면 더욱 이 글이 빛났을 것 같다. 그래도 아무튼 그런 식으로 글을 이끌어간다고 하는 것은 칭찬받을 만하다.

5. 앞으로 힘내서, 그리고 열심히 자꾸 연습하면 순규는 글을 잘 쓸 것 같아. 왜냐하면 너는 분명히 순발력이 있다.

6. 접속사 남발하지 말자.

7. TV에서 어두운 색의 계열의 무지개가 나타났다는 것을 알려줬다. 이 내용이 갑자기 왜 나왔는지, 그 의미가 무언지 잘 모르겠다. 혹시 '색깔이 반대로 된 무지개'를 말하는 건 아닌지.

8. 글을 쓰고는 고쳐 쓰기를 반드시 해야 한다. 맞춤법, 접속사 남용, 반복어가 있나, 주어와 동사가 잘 상응하고 있는지 등을 체크해야 한다.

서윤(중1)

End Of The Rainbow

The rainbow creeps into my bedroom full of happiness. I follow an echo swiftly so I can see what lies beyond. As I climb and hike, I see faint lighting with a glint of happiness beyond the mountain. On the other side of the mountain, there are candy stashes blended in with nature. The mushrooms have gummy bears hanging on for dear life, the trees have marshmallow ornaments that you can eat for days. The rainbow trails off and I reluctantly follow.

The rainbow trails softly as I hike while picking for candy. It is an endless river that holds tremendous power that will continue on for years. That power of the rainbow depends on nature. I peek over the rainbow and see minions dancing over the rainbow loading pots of gold into carts and chewing candy as the dentist is serving juice to its patients, the minions are also eating bananas on golden stoves.They are sleeping into their computers where it has little toasters heating the keys so they sleep well.

The candy is grown by farmers and they secretly load it into supermarket carts so there identity remains a secret for the people. They are little minions who can win happiness and make treats for everyone to be happy. Also, they can create happiness with the golden stoves and the computers which the trees are controlling with the candy bars. I see that the sun is going down so I head home with the rainbow.

엔드 오브 더 레인보우

----ⓜ(metaphor/은유) ----ⓢ(statement/진술)
무지개가 행복으로 가득 찬 내 침실로 슬금슬금 들어온다.----ⓜ
나는 저 너머에 무엇이 있는지 보기 위해 재빨리 메아리를 따라간다. ----ⓢ
산을 오르고 등산을 하다 보면 산 너머 희미한 불빛과 함께 행복의 빛이 보인다.----ⓢ

산의 반대편에는 자연과 어우러진 사탕 자국이 있다.----ⓜ

버섯에는 젤리 곰이 평생 매달려 있고, 나무에는 며칠 동안 먹을 수 있는 마시멜로 장식이 있다. ----ⓢ

무지개가 사라지고 나는 마지못해 따라간다.----ⓢ

사탕을 따러 하이킹을 하다 보면 무지개가 살랑살랑 따라붙는다. ----ⓜ

그것은 몇 년 동안 계속될 엄청난 힘을 지닌 끝없는 강이다.----ⓢ

무지개의 힘은 자연에 달려있다.----ⓜ

무지개 너머로 훔쳐보면 미니언들이 황금 항아리를 카트에 실은 무지개 위에서 미니언이 춤추는 것을 볼 수 있고, 치과 의사가 환자에게 쥬스를 제공하듯이 캔디를 씹고 있는 미니언을 볼 수 있고, 미니언들도 황금 난로 위에서 바나나를 먹고 있는 것을 볼 수 있다. ----ⓢ

그들은 열쇠를 데우는 작은 토스터가 있는 컴퓨터 안에서 잠을 자고 있기 때문에 그들은 잠을 잘 잔다.----ⓢ

이 사탕은 농부들에 의해 재배되고 그들은 그것을 슈퍼마켓의 카트에 몰래 싣기 때문에 사람들에게 정체성은 비밀로 남는다.----ⓢ

그들은 행복을 얻을 수 있는 작은 미니언들이고 모두가 행복할 수 있도록 할 수 있다.----ⓢ

또한 그들은 황금 난로와 컴퓨터를 가지고 행복을 창조할 수 있는데 나무들은 캔디바를 가지고 황금 스토브와 컴퓨터를 조종할 수 있다.----ⓜ

나는 해가 지고 있는 것을 보고 무지개와 함께 집으로 향한다.----ⓢ

할아버지 강평

1. 지난 번에도 말한 것으로 기억하는데 상상에도 논리가 있어야 한다고 말했다. 말하자면 눈에 보이지 않는 '붉은 선'(주제)을 따라서 그것에 이야기하는 것이 집중되어야 한다. 여기서 말하는 '붉은 선'이란 서윤이가 밖으로 드러내지는 않았지만 말하고 싶은 것이다.

   아직도 내가 말한 것을 잘 이해하지 못하고 있는 것 같다. 아무리 좋은 상상이라도 그것이 따로따로 놀면 안 된다.

   첫 번째 문단paragraph을 볼까?

   무지개가 내 침실로 들어온다→저 너머에 무엇이 있는지 보기 위해 재빨리 메아리를 따라간다→산을 등산하면 행복의 빛이 보인다(이것도 앞의 두 문장과 관련성이 없어 보인다)→산 반대편에 사탕 자국이 있다(이건 우선 관련성이 있을 수도 있겠다 싶다)→버섯에는 젤리 곰이 매달려 있고 나무에는 마시멜로 장식이 있다.

   다시 한 번 찬찬히 보아라. 다섯 문장이 따로따로 놀고 있고 그것이 무얼 말하는지 읽는 사람이 알기 어렵다. 물론 나중에 전체 얼개가 엮어져 관련성이 있을 수는 있지만 적어도 지금은 그렇다.

2. 두 번째 문단, 세 번째 문단도 첫 번째 문단과 마찬가지이다. 특히 세 번째 문단에서 "미니언들이 행복을 얻을 수 있고 모두를 행복하게 해 줄 수 있다."라고 말했는데 서윤이는 그렇다고 생각했겠지만 읽는 사람이 그 말을 그렇다고 인정할 수 있을까? 문장마다 비약이 있어서 읽는 사람이 미니언들이 행복하고 행복하게 해 줄 수 있다는 데 동의하기가 어렵다고 생각한다.

3. 서윤이는 상상력이 좋은데 이 상상력이 서로 연관 혹은 논리가 있어서 전개가 되어야 하는데 이것이 너무 비약하여 따로따로 노니까 읽는 사람은 잘 이해가 안 되고 심지어는 당황하게 된다. 그동안 쭉 이런 식으로 계속되어 왔다. 이번 기회에 잘 생각해서 고쳐야 할 것이다.

4. 글을 쓸 때 나 혼자 이해하고, 나 혼자 기분에 잘 썼다는 데서 그쳐서는 안 된다. 특히 문장에 비약이 있을 때는 읽는 사람이 무리 없이 그것을 받아들일 수 있나, 항상 생각해야 한다. 읽는 사람의 입맛에 맞추어 글을 쓰라는 것이 아니다. 내 멋대로만 쓴다고 되는 게 아니라 항상 읽는 사람의 입장이 되어서 글이 타당하다고 느낄 수 있도록 써야 한다.

5. 순규의 글을 예로 들어보자. 순규는 이야기를 무리 없이 진술의 형태로 쓰다가 간간이 은유도 사용하면서 이야기의 어떤 줄거리가 진행되고 있다. 그런데 이번에는 이야기의 결말에 반전reversal을 노렸다. 모든 글이 반전을 노린 글이어야만 하는 것은 아니다. 이런 것은 이야기하는 기법 중에 하나일 뿐이다. 순규는 무지개의 끝을 찾아가다가 마지막에 어떤 사건을 만난 것을 이야기하고 있다. 내가 봐서는 반쯤 성공한 것 같다.

6. 그러니까 순유나 순규처럼 처음에는 별 부담 갖지 말고 생각나는 대로 설명하듯이(즉 진술을 위주로) 써도 된다. 그 다음에 필요한 부분만을 은유로 바꾸는 것이 좋겠다.

7. 무지개라고 생각하면 누구나 행복을 연상한다. 글을 쓰면서 또 행복과 연관시키면 진부한 표현이 되어 읽는 사람은 식상해하기 쉽다

tired of. 그러므로 이때는 차라리 무지개를 불행으로 연관시키면 읽는 사람은 한 번도 무지개를 가지고 그런 생각을 안 했으므로 "응? 이게 무슨 말이지?" 하고는 궁금증과 호기심을 가지고 글을 읽게 된다. 글쓰는 사람은 그런 걸 노려야 한다.

3. 세 장면 쓰기는 의식의 흐름이다

2021년 1월 1일부터는 당분간 글쓰기를 스타일을 바꾸어 보기로 한다. 이름하여 '세밀묘사'라고 할까? 영화 장면을 생각해 보자. 영화 장면을 보면 대충 두 가지가 있다. 하나는 한 장면에서 다른 장면으로 빨리 전환되는 것이다. 이게 이제껏 너희들이 글쓰기를 한 모습이다. 다른 하나는 영화가 한 장면을, 예를 들어 지하실을 내려가면서 어두컴컴한 곳에 있는 물체를 집중적으로 계속 비추는 경우가 있다. 이런 것이 글쓰기 쪽에서 보면 세밀묘사에 해당한다.

자판기에서 커피를 뽑아 마시는 장면을 생각해 보자. 보통 같으면 "나는 자판기에서 커피를 뽑아 마셨다. 그리고 발길을 버스 정류장으로 향했다." 라고 쓴다. 반대로 이때 자판기에서 커피를 뽑아 마시는 장면을 세 가지 혹은 그 이상의 장면으로 나누어 묘사하는 것이다. 이것이 이제부터 당분간 공부할 세밀 묘사이다.

이것을 하는 목적은 이런 것도 있다고 맛을 보라는 것이다. 나중에 어떤 수필을 쓰더라도 세밀묘사가 들어가면 글의 차원이 달라진다. 말하자면 고급스러워지는 것이다.

이 달의 과제를 두 가지 줄 게. 한 달 안에 두 문제를 풀어보자. 열 번만 해 보기로 한다.

2021년 4월 1일 토요일

문제8) 컴퓨터를 켜다

서윤(초5)

The Computer's Reliant Job

The two screens are connected on to each other, I force each other open. They collide and show their faces. They greet me happily and ask what took me so long to use it. The computer asks for the password suspiciously. The password keys glow brightly against the other million keys. My hands are sinking on snow as my hands walk on the keyboards skipping confidently. It pulls out it's cloak that has splashes of colorful apps dangling from it. The computer brags about its cloak and ask which one I want to use today. I click google which is a whirlpool of colors. Google greets me and the line flashes and blinks wildly. I search about Kim Yuna. The screen turns white and transitions into a hypnotizing circle. The screen blinks and turns into a jack in the box popping up with a ding. My computer is a mom that helps me with everything.

컴퓨터 관련 작업

----ⓜ(metaphor/은유) ----ⓢ(statement/진술)

두 개의 스크린이 서로 연결되었다. ----ⓢ

나는 각자를 억지로 연다. ----ⓢ

그들은 충돌하고 얼굴을 드러낸다. ----ⓜ

그들은 나를 행복하게 맞이하고, 내가 그것을 사용하는 데 왜 그렇게 오래 걸렸냐고 묻는다. ----ⓜ

컴퓨터가 의심스러운 듯이 암호를 묻는다. ----ⓜ

암호 키는 다른 백만 개의 키에 비해 밝게 빛난다. ----ⓢ

내 손은 키보드 위를 자신 있게 깡충깡충 뛰는데 내 손은 눈에 가라앉는 발이다. ----ⓜ

그것은 알록달록한 앱이 널려 있는 망토를 꺼낸다. ----ⓜ

컴퓨터들은 그 겉옷을 자랑하면서 내가 오늘 어떤 것을 쓰고 싶은지 물어본다. ----ⓜ

나는 색깔의 소용돌이인 구글을 클릭한다. ----ⓢ

구글이 나에게 인사하고 라인이 번쩍이고 눈을 깜박인다. ----ⓜ

나는 김유나에 대해 검색한다. ----ⓢ

스크린이 하얗게 돌아가고 최면의 원으로 바뀐다. ----ⓜ

스크린이 깜박거리더니 쿵 소리와 함께 튀어오른 상자 안의 잭으로 바뀌어 버린다. ----ⓢ

나의 컴퓨터는 모든 것을 도와주는 엄마다. ----ⓜ

할아버지 강평

서윤이 정말 잘 썼다!! 이게 바로 내가 원하던 세밀 묘사이다. 더 이상 언급할 게 없다.

문제13) 보리 국어사전을 펴다

* 세 장면 쓰기의 정확한 의미를 이제는 잘 알겠지. 보리 사전을 펼 때, 볼 때, 사전을 닫을 때의 세 장면을 세밀하게 쓰는 것이다.
* 질보다 양이라고 했지. A4 용지 1장, 즉 200자 원고지 10장을 써라.

순유(중2)

1. 보리 사전을 펴다.

책상을 정리하다가 무언가가 내 눈길에 바람을 불었다. 보니까 국어 사전이었다. 이런 게 있었나 했는데 생각해보니 할아버지가 주신 거였다. 무심코 사전의 배를 열어 재꼈더니 안에서 정모 중인 글자들이 내 눈살을 조금 찌푸리게 했다. 글자들이 내 눈 속에 들어와서는 내 눈을 간지럽혔다. 자연스럽게 글자들을 수색하고 있었다.

2. 보리 사전을 보다.

갑자기 사과는 사전에 뜻이 어떻게 나와 있을지 궁금해서 찾아봤는데 갑자기 글자들이 책을 뚫고 나와 내 눈앞에서 춤을 추기 시작했다. 순간적으로 내 머리의 전원이 꺼질 뻔했다. 하지만 여기서 끝이 아니었다. 사전에서 빛이 갑자기 나타나 춤을 추었다. 눈을 떠보니까 웬 빨간 사과 한 개가 사전 옆에서 멋있게 구르기를 연습하고 있었다. 너무 놀라 뒷구르기를 할 뻔했다. 정신을 차리고 사전에게 말을 걸어 보았지만 대답은 꼭꼭 숨었다.

이번에는 돈을 찾아보았지만 아무 반응도 없었다. 그래서 일단 내가 말하는 대로 말한 것이 나온다는 것을 알았기에 나는 추상명사를 말하면 어떻게 될지 궁금했다. 사랑이라는 단어를 찾아보았다. 그랬더니 아까 사과는 또 어디 가고 정적만 흐느적거렸다. 실망했지만 대단한 발견을 해서 그냥 사전을 덮으려는 찰나에 갑자기 현관문 소리가 울렸다. 봉봉이가 미친 듯이 짖는 걸 보니 엄마가 퇴근하고 오신 것 같다. 아직 오후 3시인데 빨리 오셨다는 생각이 들었다. 일단 사전은 펴두고 현관문에 가봤더니 엄마는 없고 웬 치킨이 놓여있었다. 일단 가지고 방에 들어왔는데 놀라운 광경을 보았다. 사전이 아까처럼 빛을 내고 있었다. 지금 보니 치킨에 이런 메시지가 쓰여 있었다. "순유야, 엄마가 오랜만에 서프라이즈 해줬어~ 엄마가 너 치킨 먹은 지 오래된 거 같아서 시켜줬어. 맛있게 먹으렴 – 엄마" 나는 틀림없이 그때 사전이 나에게 이런 소소한 사랑을 깨닫게 해주었다고 굳게 믿는다.

3. 보리 사전을 닫다.

이제 이 사전과 인사를 해야 할 때가 됐다. 책 뒤표지를 읽어보니 마법은 딱 두 번만 효력이 있다고 쓰여 있었다. 나는 사전을 닫을 때 분명히 보았다. 보리 사전이 방긋 웃고 있는 모습을.
"고마웠어" 내가 말했다.

보리 국어사전을 펴다

---ⓜ(metaphor/은유) ---ⓢ(statement/진술)

1. 보리 사전을 펴다.

책상을 정리하다가 무언가가 내 눈길에 바람을 불었다.---ⓜ

보니까 국어사전이었다. ---ⓢ

이런 게 있었나 했는데 생각해 보니 할아버지가 주신 거였다.---ⓢ

무심코 사전의 배를 열어 재꼈더니 안에서 정모 중인 글자들이 내 눈살을 조금 찌푸리게 했다. ---ⓜ

글자들이 내 눈 속에 들어와서는 내 눈을 간지럽혔다. ---ⓜ

자연스럽게 글자들을 수색하고 있었다.---ⓢ

2. 보리 사전을 보다.

갑자기 사과는 사전에 뜻이 어떻게 나와 있을지 궁금해서 찾아봤는데 갑자기 글자들이 책을 뚫고 나와 내 눈앞에서 춤을 추기 시작했다. ---ⓜ

순간적으로 내 머리의 전원이 꺼질 뻔했다. ---ⓜ

하지만 여기서 끝이 아니었다. ---ⓢ

사전에서 빛이 갑자기 나타나 춤을 추었다. ---ⓜ

눈을 떠보니까 웬 빨간 사과 한 개가 사전 옆에서 멋있게 구르기를 연습하고 있었다. ---ⓜ

너무 놀라 뒷구르기 할 뻔했다. ---ⓢ

정신을 차리고 사전에게 말을 걸어 보았지만 대답은 꼭꼭 숨었다. ---ⓜ

이번에는 돈을 찾아 보았지만 돈은 사전에는 아무 반응도 없었다. ---ⓢ

그래서 일단 내가 말하는 대로 말한 것이 나온다는 것을 알았기에 나는 추상명사를 말하면 어떻게 될지 궁금했다. ---Ⓢ

사랑이라는 단어를 찾아보았다. ---Ⓢ

그랬더니 아까 사과는 또 어디 가고 정적만 흐느적거렸다. ---Ⓜ

실망했지만 대단한 발견을 해서 그냥 사전을 덮으려는 찰나에 갑자기 현관문 소리가 울렸다. ---Ⓢ

봉봉이가 미친 듯이 짖는 걸 보니 엄마가 퇴근하고 오신 것 같다. ---Ⓢ

아직 오후 3시인데 빨리 오셨다는 생각이 들었다. ---Ⓢ

일단 사전은 펴두고 현관문에 가봤더니 엄마는 없고 웬 치킨이 놓여 있었다. ---Ⓢ

일단 가지고 방에 들어왔는데 놀라운 광경을 보았다. ---Ⓢ

사전이 아까처럼 빛을 내고 있었다. ---Ⓜ

지금 보니 치킨에 이런 메시지가 쓰여있었다. ---Ⓢ

"순유야, 엄마가 오랜만에 서프라이즈 해줬어~ 엄마가 너 치킨 먹은 지 오래된 거 같아서 시켜줬어. 맛있게 먹으렴 – 엄마" ---Ⓢ

나는 틀림없이 그때 사전이 나에게 이런 소소한 사랑을 깨닫게 해주었다고 굳게 믿는다. ---Ⓢ

3. 보리 사전을 닫다.

이제 이 사전과 인사를 해야 할 때가 됐다. ---Ⓢ

책 뒷 표지를 읽어보니 마법은 딱 두 번만 효력이 있다고 쓰여있었다. ---Ⓢ

나는 사전을 닫을 때 분명히 보았다. ---Ⓢ

보리 사전이 방긋 웃고 있는 모습을. ---Ⓜ

"고마웠어" 내가 말했다. ---Ⓢ

1. 바쁜 가운데도 약속을 지켜 주어 고맙다.

2. 나머지 부분(8월 과제의)도 8월 29일까지 완성해서 보내 주기 바란다.

3. 총 31개의 문장 중에 메타포가 11개다. 삼분의 일이네. 이 정도면 그런대로 괜찮은 것 같다.

4. 이때 은유를 만들기 쉬운 방법이 우리들이 발견한 종합명제를 이용하는 것이다. 나도 이게 아직 익숙지는 않다. 예를 들어볼까. 방법은 잘 알겠지. 우선 주어를 찾는다, 다음에 주어의 속성이 아닌 것을 서술어로 만든다.

   • 지금 보니 치킨에 이런 메시지가 쓰어 있었다. 주어=메시지. 주어의 속성이 아닌 서술어로 한다. "이런 메시지가 치킨의 배를 움켜쥐고 있었다."

   • 나는 틀림없이 그때 사전이 나에게 이런 소소한 사랑을 깨닫게 해주었다고 굳게 믿는다. 주어=사전. 주어의 속성이 아닌 서술어로 한다. "사전이 소소한 사랑을 머릿속에 심어주었다고 믿는다."

   • 이제 이 사전과 인사를 해야 할 때가 됐다. 주어=나 ⇒주어의 속성이 아닌 서술어로 한다. "인사하려고 사전에게 손을 내밀었다."

   • 책 뒷 표지를 읽어보니 마법은 딱 두 번만 효력이 있다고 쓰어 있었다. 주어=마법. 주어의 속성이 아닌 서술어로 한다. "마법은 두 번만 효력이 있다고 나팔을 불었다."

   • 나는 사전을 닫을 때 분명히 보았다. 주어=나. 주어의 속성이 아닌

서술어로 한다. "나는 분명히 내 눈알을 사전에게 던졌다."

• "고마웠어" 내가 말했다. 주어=나. 주어의 속성이 아닌 서술어로
한다. "나는 고맙다는 말을 입으로 불어서 던졌다."

5. 좀 무리한 표현도 있지만 어떤 식으로 하는지 이해할 수 있으리라고
생각한다. 이런 식으로 접근하면 은유 만들기가 쉽다.

6. 수고했다.

순규(초6)

1. 보리사전이 입을 열다.

나는 너무 배가 고파 지푸라기라도 잡을 심정으로 보리가 쓰여 있는
사전을 열었다. 보리사전은 나에게 윙크를 날리고는 부끄럼을 타는
지 숨어버렸다. 갑자기 내가 최면에 빠져드는 것 같은 느낌이 나를 지
배했고 나는 그 윙크가 최면이라는 사실을 알아차리면서 깊은 잠에
빠지게 된다.

2. 보리사전을 보다.

내가 정신을 차렸더니 나는 고유명사로 보리사전 안에 박혀 있었다.
그러자 보리사전 안에 있는 글자들이 나를 신입생이라고 노려보는
것 같았다. 그러고는 글자들이 나를 때리기 시작했다. 나는 오직 서열
정리라고 느껴질 뿐이었다. 나는 지기 싫어서 내 팔들을 움직여 보려
고 했다. 그러나 내 팔은 한국어로 '팔'이라고 쓰여 있었다. 나는 당황
해서 온 몸을 다 보았지만 한국어로 쓰여 있는 게 전부였다. 나는 느
꼈다.

이 글씨들이 내 팀이라는 것을 알았다. 나는 반격하기 시작했다. 그러나 공격을 했는데 공격을 맞은 글씨들은 사라지고 있었다. 그렇다. 이 세상에서 그런 단어는 사라지는 것이었다. 나는 기쁜 마음에 공부라는 단어를 사라지게 하려고 했는데 공부는 이 세상에서 왕이나 다름없는 단어였다. 나는 하는 수 없이 돌아섰지만 '놀기'라는 단어들이 반역을 일으키려고 했었다. 나는 그 녀석들과 한패가 되어 계략을 세우고 있었다. 그리고는 마음속으로 '어떻게 탈출 할까'라는 마음도 조금씩 내 몸을 지배하고 있었다. 그리고 하루 후 공부는 갑자기 몹쓸 병에 걸렸다. 우린 그 틈을 타서 방귀라는 첩자를 보내 암살 시킬 계획이었다. 결국 공부가 죽자 나는 다시 어떻게 나갈지 생각하고 있었다. 그러자 착한 글자들이 나를 순간 이동시켜줘서 나는 밖으로 나갔다.

3. 보리사전이 입을 닫다.

나는 밖으로 나간 뒤 다시는 이 책을 절대로 열어보지 않겠다면 다짐하고 책을 닫았다. 그리고 뒷면에 "이 책에는 당신의 미래를 미리 보여줄 마법이 있습니다."라고 쓰여 있었다. 그렇다 이 모험은 계속 이어진다.

보리 국어사전을 펴다

---ⓜ(metaphor/은유) ---ⓢ(statement/진술) ---simile(직유)

1. 보리사전이 입을 열다.

나는 너무 배가 고파 지푸라기라도 잡을 심정으로 보리가 쓰여 있는 사전을 열었다.--ⓢ

보리사전은 나에게 윙크를 날리고는 부끄럼을 타는지 숨어버렸다. ---ⓜ

갑자기 내가 최면에 빠져드는 것 같은 느낌이 나를 지배했고 나는 그 윙크가 최면이라는 사실을 알아차리면서 깊은 잠에 빠지게 된다. ---ⓢ

2. 보리사전을 보다.

내가 정신을 차렸더니 나는 고유명사로 보리사전 안에 박혀 있었다. ---ⓜ(우와!! 멋있네)

그러자 보리사전 안에 있는 글자들이 나를 신입생이라고 노려보는 것 같았다. ---simile

그러고는 글자들이 나를 때리기 시작했다. ---ⓜ

나는 오직 서열 정리라고 느껴질 뿐이었다. ---ⓢ

나는 지기 싫어서 내 팔들을 움직여 보려고 했다. ---ⓢ

그러나 내 팔은 한국어로 '팔'이라고 쓰여 있었다. ---ⓢ

나는 당황해서 온 몸을 다 보았지만 한국어로 쓰여 있는게 전부였다. ---ⓢ

나는 느꼈다. 이 글씨들이 내 팀이라는 것을 알았다. ---ⓜ

나는 반격하기 시작했다. ---ⓢ

그러나 공격을 했는데 공격을 맞은 글씨들은 사라지고 있었다. ---ⓜ

그렇다 이 세상에서 그런 단어는 사라지는 것이었다. ---ⓢ

나는 기쁜 마음에 공부라는 단어를 사라지게 하려고 했는데 공부는 이 세상에서 왕이나 다름없는 단어였다. ---ⓜ

나는 하는 수없이 돌아섰지만 '놀기'라는 단어들이 반역을 일으키려고 했었다. ---ⓜ

나는 그 녀석들과 한패가 되어 계략을 세우고 있었다. ---ⓢ

그리고는 마음속으로 '어떻게 탈출 할까'라는 마음도 조금씩 내 몸을 지배하고 있었다. ---ⓢ

그리고 하루 후 공부는 갑자기 몹쓸 병에 걸렸다. ---ⓜ

우린 그틈을 타서 방귀라는 첩자를 보내 암살시킬 계획이었다. ---ⓜ

결국 공부가 죽자 나는 다시 어떻게 나갈지 생각하고 있었다. ---ⓜ

그러자 착한 글자들이 나를 순간 이동시켜줘서 나는 밖으로 나갔다. ---ⓜ

3. 보리사전이 입을 닫다.

나는 밖으로 나간뒤 다시는 이 책을 절대로 열어보지 않겠다면 다짐하고 책을 닫았다. ---ⓢ

그리고 뒷면에 "이 책에는 당신의 미래를 미리 보여줄 마법이 있습니다."라고 씌여 있었다. ---ⓢ

그렇다 이 모험은 계속 이어진다. ---ⓢ

할아버지 강평

1. 우와!! 순규야 2번의 보리 사전에 들어가는 상상력은 정말 빼어나다. 축하한다. 너의 상상력을. 사실 2번 쓰는 걸로 게임 끝났다.

2. 총 25개 문장 중에 11개가 은유이다.

3. 그러나 치명적인 단점이 두 가지 보인다.

   ① '나는'이라는 단어가 10번이나 나온다. 어쩔 수 없이 반복할 수밖에 없는 수도 있으나 이렇게 아무 생각 없이 같은 단어를 반

복하면 너의 탁월한 상상력을 훼손시킨다. 이건 글쓰기 하면서 내가 수도 없이 주의 준 것인데 요즘 글쓰기를 자주 안 하니 잊어버린 것 같다. 다시 한 번 머릿속에 명심해 두어라.

② '그러나', '그리고' 등의 접속사를 9번이나 남발하고 있다. 접속사도 안 쓸 수 없지만 될 수 있는 한 안 쓰는 방향으로 해야 한다. 논리적으로 꼭 필요할 때만 써야 한다. 여기서의 접속사는 대부분 생략해도 아무 지장이 없다. 이것도 꼭 기억해 두어야 한다. 옛날에 다 했던 말들이다.

4. 수고했다.

문제15) 시계의 태엽을 감다

서우(초2)

A watch that glows in the clear sky.

The watch glowed in the sky.

It looked like a diamond in the sky.

It glowed so much that it costs more than a ruby.

The watch was called the glowing watch.

The watch had musical sound when you hear it.

It sounded like a bird in the orchestra.

The sound was so good that they can use the glowing watch at the ball.

The expensive watch weighted more than a rock.

맑은 하늘에 빛나는 시계

---ⓜ(metaphor/은유) ---Ⓢ(statement/진술) ---simile(직유)

시계가 하늘에서 빛났다. ---Ⓢ

그것은 하늘에 있는 다이아몬드처럼 보였다.---simile

그것은 루비보다 비싼 것처럼 매우 빛났다.---simile

그 시계는 빛나는 시계라고 불렸다.---Ⓢ

시계는 들으면 음악 소리가 났다.---Ⓢ

오케스트라의 새소리 같았다.---simile

무도회장에서 사용할 수 있을 만큼 그 빛나는 시계는 소리가 좋았다.---Ⓢ

비싼 시계는 바위보다 무게가 더 나갔다.---Ⓢ

1. 우선 서우가 글쓰기를 시도한 것만으로도 칭찬해야겠다.

2. 처음부터 잘 쓸 수는 없는 거다. 내가 지적하는 것을 명심하고 차근 차근 하면 된다. 이번에 서윤이가 세 장면쓰기 한 것을 할아버지가 강평한 것을 보아라. 내용은 차치하고 서윤이와 서우가 차이 나는 것이 뭐지? 서우는 전부 진술인데. 서윤이 것은 반쯤은 은유로 되어 있다.

3. 서우한테는 어렵겠지만 자꾸 연습해 보자. 사실 서우한테는 너무 빠른 학습이지만 서우는 우수한 학생이니까 이해할 수 있으리라 믿으니까 설명을 해볼게.

그 전에 알아두어야 할 것이 있다. 문장sentence은 두 가지로 구성된다. 주어subject와 술어predicate로 되어 있다. 그 다음에 속성attributes이란 단어를 알아야 한다(이 단어가 중요하다. 꼭 머릿속에 기억해 둘 것!!). 속성이란 말의 뜻은 '사물의 특징이나 성질'이다. 어떤 사물에 딸린 성질이라고 할 수 있다. 주어에 대한 속성이 정해져 있다(이 말은 대단히 중요하다). 서우가 쓴 첫 문장을 가지고 검토해보자.

- 시계가 하늘에서 빛났다(The watch glowed in the sky).

여기서 주어가 무엇이냐. 시계watch이다. 시계라는 주어에 딸린 속성이 무엇이 있을까 생각해보자.

1) 시계라는 주어에 딸린 속성

① 빛난다(이것은 서우가 술어로 쓴 것이다).

② 차갑다.

③ 동그랗다.

④ 은빛이 난다.

⑤ 무겁다.

150

2) 시계라는 주어에 딸리지 않는 속성(이건 서우가 상상해야 한다)

　① 배를 잡고 웃는다.

　② 무겁게 입을 연다.

　③ 제 턱을 두들긴다.

　④ 눈을 번쩍 뜬다.

　⑤ 등을 두들긴다.

1)과 2)를 비교하면 무엇을 알 수 있지? 바로 주어에 딸리지 않은 속성을 술어로 쓰면 은유가 되어버린다. 반대로 주어에 따른 속성을 술어로 쓰면 은유가 아니라 진술이 된다. 우리는 아무 생각 없이 쓰면 이렇게 진술을 쓰게 되어 있다.

어려운 말을 하면, 1)을 분석명제analytic proposition라고 하고 2)를 종합명제synthetic proposition라고 한다. 어려우니까 서우는 이런 말이 있다는 정도만 기억해 두면 된다.

다시 한 번 말하지만 주어에 딸리지 않는 속성을 가지고 술어를 만들면 쉽게 은유를 만들게 된다. 할아버지도 이것을 너희들(순유, 순규, 서윤, 서우)을 가르치면서 최근에 알게 되었다. "시계가 하늘에서 빛났다The watch glowed in the sky." 이후의 7개 문장도 주어가 다 시계이다. 그러니까 나머지 일곱 문장들도 시계에 딸리지 않는 속성을 술어로 만들어서 다시 은유로 써보아라.

4. 수고했다.

4. '그림 보고 쓰기'는 감정을 넣지 말라

우리가 그림 보고 글쓰기를 한 것은 순유가 초등학교 3학년쯤 되었을 때
일 것 같다. 그때 주로 고흐나 세잔의 그림을 보고 글을 썼다. 그림 보고
글쓰기를 하는 목적은 우리의 오감 즉 시각, 청각, 후각, 미각, 촉각 중에서
우리가 무언가 인식하는 데 가장 기능을 많이 하는 시각을 이용하여 글을
써보자는 것이었다. 시각은 특히 대상을 그림으로 나타내기에 적당하다.
우리가 목표로 하는 이미지를 만들어내는 데 가장 적당한 감각이다.

눈에 보이는 대로 쓸 때 주의할 것이 하나 있다. 보이는 대로 객관적으
로 써야지 거기에 대상에 대한 자신의 감정을 넣지 않아야 한다. 이것이
쉽지만은 않다. 특히 어릴 때는 자기도 모르게 자신의 감정을 쏟아서 글로
쓴 것을 많이 보았다.

이제 와서 돌이켜 보면 너희들은, 같은 단어의 반복, '~처럼', '~같이'와
같은 직유, 접속사를 너무 많이 썼다. 물론 모든 글을 이렇게 감정을 집어
넣지 말라는 말은 아니다. 이것은 글쓰기 훈련의 하나일 뿐이다.

순유(초3)

요하네스 베르메르, 〈우유를 따르는 여인〉

이 그림은 한 여인이 그릇에 우유를 따르고 있다. 아마도 빵 쪼가리를 우유에 찍어서 아침을 먹으려는 것 같다. 여인은 하얀색 모자를 쓰고 있고 노란색 윗도리를 입고 있고 파란 치마를 입고 있다. 그리고 벽에 바구니들이 걸려 있다. 그리고 식탁에는 바구니에 빵이 담겨 있고 그 옆에 빵 쪼가리들이 있다. 그리고 검은색 병도 있는데 우유를 보관하는 병인 것 같다.

그리고 우유 그릇이 있고 파란 천도 있다. 바닥에는 발판이 있고 창문은 체크무늬로 되어 있다. 이 그림을 보니까 엄마가 우리를 위해서 음식을 만들어 주는 게 생각나서 엄마를 도와드리고 싶었다. 벽은 흰색이고 식탁보는 녹색 빛깔이고 우유 담는 그릇이랑 우유 따르는 병의 색깔은 진한 황토색이다.

할아버지 강평

1. 순유 관찰력이 섬세하네! 잘했어!!

2. 아마도 빵 쪼가리를 우유에 찍어서 아침을 먹으려는 것 같다.

   여기서 '~것 같다'가 왜 나오냐.

3. 이 짧은 문장 속에 접속사 '그리고'가 세 번이나 나온다. 접속사는 될 수 있는 대로 쓰지 말자.

4. 순유야 그렇게 감정을 넣지 말라고 했는데도 "… 엄마를 도와 드리고 싶었다."라고 기어코 쓰고 말았구나.

순규(초3)

밀레, 〈씨앗 뿌리는 사람〉

이 그림은 어떤 아저씨가 밖에 나가서 씨앗을 뿌리는 그림이다. 근데 나무를 보니까 나뭇잎 없어서 겨울이다. 근데 가을에 씨앗을 뿌려야 하는데 왜 겨울에 씨앗을 뿌리는 건지 궁금하다. 또 지금은 새벽인 것 같이 날씨가 흐리다. 또 사람은 모자를 쓰고 있다. 또 턱수염이 있다. 옷은 바지가 양복 같이 보인다. 윗도리는 젊었을 때 입던 옷인 거 같다. 근데 얼굴을 보니까 슬픈 얼굴이다. 또 가나안 사람이다. 발은 엄청 크다. 또 사람에 배에는 천으로 둘러싼 포대기가 있고 거기 안에 씨앗이 있다.

1. 잘 썼기는 한데 아직은 내가 원하는 것이 아닌 것 같다.

2. 이번 글쓰기는 자기 생각, 감정을 쓰는 것이 목적이 아니라 눈으로 보이는 대로 객관적으로 쓰는 것이다.

3. 접속사 '근데(그런데)' 세 번, '또'를 다섯 번이나 쓰고 있다. 접속사는 될 수 있는 대로 안 쓰도록 하자. 직유도 똑같은 이유로 자제하면 좋다. 이번에는 '~같다'가 두 번이나 나왔다.

4. 내가 한 번 보이는 대로 써볼게.

    어떤 사람이 납작한 모자를 쓰고 있다. 얼굴에는 수염이 'ㄴ'자로 나 있다. 눈꺼풀을 아래로 내려 깔고 앞을 바라보고 있다. 오른팔은 주먹을 쥐고 그 안에 무언가 있다. 배에는 세모난 포대기를 차고 있다. 다리는 'V'자 거꾸로 된 모양을 하고 밭을 걸어가고 있다. 땅에는 여기저기 홈이 파져 있다. 멀리 하늘에는 저녁놀이 비친다. 나무들이 줄을 서서 있는데 나뭇잎이 다 떨어졌다. 나무들 너머에는 집들이 붙어 있다.

    이런 식으로 눈에 보이는 대로 그린다(쓴다). 이 연습을 하자는 것이다.

서윤(초3)

구스타프 클림트, ⟨키스⟩

Two people are hugging. It is a boy and a girl. They are standing at
the edge of a grass full of flowers. It has a lot of gold in the picture.
They are staring at each other. The girl has her eyes closed and the
boy. I can't see his face. It looks like they fell in love. The boy has
clovers on his hair. The girl has jewels on her hair. The boy's hair is
black and girl's hair is light light light tan tan white white dark just a
little brown.

두 사람이 껴안고 있다. 남자아이와 여자아이이다. 그들은 꽃이 만발한 풀 가장자리에 서 있다. 그것은 사진 속에 많은 금을 가지고 있다.

그들은 서로를 응시하고 있다. 소녀는 눈을 감고 있고 소년은 눈을 감고 있다. 나는 그의 얼굴을 볼 수 없다. 그들은 사랑에 빠진 것 같다. 소년은 머리에 클로버를 쓰고 있다. 소녀는 머리에 보석을 갖고 있다. 남자아이의 머리는 검은색이고 여자아이의 머리는 연한 연갈색이고 흰색은 약간 갈색이다.

할아버지 강평 ◗

잘 썼네. 무엇보다 'there is'가 거의 없네. 거의 나무랄 데가 없다.

5. 시 쓰기는 사물의 본질 찾기이다

요즘 사람들은 시라고 하면 무언가 고상하다고 생각은 하면서도 자신과는 멀리한다. 겉으로는 공경하는 체하면서 실제로는 꺼리어 멀리한다는 '경이원지敬而遠之'의 사자성어가 딱 그런 처지를 잘 말해준다.

이런 이유 중에 하나가 바로 난해함 때문이다. 아쉽지만 이 난해함의 주범의 하나가 바로 우리가 그토록 오랫동안 연습해 왔던 '메타포', 즉 은유이다. 그러나 높은 산을 오르려면 높은 이념의 지향과 열정과 실제로 발을 떼는 걸음이라는 노력 없이는 이룰 수 없다. 시도 마찬가지이다.

시를 쓰는 방법은 수도 없이 많다. 단순한 진술의 문장으로도 시인이 나타내고자 하는 감정과 의미를 얼마든지 표현할 수 있다. 여기서 말하는 '시 쓰기는 사물의 본질 찾기'가 시 쓰기의 많은 길 중에 하나의 길이라는 것을 말해 둔다.

나 나름의 시 쓰기의 요령은 세 가지가 있다. 첫째는 사물의 본질 혹은 특징을 세 가지 발견한다. 이것은 생활하면서 어느 날 영감inspiration으로 떠오를 수도 있고, 이토 게이치伊藤桂一가 말한 사물을 보는 '체크 리스트'를 이용하여 그 본질을 찾아 볼 수도 있다. 둘째는 세 가지 정도의 본질을 찾았으면 그 본질들을 갖고 은유를 만든다. 처음부터 은유가 될 수도 있으

나 진술로 썼다가 나중에 고쳐 쓰기 할 때 다시 은유로 재창조한다. 셋째
는 은유만으로 된 시란 너무 난해할 수 있으므로 중간 중간 진술의 구句나
문장도 조금 넣으면서 리듬도 살린다. 리듬은 적절한 행갈이를 하고, 행의
어미가 모두 같으면 지루하므로 알맞게 변화시킨다.

시 쓰기는 누가 시킨다고 해서 할 수 있는 것이 아니다. 자신의 성정이
그것에 끌려야 스스로 미적 쾌감을 느낄 수 있다.

2020년 8월 27일 목요일

순유(중1)

튤립 1

지금 나는 그것의 성장의 열정이 타오르는 것을 보고 있다
하늘을 좋아하는지 계속 하늘로 가고 싶은가 보다
지금 그것은 일광욕을 끝내고 시원하게 기지개를 켜고 있다
만약 이게 기지개가 아니라면 하늘에 예배드리는 것인 것이다
나는 이것을 막대사탕으로 착각했다
내면에 더 깊은 단 맛이 숨겨져 있을 것이다

할아버지 강평

1. 잘 썼네. 처음에는 무슨 소린지 몰랐으나 자세히 읽어보니 할 말은
   했구나. 너의 작품을 언급하기 전에 우선 일러두어야 할 말이 있다.
   할아버지가 시에 대해서 말하는 것만이 시는 아니다. 사실대로 쓰

160

거나 산문처럼 쓰는 시도 얼마든지 있다. 다만 할아버지는 이미지 위주의 시를 지향하니까 그 점을 염두에 두기 바란다. 또 하나는 이미지를 만드는 방법은 그림 그리기, 은유(=말도 안 되는 소리하기)가 있다는 것도 생각해 두기 바란다.

2. 우선 이 작품을 읽고 눈에 띄는 것은 없어도 되는 단어들이 있다는 것이다. 산문의 언어와 시의 언어가 다른 점이 많이 있지만, 그 중에 하나는 시어의 언어는 압축되어 있다는 것이다. 따라서 읽는 사람이 충분히 짐작해서 알 수 있는 것은 생략해야 한다. 그 대표적인 것이 '그것'이다.

3. 그럼 하나하나 검토해 볼까?

첫째 연을 보자면,

① 지금 나는 그것의 성장의 열정이 타오르는 것을 보고 있다

여기서 제일 먼저 지적하는 것은 '지금 나는' '그것의' 이 말은 필요가 없다. 왜냐하면 이 두 말은 읽는 사람이 다 아는 사실이니까. 그것이 튤립이라는 것을 굳이 지적 안 해도 알 수 있다. 왜냐하면 제목에서 튤립이 나오니까. 생략해서 써보면 이렇게 되겠지. "성장의 열정이 타오르는 것을 볼 수 있다"

압축되는 것을 알 수 있겠지. 이것은 이미지는 아니고 성장의 열정이라는 관념적인 것을 제시했지만 그대로 인정하마.

② 하늘을 좋아하는지 계속 하늘로 가고 싶은 가보다

여기는 네가 주어인 튤립을 생략했지만 읽는 사람은 당연히 튤립인 것을 알고 있으니까 안 써도 무방한 것이지. 튤립이 하늘

을 좋아한다는 그림을 연상할 수 있다.

둘째 연을 보자.

① 지금 그것은 일광욕을 끝내고 시원하게 기지개를 켜고 있다

이것도 '지금 그것은'은 필요가 없다. "일광욕을 끝내고 시원하게 기지개를 켜고 있다" 튤립이 기지개를 컨다는 이미지를 정확하게 쓴 것이다. 이런 것이 모범적인 것이다. 은유로 치면 A=튤립(생략되었지만) B=기지개를 가지고 은유를 한 셈이지.

② 만약 이게 기지개가 아니라면 하늘에 예배드리는 것인 것이다

이것도 '만약 이게'는 생략해야 압축된 문장이 된다. "기지개가 아니라면 예배를 드린다"

셋째 연을 보면,

① 나는 이것을 막대사탕으로 착각했다

이것도 '나는 이것을'을 쓸 이유는 없지. "막대사탕으로 착각했다"

② 내면에 더 깊은 단 맛이 숨겨져 있을 것이다

이렇게 써도 안 될 것은 없지만 나라면 이런 식이 된다. "내면에 더 깊은 단 맛이 숨겨져 있다"

4. 정리해 볼까?

튤립 1

성장의 열정이 타오르는 것을 볼 수 있다
하늘을 좋아하는지 계속 하늘로 가고 싶은가 보다
일광욕을 끝내고 시원하게 기지개를 켜고 있다
기지개가 아니라면 예배를 드린다
막대사탕으로 착각했다
내면에 더 깊은 단 맛이 숨겨져 있다

5. 본래 너의 시보다 압축된 느낌, 혹은 시적 긴장을 느낄 수 있을 것이다. 나중에 해야 할 말이지만 그런 게 있다는 것만으로 알아다오. 네 시가 모두 어미가 '~다'로 끝났어. 이러면 재미가 없으므로 어미를 조금씩 바꾸는데, 지금은 거기까지 신경 쓸 것은 없다.

6. 시의 행을 쓰고 마침표를 찍는 시인도 있고 안 찍는 시인도 있다. 나는 후자이다. 안 찍는 이유는 그 시의 행이 마침표를 딱 끝나기보다는 무언가 여운을 남기는 것이 좋다고 생각하기 때문이다.

7. 수고했다.

튤립1

튤립은 사랑을 이어주는 것 같다
마치 빨간 색으로 사랑을 이어주는 꽃
튤립의 힘이 빠지면 무용지물
튤립은 입을 벌린 상어처럼 우리에게 인사한다
우릴 바다의 길로 안내하는 것 같다
튤립은 기다란 마법 지팡이처럼 우릴 마법에 걸리게 한다
그게 튤립의 매력이 아니겠어

할아버지 강평

1. 순규 첫 시구나. 축하한다. 네 평생에 남을 작품일 거야. 80점은 되겠다. 이 정도면 성공한 것이지. 시 정신은 충분히 보였다.

2. 우선 네 시를 읽고 첫인상은 시의 '언어의 압축'이라는 기본이 안 된 느낌이다. 이건 순유에게도 말한 것이지만 시는 필요 없는 언어를 될 수 있는 한 다 생략해야 한다.

3. 순규 네 시의 제목이 〈튤립1〉이니까 읽는 사람은 내용이 튤립에 대한 얘기라는 걸 이미 알고 있으니까 본문에서는 튤립이라는 단어는 될 수 있는 대로 생략해야 한다.

4. 그럼 하나하나 짚어볼까?
   먼저 첫째 연을 볼까. 내가 말하는 이것은 꼭 기억해 둬라. 설명이나 진술, 서술 이런 표현 방식으로 시를 쓰면 안 된다는 것은 아니다.

다만 우리는 이미지(그림)를 주로 하는 시를 목표로 한다는 것이다.

그 다음에 '~처럼'은 직유인데 직유를 쓰면 안 된다는 것이 아니라 우리는 은유를 주로 하는 것을 목표로 한다.

① 튤립은 사랑을 이어주는 것 같다

이 행은 진술이고, 직유를 사용하고 있다. 그러니까 차라리 A= 튤립, B=사랑으로 해서 은유를 만들거나, 다시 말해 '말도 안 되는 소리'를 하든지 하면 된다. 은유로 한다면 "튤립은 사랑을 붉은 색으로 토해 내고 있다" 정도로 되겠다.

② 마치 빨간 색으로 사랑을 이어주는 꽃

이것도 직유로 되어 있고 설명이다. 설명이지만 약간 시적인 느낌은 준다. 왜냐하면 튤립이라는 꽃이 빨간색으로 사랑을 이어준다고 하니까. 이것도 A=튤립의 빨간색, B=사랑으로 은유로 만드는 것이 더 명확해진다. 은유로 한다면, 혹은 사랑이라는 그림을 그리면 "엄마의 품은 튤립의 빨간색이다"로 되겠다.

③ 튤립의 힘이 빠지면 무용지물

갑자기 튤립의 힘은 사랑이 빠지면 다 무용지물이 된다는 생각은 기발하고 좋은데 전체 분위기와 맞는지 모르겠다.

둘째 연은 오늘의 시 중에서 가장 좋은 부분이다. 말하자면 착상이 남다르다는 것이다.

① 튤립은 입을 벌린 상어처럼 우리에게 인사한다

이것도 쓸데없이 직유를 썼다. 그냥 은유로 쓰면 된다. "튤립은 입 벌린 상어가 되어 우리에게 인사한다" 혹은 "튤립이 우리에게 인사하는 것은 입 벌린 상어다" 라는 식이 되겠다.

② 우릴 바다의 길로 안내하는 것 같다

이것도 직유를 쓸 이유가 없다. (튤립은) '우릴 바다의 길로 안내한다'

셋째 연을 보면,

① 튤립은 기다란 마법 지팡이처럼 우릴 마법에 걸리게 한다

이것도 직유를 썼다. 이 6행의 시 가운데 네 번을 직유를 썼다. 직유를 이렇게 남용하면 안 된다. 이것은 순규가 직유를 특별히 신경 안 쓰고 버릇처럼 쓴다는 걸 의미한다.

"튤립은 기다란 지팡이를 들고 우릴 마법에 걸리게 한다"

이것으로 족하다. 다만 그 다음 행에서 그 이유를 설명이 아니라 그림=이미지=은유=말도 안 되는 소리로 표현을 해야 하는 거지.

② 그게 튤립의 매력이 아니겠어

이것은 진술(설명)이다. 그런데 이건 쓸 필요가 없는 것이다. 왜냐하면 순규의 시를 읽고 '그것이 튤립의 매력이구나'하고 독자가 스스로 느껴야 하는 부분이야. 순규는 독자가 그걸 느끼라고 은유, 그림, 이미지, 말도 안 되는 소리를 여기까지 끌고 온 것이다. 그러니 그것을 굳이 말하면 읽는 사람의 재미가 완전히 없어지는 것이다.

5. 수고했다. 할아버지가 8월 31일 시 쓰기에 대한 편지를 보낸다. 그
   걸 읽어보고 다시 한번 써봐라. 그러면 아마 훨씬 나은 작품이 될 것
   이라고 확신한다.

6. 고쳐 쓴 것을 정리해 보자.

튤립 1

사랑을 붉은 색으로 토해내고 있다
엄마의 품은 튤립의 빨간색이다
힘이 빠지면 무용지물
우리에게 인사하는 것은 입 벌린 상어다
우릴 바다의 길로 안내한다
기다란 지팡이를 들고 우릴 마법에 걸리게 한다

7. 다 정리해서 시를 보니까 압축이 되었고 나름 은유도 구사되어 있지
   않느냐. 다만 어미가 모두 '~다'로 끝나서 조금 지루해 보일 수 있다.
   이것은 적당히 어미를 바꾸어 변화를 주면 된다.

Tulips happiness

Tulips are balls that are made of bubbles.
If you blow bubbles, there are small tulips hidden
inside the bubble's love

The tulips' fragile fragrance can confess someone's
heart to one another.
One long smell of the tulip can fill your heart with
your sweethearts perfume.

The fuzzines of the tulip can bring a person creative
thoughts into action.
One touch of the pom pom will take you to the
farthest thoughts of your brain.

튤립 행복

튤립은 거품으로 만들어진 공이다
거품을 불면 거품의 사랑 안에 작은 튤립이 숨겨져 있다

튤립의 연약한 향기는 누군가에게 마음을 고백할 수 있다
튤립의 한 가지 긴 냄새는 당신의 애인 향수로 당신의 마음을
채울 수 있다

튤립의 솜털은 창조적인 생각을 행동으로 옮길 수 있다
방울 한 번 만지면 그건 너를 너의 머리의 가장 먼 생각으로
데려갈 것이다

1. 서윤이 정말 잘 썼네. 솔직히 말해 이 정도로 쓸 줄은 기대하지 않았다. 아직 중학생도 아닌데 말이다. 10대 여자는 남자애들보다 언어가 2년 정도 앞선다고 하더니 빈 말이 아니네.

2. 구체적으로 지적하기 전에 서윤아, 시는 언어가 압축되고 리듬(운)이 있어야 한다. 제목이 '튤립 행복'이라고 하면 읽는 사람은 당연히 튤립에 대해 이야기하는구나 하고 이미 알고 있다. 그런데 네 시를 보면 이 짧은 시 안에 '튤립'이라는 단어가 네 개나 있다. 이건 생략해도 되는 것이다.

3. 그럼 검토해 보자. 영어보다는 한글이 내게는 더 빨리 이해되므로 한글 위주로 하게 된다는 걸 양해해 주길 바란다.

   첫째 연을 보면,

   ① 튤립은 거품으로 만들어진 공이다

   완전히 은유이다. 굿!! 다만 '튤립'은 생략하고 그냥 '거품으로 만들어진 공이다'라고 쓰면 읽는 사람이 "응? 이게 무슨 말이지?" 하고 귀를 쫑긋 세우게 된단다.

   ② 거품을 불면 거품의 사랑 안에 작은 튤립이 숨겨져 있다

   이 구절은 정말 좋네. 이런 걸 발견이라고 하는 것이다.

   둘째 연을 검토해 본다.

   ① 튤립의 연약한 향기는 누군가에게 마음을 고백할 수 있다

   이것도 좋은 은유야.

② 튤립의 한 가지 긴 냄새는 당신의 애인 향수로 당신의 마음을 채울 수 있다.

나도 처음에는 영어 자체 해석이 잘 안 되더라만 자꾸 읽어보니 알겠다. 좋아.

셋째 연을 보자면,

① 튤립의 솜털은 창조적인 생각을 행동으로 옮길 수 있다.

요건 은유로 치면 A=튤립의 솜털 B=창조적 생각, 즉 B를 추상명사로 해서 썼는데 그것까지는 좋았지만 이 시가 이제까지 이끌어왔던 분위기와는 잘 안 어울리는 같아. 문장 자체는 좋아.

② 방울 한 번 만지면 그건 너를 너의 머리의 가장 먼 생각으로 데려갈 것이다.

사전 찾아보니 'pompom'이 방울로 나와 있더라. 방울(=튤립)을 만지면 머리의 가장 먼 생각을 하게 된다는데 그건 먼 옛날의 기억을 말하나? 아무튼 시적 발상과 전개는 틀린 것은 아니다.

4. 정리해 보자. 필요 없는 '튤립'이라는 단어는 생략했고 행갈이도 했다.

튤립 행복

거품으로 만들어진 공이다
거품을 불면
사랑 안에 튤립이 숨어 있다
연약한 향기는 누군가에게 마음을 고백할 수 있다

한 가지 긴 냄새는 당신의 애인 향수로
당신의 마음을 채울 수 있다

솜털의 창조적인 생각을 행동으로 옮길 수 있다
방울 한 번 만지면 그건 너를
너의 머리의 가장 먼 생각으로 데려갈 것이다

5. 산문처럼 하나의 행이 너무 길어서 리듬감이 없다. 행을 적당히 끊
   어서 행갈이를 해야 한다. 또 어미가 모두 '다'로 끝났는데 이것도 적
   당히 바꾸어 주어야 한다. 앞으로 좀 더 연습하면서 차차 배워가자.
   솔직히 말해 영어는 어떻게 행갈이 할지는 나도 모르겠다.

6. 전체적으로 잘 썼는데 지금은 연습이니까 연들이 연관성이 없는 글
   이 용서되지만 나중에는 이런 이미지들이 하나의 방향으로 통일을
   이루어야 한다. 그걸 '시적 이미지의 통일성'이라고 한다. 이건 나중
   에 할 일이고. 잘 했다. 수고했다.

이번에는 그림을 보고 시 한 편을 써 보자.

순유(중1)

전쟁

지금, 그리고 앞으로도
이 외로운 싸움은 계속될 것이다
파도와 이 제주도의 길고 긴 전쟁
수백 년째 끝날 기미가 보이지 않는다
바다는 군사가 엄청 많아서
5초에 한 번씩 병사를 투입한다

파도는 그렇게 육지에 머리 박치기를 할 때마다
흰색의 구역질을 한다
한 번에 그 병사들을 투입하면 이길 텐데
한라봉만 까먹으면서 그 자리를 지키는
서너 채의 관중들은
그 사실을 말하고 싶어서 입이 근질근질하다
그리고 결국 누가 이길지 궁금해서
그 자리를 떠나지 못한다
사령관인 바다는 지능이 엄청 낮거나
몰래 육지와 동맹을 맺었나보다

할아버지 강평

1. 순유야, 시 쓰느라고 고생했다. 재미있게 잘 썼네. 나는 시를 쓴다고 하는 세월이 50년이 넘었지만 아직도 개발새발이란다. 하루아침에 잘 쓴다고 하는 것은 좀처럼 있을 수 없는 일이다. 백 미터 몇 번 달렸다고 육상 선수처럼 뛸 수 있겠느냐. 목표에 도달할지는 모르지만 열심히 배워 보는 것이다. 그런 의미에서 잘 썼지만 세부를 들여다보자.

2. 지난번에 '튤립'을 시로 쓸 때, 튤립의 특징(본질)을 서너 가지를 포착하라고 했지. 송재학 시인은 세 가지를 들었다. ①모차르트 ②리아스식 해안 ③등대가 그것이다. 반면에 너는 ①열정 ②기지개 ③막대사탕으로 생각해서 시의 이미지를 전개했다. 그런데 여기서는

애월 바다의 사진을 보면서 파도가 전쟁을 치르는 것으로 특징 잡은 걸로 보인다. 그것도 상투적인 낭만이 아닌 좋은 발견이다.

3. 시의 언어 구사는 일반적으로는 함축적이어야 하고 언어를 매우 절약해서 쓸데없는 것은 빼야 한다. 산문처럼 설명하듯이 구구절절 모두 다 이야기하면 시의 묘미도 긴장감도 없어진다. 이건 이제 처음 시를 쓰는 입장에서는 명심해 두어야 한다. 순규도 서윤이도 이게 아직은 몸에 익지 않아 보인다. 따라서 어찌 보면 퀴즈를 풀 듯이 앞뒤 생략하고 툭툭 내던지는 형식이 된다.

4. 이제 너의 시를 가지고 하나하나 지적해 보는데 그 기준은

   ① 시어로서 생략이 있는가?

   ② 은유 혹은 상상, 발견, '말도 안 되는 소리하기'가 되어 있는지?

   ③ 이미지가 있는지?

   이 세 가지를 가지고 살펴보겠다.

5. 본격적으로 검토하기

   ① 지금, 그리고 앞으로도 / 이 외로운 싸움은 계속될 것이다

   이 행을 보면 문장 자체는 진술에 속한다. 그러나 속뜻을 살펴보면 은유에 해당한다. 왜냐하면 순유는 애월 파도가 육지에 부딪치는 것을 '싸움'으로 보았기 때문이다. 즉 A=애월 파도 B=외로운 싸움을 갖고 은유를 만든 셈이기 때문이다.

   ② 파도와 이 제주도의 길고 긴 전쟁 / 수백 년째 끝날 기미가 보이지 않는다

   이 행도 전체적으로 보면 ①번과 비슷한 분위기이다. 다만 우리

가 흔히 보는 운율적인 서정시보다는 오히려 산문시 분위기가 많이 난다. 제주도라고 범위를 크게 잡는 것보다는 애월이라고 구체적 지명을 대는 것이 낫지 않을까?

③ 바다는 군사가 엄청 많아서 / 5초에 한 번씩 병사를 투입한다

이건 전형적인 은유의 수사법이다. A=바다 B=군사.

④ 파도는 그렇게 육지에 머리박치기를 할 때마다 / 흰색의 구역질을 한다'

이 행도 마찬가지로 은유의 수사법이다. A=파도 B=구역질.

⑤ 한 번에 그 병사들을 투입하면 이길 텐데 / 한라봉만 까먹으면서 그 자리를 지키는 / 서너 채의 관중들은 / 그 사실을 말하고 싶어서 입이 근질근질하다

문장이 길지만 핵심은 이것이다. A=서너 채의 관중 B=입. 서너 채의 관중은 해안에 있는 집들을 순유가 말했구나.

⑥ 그리고 결국 누가 이길지 궁금해서 / 그 자리를 떠나지 못한다

이것도 문장 자체로 보면 진술이지만 내용적으로는 은유이다. 왜냐하면 A=서너 채의 관중 B=그 자리.

⑦ 사령관인 바다는 지능이 엄청 낮거나 / 몰래 육지와 동맹을 맺었나보다

이 행은 은유가 이중으로 되어 있다. A=바다 B=사령관이면서도 동시에 A=바다 B=동맹으로 되어 있다.

⑧ 전쟁

제목을 '전쟁'이라고 했는데 추상명사이면서 너무 개념이 커서

좀 더 좁히고 구체적인 것이 좋을 것 같다. 제목 붙이기는 명사 하나를 내세울 수도 있고 구(phrase)를 제목으로 할 수 있고 문장(sentence)을 사용할 수 있다.

아무튼 '전쟁'은 너무 제목이 광범위해서 범위를 좁히는 것이 좋겠다. 예를 들면 '애월 바다의 파도는 전쟁 중이다'라든가, '전쟁 중인 애월의 파도'라든가, '파도'라든가, 이런 식 중에서 하나 골라야 한다.

6. 시를 정리해 보자

전쟁

지금, 그리고 앞으로도 이 외로운 싸움은 계속될 것이다
파도와 이 제주도의 길고 긴 전쟁수백 년째 끝날 기미가
보이지 않는다 바다는 군사가 엄청 많아서 5초에 한 번씩
병사를 투입한다 파도는 그렇게 육지에 머리 박치기를
할 때마다 흰색의 구역질을 한다 한 번에 그 병사들을
투입하면 이길 텐데 한라봉만 까먹으면서 그 자리를
지키는 서너 채의 관중들은 그 사실을 말하고 싶어서
입이 근질근질하다 그리고 결국 누가 이길지 궁금해서
그 자리를 떠나지 못한다 사령관인 바다는 지능이 엄청
낮거나 몰래 육지와 동맹을 맺었나보다

7. 이렇게 정리하니 처음 네가 쓴 시와는 모양이 다르지. 처음에는 순유의 시를 보통 우리가 생각하는 운율적인 서정시로만 생각했는데 다시 정리해보니까 너의 시는 산문시이다. 사실 이제 시를 처음 시작한 너에게 이런 산문시는 정말 기대도 하지 않았다. 나도 시를 쓴다고 하면서도 정작 산문시를 쓰기 시작한 것은 5,6년 되었는지 모르겠다.

기왕에 산문시 이야기가 나왔으니까 산문시에 대해 내가 아는 대로 말해 볼 게. 산문시는 말 그대로 압축적인 시어라든가, 운율을 요구하지 않는다. 그냥 이야기하듯이 서술하면 된다. 그렇게 하면서도 내 경험상으로는 두 가지 방법이 있었다.

하나는 정진규 시인, 송재학 시인처럼 진술로 서술해 나가는 틈틈이 자신이 발견한 사물의 본질을 은유적으로 표현한다. 다른 하나는 일본의 이노우에 야스시(井上靖)(1907-1991)라는 시인의 방법이다. 그는 경험한 어떤 감정을 은유니 하는 수사법도 없이 그냥 진술을 해나가다가 갑자기 반전을 일으키면서 그와 유사한 감정을 표현한다.

내가 오래 전에 번역한 이노우에 야스시의 가장 유명한 〈엽총〉이라는 산문시를 소개할 테니까 어떤 식으로 산문시를 구성하는지 잘 보아라.

엽총

이노우에 야스시

왠지 그 중년 남자는 마을 사람의 빈축嚬蹙을 사고, 그에게 모이는
나쁜 평판은 아이인 나의 귀에조차 들어왔다.
어느 겨울의 아침, 나는, 그 사람이 단단히 총탄의 요대腰帶를 조으고,
골덴의 상의의 위에 엽총을 무겁게 죄어들게 하고, 장화長靴로
서릿발을 짓밟으면서, 천성天城에의 샛길의 풀숲을 천천히
올라가는 것을 본 적이 있었다.
그로부터 20여 년, 그 사람은 이미 고인이 되었지만,
그때 그 사람의 뒷모습은 지금도 나의 눈에서 사라지지 않는다.
생물의 목숨을 끊는 하얀 강철의 기구로, 그처럼 차갑게 무장하지
않으면 안 되었던 것은 무엇이었을까. 나는
지금도 도회의 혼잡 속에 있을 때, 문득 그 사냥꾼처럼
걷고 싶다고 생각한 적이 있다. 천천히, 조용히,
차갑게ㅡ. 그리고 인생의 허연 강바닥을 엿본 중년의
고독한 정신과 육체 양쪽에, 동시에 배어들어오는 듯한
중량감을 날인捺印하는 것은, 역시 그 번쩍이며 빛나는 한 개의
엽총이 아니었던가 하고 생각하는 것이다.

시인은 어릴 때 사냥꾼이 차가운 강철 기구의 엽총을 들고 풀숲을 천천히 올라가는 모습을 본 경험이 있다. 여기까지의 표현은 은유니 할 것 없이 단순한 진술로만 되었다. 그러다가 갑자기 반전이 되어 그로부터 20여 년이 지난 어느 날 시인은 자신이 도회의 혼잡 속에서 사냥꾼처럼 엽총을 들고 걷고 있다고 발견했다. 이노우에 야스시는 자기도 그 사냥꾼처럼 인생의 중년에서 고독한 정신과 육체에 배어들어오는 차가운 엽총을 들고 무언가 노리고 올라가고 있다고 문득 느꼈던 것이다.

다시 말해 시인이 경험한 두 가지를 반전을 이용하여 연결시킨 것이다. 사실은 이것도 어떤 의미에서는 은유라고 생각한다. 이제껏 우리는 A와 B를 단어로 연결했지만 여기서는 A는 전반부 문장들이고 B는 후반부 문장들이다. 그리고는 A=B로 만들었다. 즉 은유의 공식에 딱 들어맞은 셈이다.

8. 솔직히 네가 산문시를 쓸 줄은 정말 몰랐다. 잘 했네. 수고했다!

반복되는 아침, 점심

돌들이 바다를 때리던 아침, 바다는 무서워 떨고 있다.
나무들은 무서워 나뭇잎이 없어진다.
바다는 항복의 의미로 돌의 먹을 것을 챙겨 준다.
아침에는 미역
점심에는 조개
저녁에는 랍스터

푸른 바다가 바다를 덮치는 점심, 바다는 무서워 닭살이 돋는다.
바다는 돌에게 구원을 요청해 푸른 바다를 물리친다.

1. 순규가 중학생도 아닌데 이런 정도로 은유를 구사한다는 게 신통하다. 잘 했어.

2. 그럼, 검토해 볼까.

① 돌들이 바다를 때리던 아침, 바다는 무서워 떨고 있다.

이 자체는 은유로서 좋다. 보통 사람들은 바다가 돌을 때린다고 생각하는데 오히려 반대로 돌이 바다를 때린다고 생각한 것까지는 기발해서 평가를 받을 만하다.

② 나무들은 무서워 나뭇잎이 없어진다.

이것도 은유로서는 인정할 만하다. 그런데 왜 갑자기 애월 바다 풍경에서 나무가 등장하지? 아마도 파도가 무서워 나뭇잎이 없어지나? 일단은 이것도 그렇다고 치자.

③ 바다는 항복의 의미로 돌의 먹을 것을 챙겨 준다.

이것도 은유를 사용한 것은 좋은데 '의미로'라고 일부러 자세하게 설명해 줄 필요는 없다. 단순히 '바다는 항복했고 돌에게 먹을 것을 챙겨준다'라고 하면 좋겠다. 아마도 돌이 바다를 때리니까 바다가 항복한다는 말 같아.

④ 아침에는 미역

⑤ 점심에는 조개

⑥ 저녁에는 랍스터

아침에 미역, 점심에 조개, 저녁에 랍스터라고 하나하나 행을 띄운 것은 순규가 그렇게 매 끼니마다 바다가 돌에게 먹이를 준다는 것을 강조하니까 이렇게 세 행이나 사용한 셈이다. 이것은 시를 쓴 사람의 마음이니 뭐라 할 수도 없다.

⑦ 푸른 바다가 바다를 덮치는 점심, 바다는 무서워 닭살이 돋는다.

이 자체는 은유이다. 하지만 아무리 상상이고 은유라고 해도 그 나름의 논리는 갖추어야 한다. 아마도 바다를 멀리서 보면 파도가 파도를 덮치면서 끊임없이 밀려오는 파도들의 모습을 상상한 것 같다.

⑧ 바다는 돌에게 구원을 요청해 푸른 바다를 물리친다.

여기도 은유는 성립한다. 하지만 바다와 푸른 바다가 다른가? 이것도 아마 순규가 말하는 바다는 에메랄드 빛 바다를 말하는 것 같아. 자기만 알아서는 안 되고 읽는 사람이 이해할 수 있게 최소한의 정보는 주어야 한다.

3. 제목이 〈반복되는 아침, 점심〉인데 본문의 내용 중에 이것을 직접적으로 혹은 간접적으로 나타내는 것이 보이지 않는다. 오히려 여기서 순규가 다른 사람이 절대로 생각해 낼 수 없는 아이디어를 갖고 왔다. 즉, 돌이 바다를 항복시켰다고 했다. 따라서 이런 제목은 어떨까.

〈바다를 항복시킨 돌〉, 멋있지 않니?

4. 이제 시를 정리해 보자

바다를 항복시킨 돌

돌들이 바다를 때리는 아침,
바다는 무서워 떨고 있다
해변의 나무들은 무서워 나뭇잎이 없어진다
바다는 항복했고 돌에게 먹을 것을 챙겨준다
아침에는 미역
점심에는 조개
저녁에는 랍스터

푸른 바다가 바다를 덮치는 점심,
바다는 무서워 닭살이 돋는다
바다는 돌에게 구원을 요청해 푸른 바다를 물리친다

5. 결론적으로 말하면 모든 문장을 은유를 가지고 표현했다는 점을 칭
   찬해 주고 싶다. 아직은 초등학생이니 생각의 깊이라든가 논리는
   당연히 모자라겠지. 그건 앞으로 나이를 먹고 책을 읽고 경험을 쌓
   으면 해결되리라 믿는다.
6. 잘했다!

The Glamorous Sand

The sand stole the ocean water inside itself.

His breath sucked up the wind to start a storm.

Waves crashed to make a white dove.

The ripples formed a glittery rock.

Finally the sand started a glittery fashion show on the glittery rock.

매력이 넘치는 모래

모래가 자기 안으로 바닷물을 훔쳐갔다

그의 숨결이 바람을 빨아들여 폭풍을 일으키기 시작했다

파도가 부딪쳐 하얀 비둘기가 되었다

잔물결이 반짝반짝한 바위를 이루었다

마침내 모래는 반짝거리는 바위 위에서 반짝거리는

패션쇼를 시작했다

1. 서윤이는 시를 잘 쓰는 것 같다. 그럼 한번 검토해 볼까.

    ① 모래가 자기 안으로 바닷물을 훔쳐갔다.

      모래가 바닷물을 훔쳐갔다. 좋은 은유네. 멋있다.

    ② 그의 숨결이 바람을 빨아들여 폭풍을 일으켰다.

      이것도 좋은 은유이고.

    ③ 파도가 부딪쳐 하얀 비둘기가 되었다.

      파도가 바위에 부딪쳐 하얀 포말이 올라오는 걸 비둘기로 봤네.

      이것 역시 은유이고.

    ④ 잔물결이 반짝반짝한 바위를 이루었다. 은유다.

    ⑤ 마침내 모래는 반짝거리는 바위 위에서 반짝거리는 패션쇼를 시작했다.

      좋았어. 물론 은유이고.

    ⑥ 제목도 은유이면서 재미있네. 매력이 있는 모래라!

2. 서윤이는 은유를 잘 구사하고 있네. 이제 남은 과제는 서윤이가 쓴 은유들이 제 각각 놀지 않고 연결성이 있어야 한다. 이걸 '시적 이미지의 통일성'이라고 한다. 은유를 한 것들이 따로따로 놀면 읽는 사람이 이해하기가 어려워진다. 더 나아가서는 그런 통일성을 이룬 은유들이 어떤 의미를 가져야 한다. 그것을 통찰력이라고 하는데 그것은 초등학생인 너는 아직 한계가 있다. 그건 시간이 걸린다. 순유 오빠만 해도 이런 통찰력에 있어서는 너희들과는 상대가 안 돼.

따라서 많이 쓰고 책도 많이 읽고 커 가면서 경험도 쌓아야 한다.

3. 잘했어.

서우(초3)

Piano

A piano is soft like a figure skater and a ballerina.

When I listen to the piano I feel like I am sleeping while I'm flying.

The piano reminds me of a beautiful angle fling across the calm waves.

The sound of a piano is like fluffy cotton candy made with sweet sugary music notes.

The piano reminds me of romance and beauty.

When a pianist hits a key it feels like you are stepping on soft marshmallow notes.

The piano music has to be well balanced.

피아노

피아노는 피겨스케이팅 선수나 발레리나처럼 부드럽다

피아노를 들을 때 나는 비행 중에 자는 것 같아

피아노는 잔잔한 파도를 가로지르는 아름다운 각도를 떠올리게 한다

피아노 소리는 달콤하고 달콤한 음악 음표로 만들어진 솜사탕과 같다

피아노는 나에게 낭만과 아름다움을 떠올리게 한다

피아노 연주자가 건반을 치면 부드러운 마시멜로 음을 밟는 느낌이다

피아노 음악은 균형을 잘 맞춰야 한다

1. 서우야, 시와 산문이 다른 점이 무얼까. 내용이나 의미는 내버려 두고 우선 시와 산문은 전체 글의 모양이 다르다. 산문은 줄글이다. 그러나 시는 짧게 쓰면서 문장이 줄줄이 이어져 있는 것이 아니라 끊어져 있다. 이걸 시의 용어로는 행갈이$^{line\ replacement}$를 한다고 말한다. 다시 말해 시는 장황하게 설명하는 것이 아니라 압축하여(내용도 그렇게 하지만) 글의 전체 모양도 짧게 만든다.

2. 시는 의미도 함축하고^{connote}, 시의 전체 모양도 리듬^{rhyme}(운)을 나타내야 한다.

3. 내가 뭐라고 했지? 압축하라고 했지. 제목이 '피아노'니까 읽는 사람은 본문의 내용이 피아노라는 걸 이미 알고 있다. 그런데도 불구하고 본문에 피아노라고 자꾸 언급한다는 것은 필요 없는 단어를 쓰는 거니까 압축하고 상관이 없다. 이미 알고 있는 것은 구태여 쓸 필요가 없다. 이건 너뿐 아니라 순유도, 순규도, 서윤이도 처음에는 이랬다.

4. 그럼 자세히 살펴보자.

   ① 피아노는 피겨 스케이팅 선수나 발레리나처럼 부드럽다

   '피아노'는 다 아는 사실이니 생략하고, A=피아노, B=피겨 스케이팅 선수, 발레리나로 해서 은유를 만들자. "피겨 스테이팅 선수나 발레리나이다"

   ② 피아노를 들을 때 나는 비행 중에 자는 것 같다

   이건 직유이지만 하나쯤 살려두자.

③ 피아노는 잔잔한 파도를 가로지르는 아름다운 각도를 떠올리게
한다

이 문장은 은유와 비슷하지만 설명이다. '피아노'는 생략하고
A=각도 B=하늘로 은유를 만든다. "잔잔한 파도를 가로지르는
아름다운 각도가 하늘로 날아간다"

④ 피아노 소리는 달콤하고 달콤한 음표를 만들어진 솜사탕 같다

'피아노 소리'는 생략하고, 직유를 은유로 바꾼다. "달콤한 음악
의 음표는 솜사탕"

⑤ 피아노는 나에게 낭만과 아름다움을 떠올리게 한다

이건 완전히 설명이다. 이렇게 고치자. "낭만과 아름다움이 하
얗고 검은 건반 위에서 물결친다"

⑥ 피아노 연주자가 건반을 치면 부드러운 마시멜로 음을 밟는 느
낌이다

이것도 거의 은유에 가깝기는 한데 결국 설명문으로 그쳤다. '느
낌이다'를 빼고 바로 A=B로 만들면 된다.

"건반을 치면 마시멜로 음을 밟는다"

⑦ 피아노 음악은 균형을 잘 맞추어야 한다

이것도 완전히 설명하는 진술이다. 순유 오빠와 서윤이 언니가
연습하는 추상명사로 은유 만들기를 해보자. "균형의 색깔은 희
고 까맣다" 은근히 피아노의 흑백 건반을 떠올리게 하지 않니.

5. 그럼 시를 정리해 보자.

피아노

피겨스케이팅 선수나 발레리나이다
비행 중에 자는 것 같다
잔잔한 파도를 가로지르는
아름다운 각도가 하늘로 날아간다
달콤한 음악의 음표는 솜사탕,
낭만과 아름다움이 하얗고 검은 건반 위에서 물결친다
피아노 연주자가 건반을 치면
상냥한 마시멜로가 달려간다.
균형의 색깔은 희고 까맣다

6. 서우가 시 쓰기를 하면 꼭 알아야 할 것 세 가지를 기억해 두어라.
   ① 읽는 사람이 이미 아는 사실은 생략한다. 다시 말해 압축해야
      한다.
   ② 진술을 처음에 썼다 해도 고쳐 쓰기 해서 은유로 바꾸어라.
   ③ 행갈이를 적당히 해서 리듬이 있게 만든다(한글은 어미가 다 같으면
      지루하므로 적당히 어미에 변화를 준다. 영어는 압운rhyme이라고 해서 운을 맞추
      는 모양인데 난 잘 모른다).
7. 수고했다.

손주들과 은유를 만들고 산문을 쓰고 시도 지으면서, 전문적 지식을 갖지 못한 제가 아이들을 가르쳤습니다. 그렇게 만 4년을 지나는 때 문득 전문가의 객관적 평가를 받아보는 게 어떨까 싶었습니다. 팔이 안으로 굽는다고 내 손주니까, 칭찬만 하는 게 아닌지 알고 싶었습니다.

그래서 경남 과학기술대학교 평생 교육원의 시창작 교실에서 제가 수업을 받았던 박종현 선생님에게 아이들의 시와 산문에 대해 강평을 부탁했습니다. 시인인 선생님은 중고등학교 교사를 역임했고, 경상국립대 청담 사상연구소에서 연구원을 지냈습니다. 또한 경남문인협회 부회장을 거쳐 현재 멀구슬문학회 대표로 있습니다.

박종현 선생님 강평 〜 **순유의 시 6편**

원장님

매우 영민한 손자를 두신 것 같습니다.

중2 수준을 훨씬 넘어선 것처럼 보입니다.

1. 〈튤립1〉은 사물을 바라보는 시선이 매우 참신합니다

   무엇보다도 그 참신한 안목으로 찾아낸 발견(기지개, 예배, 막대사탕 등)을 비유적으로 표현한 점이 매우 돋보입니다.

2. 〈튤립2〉는 시적 화자가 할아버지이신 원장님의 목소리(산문성)를 닮아있는 듯한 느낌이 듭니다. 진술적 표현이 다소 복고적인 듯한

느낌도 들지만 시에서 삶의 깊이를 느낄 수 있어 참 좋습니다.

3. 〈전쟁〉은 자연에서 일어난 상황을 비유적으로 표현한 품새가 정말 돋보입니다. 중학교 2학년 학생이 썼다고는 믿기지 않습니다. 시적 감각도 뛰어나고 문학적 완성도도 매우 높은 작품입니다.

4. 〈파도와 애월〉은 소년다운 참신한 발상이라 읽으면서 입가에 미소를 짓게 하는 작품입니다.

5. 〈빨래〉는 세탁 과정을 표현한 작품인데 시적 화자를 사람으로 잡지 않고 세탁물인 사물로 잡은 것이 매우 독특합니다. 아주 재밌는 시입니다.

6. 〈매일 같은 생활〉이야말로 중2학년 학생 수준의 작품입니다. 시가 매우 논리적이면서 단아한 형식을 갖추고 있습니다. 원래 중학생들의 시들은 대체로 이 시처럼 학생들의 논리적 사고에 맞춰 처음 중간 끝 형식의 내용으로 전개해 놓습니다.

원장님

여섯 편의 시 잘 읽었습니다.

중학생인데도 그 수준은 매우 높다고 말씀드릴 수 있습니다.

행복한 밤 되시길 바랍니다.

2021. 5. 21.

원장님

보내신 작품 잘 읽었습니다.

초등학교 5학년이 쓴 작품인데 저를 몹시 당황하게 했습니다.

아주 좋습니다.

먼저 시 5편부터 말씀드리겠습니다.

1. 〈튤립 행복〉

   말 그대로 은유의 전형을 보여주고 있는 시입니다.

   초등학교 6학년 학생의 작품으로 믿기지 않을 정도로

   은유적 표현에 품격이 배어 있는 것 같습니다.

2. 〈나뭇잎〉

   사물을 바라보는 안목이 매우 창의적입니다.

   사물을 통해 새로운 세계를 발견하는 안목을 지닌다는 것은

   오늘날의 시가 지향하는 큰 덕목 중의 하나입니다

3. 〈창백한 불〉

   이 시 또한 초등학생을 넘어선 아주 빼어난 안목을 통해 사물을 노
   래한 작품입니다. 참 좋습니다.

4. 〈매력이 넘치는 모래〉, 〈아침이 올 때〉

   이 두 편의 시는 발견과 은유가 절묘하게 직조된 매우 빼어난 작품
   들입니다.

어린이들은 주로 서정 중심으로 시의 내용을 전개하는데 이 두 작품은 현대적 감각을 바탕으로 해서 사물에 대한 발견과 품격 높은 은유를 동시에 구현한 점이 저를 몹시 당황하게 했습니다.

아주 좋습니다.

그리고 산문이라고 하신 작품 3편은 제가 보건데 '은유의 창고'라고 해도 과언이 아닐 정도로 좋은 표현들이 많습니다. 표현을 조금만 정제하면 좋은 시가 될 것 같습니다. 대신 현재 내용을 뼈대로 삼아서 살을 조금 더 붙인다면 훌륭한 산문이 될 수 있을 것 같습니다. 좋은 글 잘 읽었습니다.

손녀의 수준이 어른의 작품에 비견할 수 있을 정도로 매우 높은 수준을 유지하고 있습니다.

늘 건강하시고

행복한 일만 가득하길 기원드립니다.

2021. 6. 3.

6. 종합명제를 연습할 땐 주어의 속성을 살펴라

김훈 작가의 『자전거 여행』은 이강빈 사진가와 전국을 자전거로 여행하면서 겪는 서정을 글과 사진으로 실은 책입니다. 여행기는 단순히 방문한 지역의 정보와 경험만을 전하는 것이 아니라 작가가 체험한 것에 대한 관점을 나타내어야 합니다.

이 『자전거 여행』은 구성이 독특합니다. 소제목 글의 처음에 김훈은 은유로 자신의 서정을 전개합니다. 그런 후에 자전거로 간 그곳의 정보와 경험을 진술로 기술합니다. 여기서 김훈의 은유가 대단히 아름답습니다. 특히 눈에 띄는 것은 관념의 이미지화를 곳곳에서 볼 수 있습니다. 이 은유들은 사실 행갈이를 하면 바로 시가 될 수 있습니다. 김훈의 이 수필집은 단순히 명승지를 다녀온 단순한 여행수필이 아니라 격조 높은 문학적 수필이라고 생각합니다. 이강빈의 사진도 시적 이미지가 잘 나타나서 글의 맛을 더해 줍니다.

『자전거 여행』의 은유 부분만 발췌하여 베껴쓰기도 하면서 갑자기 아이들에게도 이런 은유만들기 연습을 시켜보자는 생각이 들었습니다. 다시 말해 김훈의 은유의 주어 부분만 주고 나머지 술어 부분을 아이들의 상상력을 더해 종합명제식으로 마무리하는 연습입니다.

우리는 주어가 주어지면 자동적으로 주어의 속성을 포함하는 술어를 씁니다. 그래야 논리적으로 모순이 없습니다. 받아들이는 사람도 저항 없이 수용합니다. 이른바 분석명제를 자신도 모르게 사용합니다. 반면에 종합명제 식으로 표현하려면 조금은 노력이 필요합니다. 주어가 주어지면 한 템포를 쉬고 주어진 주어의 속성이 아닌 술어를 찾아보아야 합니다. 이른바 종합명제의 구사입니다. 아이들에게도 어릴 때부터 이런 습관을 들여보고 싶어서 시작한 연습이었지만 너무 늦게 시작하여 아이들이 농땡이를 치는 타이밍이라 결과물은 그다지 없습니다.

2021년 10월 1일 금요일

순유(중2)

1. 자전거를 타고 저어갈 때, 세상의 길들은 ~~.
   → 언제나 나를 응원해준다.
2. 생사는 자전거 체인 위에서 ~~.
   → 열심히 균형을 잡으려 한다.
3. 흘러오고 흘러가는 길 위에서 몸은 ~~.
   → 바람을 흡입한다.
4. 이끄는 몸과 이끌리는 몸이 현재의 몸속에서 합쳐지면서 자전거는 ~~.
   → 행복해하며 열심히 달린다.
5. 그 나아감과 멈춤이 오직 한몸의 일이어서, 자전거는 ~~.
   → 항상 나와 똑같은 감정을 느낀다.

6. 구르는 바퀴 위에서 몸과 길은 ~~.
   → 서로 인사한다.

7. 몸 앞의 길이 몸 안의 길로 흘러들어왔다가 몸 뒤의 길로 빠져나
   갈 때, 바퀴를 굴러서 가는 사람은 ~~.
   → 길을 잡아먹는 쾌감을 느낀다.

8. 길은 저무는 산맥의 어둠 속으로 풀려서 사라지고, 기진한 몸을
   길 위에 누일 때, 몸은~~.
   → 길과 감정을 공유한다.

9. 그래서 자전거는 ~~.
   → 나의 절친이다.

10. 자전거는 힘을 집중시켜서 ~~.
    → 길에게 마사지를 해준다.

11. 1단 기어는 고개의 가파름을 잘게 부수어 사람의 몸속으로 밀어
    넣고, 바퀴를 굴러서 가는 사람의 몸이 ~~.
    → 행복함을 느낀다.

12. 그러므로 자전거를 타고 오르막을 오를 때, 길이 ~~.
    → 우리에게 조그만 장난을 건다.

13. 내 몸이 나의 ~~.
    → 힘듦을 받들고 있다.

14. 오르막에서, 땀에 젖은 등판과 터질 듯한 심장과 허파는 ~~.
    → 나에게 열정을 더 가져다 준다.

15. 땅에 들러붙어서, 심장과 허파는 ~~.
    → 나의 에너지 드링크이다.

16. 오르막길 체인의 끊어질 듯한 마디마디에서, 기어의 톱니에서,
    뒷바퀴 구동축 베어링에서, 생의 신비는~~.

→ 자전거를 간지럽힌다.

17. 돌산도 향일암 앞바다의 동백숲은 ~~.

→ 나의 몸을 치유해 주고 함께 놀아준다.

18. 동백은 한 송이의 개별자로서 ~~.

→ 장미와 몰래 경쟁을 한다.

19. 동백은 떨어져 죽을 때 ~~.

→ 하늘과 마지막 인사를 한다.

20. 절정에 도달한 동백꽃은, ~~.

→ 빨간 웃음을 짓는다.

할아버지 강평

1. 처음인데도 잘 했다.

2. 이 종합명제 연습을 많이 해두면 정말 은유 구사는 자연스럽게 나올
   것 같다. 지금부터라도 이 부분에 특히 신경을 써주기 바란다.

3. 이번에도 약속을 안 지키는가 했는데 지키기는 지켰는데 반쪽이 되
   어버렸다. 다음에는 반쪽이 아니라 '온쪽'이 되도록 해라. 다시 말해
   글쓰기도 하란 말이다. 제발!!

21. 매화나무가 몸속의 꽃을 밖으로 밀어내서, 꽃은 ~~.

  → 태어나서 처음으로 슬픔을 느낀다.

22. 이 꽃구름은 그 경계선이 흔들리는 봄의 대기 속에서 ~~.

  → 바람과 한 몸이 되어 자유로운 비행을 한다.

23. 그래서 매화의 구름은 ~~.

  → 나의 자전거에게 간식들을 제공해준다.

24. 매화는 바람에 불려가서 소멸하는 시간의 모습으로~.

  → 자신을 정의한다.

25. 가지에서 떨어져 땅에 닿는 동안, 바람에 흩날리는 그 잠시 동안
이 매화의 ~이고, 매화의 죽음은 ~이다.

  → 일생에 한 번뿐인 여행, 그 여행의 종착역

26. 산수유는 다만 어른거리는 ~로 피어난다.

  → 노란 거품으

27. 산수유는 존재로서의 ~이 전혀 없다.

  → 끈질김

28. 꽃송이는 보이지 않고, ~만 파스텔처럼 산야에 번져 있다.

  → 꽃송이의 영혼

29. 그 그림자 같은 꽃은 다른 모든 꽃들이 피어나기 전에, ~~ 한다.

  → 인생을 공부한다.

30. 꽃이 스러지는 모습은 ~~.

  → 풀이 죽은 아이이다.

31. 그래서 산수유는 꽃이 아니라 ~~.

→ 순수한 아이이다.

32. ~~가 목련의 절정이다.

   → 하얀 눈

33. 목련은 ~ 가득 차 있다.

   → 고귀함의 축복으로

34. 그 꽃은 존재의 중량감을 과시하면서 ~~.

   → 다른 꽃들을 깔본다.

35. 목련은 꽃 중에서 ~~.

   → 가장 형님 되신다.

36. 누렇게 말라비틀어진 꽃잎은 ~~

   → 바람에 날려 땅바닥에 떨어진다. 영혼 없이.

37. 목련은 냉큼 죽지도 않고 ~~.

   → 바람과 줄다리기 할 때마다 이긴다.

38. 나뭇가지에 매달린 채, 꽃잎 조각들은 ~~.

   → 길바닥과 슬픈 눈싸움을 한다.

39. 목련의 죽음은 ~~.

   → 나무를 울게 만든다.

40. 말기 암환자처럼, 그 꽃은 ~~.

   → 낙하하며 허망한 웃음을 짓는다.

할아버지 강평

1. 잘 했네.

2. 공부에 바쁜데도 이렇게 참여해 주니 고맙다.

7. 글이 막힌다면 브레인스토밍으로 돌파하자

1. 브레인스토밍 연습문제(시)

2021년 9월 19일 추석에 손주들이 진주로 내려왔습니다. 오랜만에 만나서 반갑기도 했지만 요즘 들어서 글쓰기를 하도 요리조리 빼고 하질 않아서 속이 상하던 참에 이번에는 특강을 할 것이라고 엄포를 놓았습니다. 의외로 순순히 잘 따라 주어 시와 산문을 쓸 때 브레인스토밍과 종합명제를 어떻게 이용하는가를 설명했습니다.

시나 산문의 경우 우선 제목을 주고 손주들의 머릿속으로 생각할 수 있는 모든 것을 종이에 적게 했습니다. 그 다음에는 그것을 재료로 해서 글을 써나가라고 했습니다. 마지막으로는 그 글들이 은유를 풍성하게 구사했는지 종합명제의 관점에서 체크하도록 했습니다.

* 시의 정의
문학의 한 장르로서, 자연이나 인생에 대하여 일어나는 감흥이나 사상을 함축적이고 운율적으로 표현한 글이다.

* 시의 형식에 따른 분류

  ① 정형시 ② 자유시 ③ 산문시

* 시의 내용에 따른 분류

  ① 서정시 ② 서사시 ③ 극시

* 시의 언술에 따른 분류

  ① 일상어 ② 관념어 ③ 은유(이미지)

1) 브레인스토밍

순유(중2)

산

-나뭇잎이 떨어지고 있었다.

-바람이 얼굴에 분다.

-정상에 선 나무가 우리를 내려다본다.

-조그만 나무들이 쌔근쌔근 숨 쉬고 있다.

-햇빛이 나뭇잎을 관통해서 우리를 덮는다.

-산이라는 큰 집 안에 나무들과 풀, 꽃, 여러 생물들이 쌔근쌔근 숨 쉬고 햇빛은 그들에게 생기를 준다.

-다른 자잘한 동물들(개미, 벌레, 곤충들)이 몰래 무단거주 하여 살아가고 있다.

-바람은 기분 좋을 때면 산을 방문한다.

-여러 구성원들 덕에 손님들이 많이 놀러옴

-산은 황금보따리다.

-산은 한 개의 나라이다.

-나뭇잎, 솔방울, 벌레, 물, 해, 나무

-고요함과 선선한(따뜻한) 바람이 우리를 반겨준다.

-시끌벅적한 소리는 봉인될 거다.

-나뭇잎이 위를 허망하게 쳐다보며 낙하한다.

-바람이 여럿을 간질이며 지나간다.

-햇빛은 나뭇잎을 관통하여 우리를 덮는다.

-산이라는 큰 집 안에 흙, 바람, 돌, 해가 살고 있다.

-쌔근쌔근 숨 쉬고 있다(꽃, 나무, 풀, 개미, 벌레, 나뭇잎).

-무단거주로 말이다.

-바람은 산이 자기 집인 마냥 활보하여 다니고

-해는 집단을 이끄는 리더이다(심장).

-흙은 낭만을 만끽하면 쌔근쌔근 숨을 쉰다.

-산은 하나의 국가이다.

-산에 있는 것들은 고요를 먹고 산다.

-옆 동네에는 차가 쌩쌩.

할아버지 강평

1. 브레인스토밍은 이런 식으로 문장을 써도 된다.

2. 다른 방식은 단어만을 생각나는 대로 적어놓고 그것들을 은유로 연결시킨다. 예를 들면, 나뭇잎, 바람, 쌔근쌔근, 햇빛, …

   ⇒ "나뭇잎에 햇빛이 닿자 바람을 타고 쌔근쌔근 잠잔다."라고 쓸 수 있다.

2) 본문 쓰기

산

여러 것들이 함께 쌔근쌔근 숨 쉬고 있다
흙은 고독과 낭만을 만끽하며 숨을 쉰다
바람은 단단한 침묵을 지키며 산을 활보하며 다닌다
나뭇잎들은 위로 허망하게 쳐다보며 낙하한다
해는 따뜻한 목욕을 시켜준다
나뭇잎들은 우뚝 서서 바람과 놀아 주고 있고
멀리서 들리는 사람들 소리는
바람 소리와 귀뚜라미 소리, 물소리와 나무들에게 가려서 묻힌다
꽃과 풀이 바람에 몸을 맡겨 춤을 추고
돌맹이들끼리 조용히 수다를 떨고
나무들도 조금은 요란하게 머리를 턴다
산은 고요라는 물이 흡수된 하나의 조그만 동네이다

할아버지 강평

1. 잘 했다. 하지만 빨리 했기 때문에 아직 정돈이 안 되어 있다.
2. 1행과 2행은 '숨 쉰다'가 중복이 되어 있어 다른 말로 바꾸어야 한다.
3. 시는 원래 처음에는 운율이 붙었고(정형시) 나중에 지금의 자유시라 하더라도 노래처럼 리듬(시에서는 운율이라고 하지만)이 있어야 한다. 따라서 거의 모든 행이 '~다', '~고'로 끝나면 시를 읽으면 단조롭고 지루하게 된다. 나중에 고쳐 쓰기를 한다면 '다'로 끝나는 어미를 다른 것으로 적당히 다 바꾸어 주어야 한다.

4. 내게 제일 인상적이었던 구절은 "산은 고요라는 물이 흡수된 하나의 조그만 동네이다"였다.

3) 분석하기

산

----ⓜ(metaphor/은유) ----ⓢ(statement/진술)

여러 것들이 함께 쌔근쌔근 숨 쉬고 있다----ⓢ

흙은 고독과 낭만을 만끽하며 숨을 쉰다----ⓜ

바람은 단단한 침묵을 지키며 산을 활보하며 다닌다----ⓜ

나뭇잎들은 위로 허망하게 쳐다보며 낙하한다----ⓜ

해는 따뜻한 목욕을 시켜준다----ⓜ

나뭇잎들은 우뚝 서서 바람과 놀아 주고 있고----ⓜ

멀리서 들리는 사람들 소리는

바람 소리와 귀뚜라미 소리, 물소리와 나무들에게 가려서 묻힌다

----ⓢ

꽃과 풀이 바람에 몸을 맡겨 춤을 추고----ⓜ

돌멩이들 끼리는 조용히 수다를 떨고----ⓜ

나무들도 조금은 요란하게 머리를 턴다----ⓜ

산은 고요라는 물이 흡수된 하나의 조그만 동네이다----ⓜ

> **할아버지 강평**

1. 은유가 9개, 진술이 2개이다. 시의 내용의 깊이는 차치하고 은유를 이렇게 만들어 냈다는 것을 칭찬하고 싶다.

1) 브레인스토밍

대봉루(大鳳樓)

대봉루는 나의 이층 침대이다.

대봉루는 타이머 한 시간을 맞춰 놓은 선풍기이다.

대봉루는 자장가를 불러주는 엄마이다.

대봉루에서 자고 있으면 영원히 잠들 것 같은 개미지옥 같은 존재이다.

대봉루에 누우면 옛날 역사가 보인다.

대봉루의 손잡이 사이에서 나에게 말을 건다.

나에게 그 말은 드센 바람이다.

대봉루에 누우면 태평양 한가운데에 있는 기분이다.

대봉루는 산의 위이다.

대봉루에 누웠을 때 뻐꾸기들과 귀뚜라미의 콜라보레이션은 클래식 곡이다.

대봉루에 사는 매기가 나에게 말을 건다.

할아버지 강평

1. 브레인스토밍은 이런 식으로 문장을 써도 된다. 다만 '대봉루'라고 계속 반복해 말할 필요는 없다.

2. 다른 방식은 단어만을 생각나는 대로 적어놓고 그것들을 은유로 연결시킨다. 예를 들면, 선풍기, 자장가…라고 적어 놓았다면 ⇒ "선풍기가 자장가를 부르고 있다"라고 쓸 수가 있다.

2) 본문 쓰기

대봉루

이것은 타이머 한 시간을 맞춰 놓은 선풍기이다
선풍기를 쐬고 있으면
옛날 고려시대 역사가 점점 떠오른다
역사를 그만 보고 싶지만 개미지옥처럼 빠져나갈 수 없다
이것이 그만하고 싶을 때 내가 빠져나간다
대봉루는 산의 위이다
모든 것을 소화할 수 있다
특히 배가 고프면 돌과 나무를 먹는다
거미가 나에게 말을 건다
나는 그 말이 드센 바람으로 느낀다
잠이 솔솔 오면 이것이 자장가를 부르며
나를 깊은 잠에 빠지게 하려고 한다
넋을 잃고 눈이 감기면
뻐꾸기와 귀뚜라미의 콜라보레이션이 나의 귀를 통하여 심장에 박힌다
이것은 나의 아침이자 바다 위의 집이다
나에게 보금자리 같은 곳이다

할아버지 강평

1. 잘 했네.
2. 첫 행의 '이것은' 쓸 필요가 없다. 왜냐하면 구태여 말 안 해도 읽는
   사람이 대봉루라는 알기 때문이다. 제목이 〈대봉루〉니까 지금부

터 말하는 것은 대봉루라고 생각하고 있다.

3. 순유처럼 거의 모든 행이 '~다'로 끝났다. 이건 시를 많이 쓰다 보면 요령이 생겨서 고쳐지리라 생각한다.

4. 나에게는 대봉루를 선풍기로 본 것과 "뻐꾸기와 귀뚜라미의 콜라보 레이션이 나의 귀를 통하여 심장에 박힌다"라는 행이 가장 인상적이었다.

3) 분석하기

대봉루

----ⓜ(metaphor/은유)   ----ⓢ(statement/진술)

이것은 타이머 한 시간을 맞춰 놓은 선풍기이다----ⓜ

선풍기를 쐬고 있으면

옛날 고려시대 역사가 점점 떠오른다----ⓢ

역사를 그만 보고 싶지만 개미지옥처럼 빠져나갈 수 없다----ⓢ

이것이 그만하고 싶을 때 내가 빠져나간다----ⓢ

대봉루는 산의 위이다----ⓢ

모든 것을 소화할 수 있다----ⓜ

특히 배가 고프면 돌과 나무를 먹는다----ⓜ

거미가 나에게 말을 건다----ⓜ

나는 그 말이 드센 바람으로 느낀다----ⓜ

잠이 솔솔 오면 이것이 자장가를 부르며

나를 깊은 잠에 빠지게 하려고 한다----ⓢ

넋을 잃고 눈이 감기면

뻐꾸기와 귀뚜라미의 콜라보레이션이 나의 귀를 통하여 심장에 박힌

다----ⓜ

이것은 나의 아침이자 바다 위의 집이다----ⓜ

나에게 보금자리 같은 곳이다----ⓢ

할아버지 강평

1. 은유가 7개, 진술이 6개이다. 자꾸 연습하다 보면 주제를 잡아가는
   요령이 생길 것이다.

2. 브레인스토밍 연습문제(산문)

* 수필 종류:

①경수필=서정 수필

②중수필=논리 수필(논술)

* 글을 쓸 때 꼭 문단을 나눌 것!

* 수필 쓰기의 유의 사항

①경험 중에서 선택한다.

②구성: 물 흐르듯이 자연스럽게

③문장: 설명하기보다는 은유를 많이 구사한다

④자신의 관점, 통찰, 깨달음이 있어야 한다.

⑤시작은 인상적으로(어필할 수 있게) 종결은 여운을 남긴다.

1) 브레인스토밍

순유(중2)

고봉밥

-밥솥, 주걱, 산
-숨이 막힌다(아래)
-숨이 트인다(위)
-서로 엉키고 설켰다
-서로 껴안거나 딱 붙어 엉켜 있다
-산 정상
-밥그릇 인상 쓴다
-밥풀들
-위에서 찬 공기 맞는 밥풀들은 어리둥절
-아래는 따뜻, 편안 but 깔려서 터질 것 같음, 숨이 꽉 막힘
-테두리에 있는 밥풀들은 묘한 기분, 삐져나오려는 함
-공
-위에서 빨간 천과 막대기가 낙하함(김치)
-둘러싸여서 입에 들어감
-고기 덩어리도 떨어짐
-밑에 있는 밥풀들은 멍하게 쳐다봄
-흰색이 점점 피투성이가 됨
-스며듦

할아버지 강평

이것도 시 쓰기 때의 브레인스토밍처럼 문장을 써도 괜찮으나 단어만을
나열해서 나중에 단어들을 은유로 연결시켜도 된다.

2) 본문 쓰기

고봉밥

어머니께서 저녁 먹으라고 나를 부르셨다. 달려가 보니 고봉밥이 나를 멀뚱멀뚱 쳐다보고 있었다. 밥그릇은 무거웠는지 인상을 쓰고 있었다. 위에 수북히 쌓인 밥 덕분에 그 모양은 완전한 구형이었다.

고봉밥은 뚫어져라 쳐다보고 있으니 위치에 따라 너무 불공평해 보였다. 위에 있는 밥풀들은 시원한 공기를 맞으며 놀이터에 들어가기를 느긋하게 기다리고 있고, 반대로 아래쪽에 있는 밥풀들은 온몸이 짜부되어 허망하게 잘 보이지 않는 위쪽을 쳐다보며 서로 얽히고 낑겨서 숨도 막힌다. 몸이 터져서 포도당만 남기고 승천할 듯 했다.

너무 더워서 아래가 녹아 고봉밥이 물밭이 될 것 같기도 했다. 고봉밥 주위에는 갈비와 김치, 여러 가지 나물들과 된장국이 있었다. 일단 나는 젓가락으로 고봉밥의 뇌를 먼저 맹으로 입을 다셨다. 뇌라고 해서 딱히 다른 맛은 없었다.

나는 김치 한 움큼을 꾸깃꾸깃 접어서 밥의 파인 부분에 올려놓았다. 점점 하얀 머리가 피로 물들어갔다. 그리고 아까 먹은 밥 한 숟가락은 위에서 신나게 놀고 있을 것이다. 아무튼 빨갛고 조그만 장바구니에 하얀색 우유 한 통을 담아 입속에 집어넣었다. 쌀밥에 김치가 묻은 거는 흰 우유에 딸기를 탄 것 같았다.

반쯤 먹은 고봉밥은 이제 더 이상 고봉밥이 아닌 그냥 '밥'이 되었다. 밥그릇은 자신과 덩치가 비슷해져서 안심이었다. 밑에 있는 밥풀들은 아직도 초점 없는 눈빛과 축쳐진 몸으로 멍하게 있었을 것이다.

난 밥 한 숟가락을 푹 떠서 국에다가 말았다. 국은 한순간에 밥풀들의 몸무게를 감량시켜 주었고 숟가락과 합심하여 아래로 잠수시켰다. 밥풀들은 힘이 다 빠져 풀이 죽은 채로 있었다. 장국과 합쳐져 색깔은 갈색빛이 되었고 황사가 시작되었다. 난 밥과 모래바람을 먹었지만 맛있었다.

밥그릇을 보니 밥이 얼마 남지 않았다. 아까 똥 마려운 표정을 지었을 밥풀들이 상쾌한 표정을 짓고 있었다. 숨을 내쉬며 표정이 좋아 보였다. 어째 먹기 좀 미안했지만 상관없다고 말하는 듯 보였다. 남은 밥의 머리 위에 나물들과 고기를 올려 입에 넣었다.

밥 한 톨이 남았다. 그냥 바로 방에 가려고 했는데 그냥 불편했다. 남은 밥 한 톨이 나를 유혹했다. 친구들을 잃은 밥 한 톨에는 시무룩함이 역력했다. 나는 그것을 씹지 않고 삼켰다.(200자 원고지 6.2장)

할아버지 강평

1. 경험이 잘 표현되었다.

2. 어떻게 보면 수필보다는 길지만 산문시 비슷하게 되었다.

3. '고봉밥'의 이미지를 나름 잘 표현했다. 하지만 수필에서 제일 중요한 것이 무엇이라 했지? 자신만의 관점, 성찰, 통찰, 깨달음이 있어야 한다. 그냥 고봉밥의 이미지의 나열이 아니라 그것을 통해 자신이 깨달은 걸 말해야 한다. 아직은 훈련이 덜 되어 그럴 거니까 이것만은 꼭 명심해라.

3) 분석하기

고봉밥

----ⓜ(metaphor/은유) ----ⓢ(statement/진술) ---simile(직유)

어머니께서 저녁 먹으라고 나를 부르셨다. ----ⓢ

달려가보니 고봉밥이 나를 멀뚱멀뚱 쳐다보고 있었다. ----ⓜ

밥그릇은 무거웠는지 인상을 쓰고 있었다. ----ⓜ

위에 수북히 쌓인 밥 덕분에 그 모양은 완전한 구형이었다. ----ⓢ

고봉밥은 뚫어져라 쳐다보고 있으니 위치에 따라 너무 불공평해 보였다. ----ⓜ

위에 있는 밥풀들은 시원한 공기를 맞으며 놀이터에 들어가기를 느긋하게 기다리고 있고, 반대로 아래쪽에 있는 밥풀들은 온몸이 짜부되어 허망하게 잘 보이지 않는 위쪽을 쳐다보며 서로 얽히고 낑겨서 숨도 막힌다.----ⓜ

몸이 터져서 포도당만 남기고 승천할 듯 했다.---simile

너무 더워서 아래가 녹아 고봉밥이 물밭이 될 것 같기도 했다. ---simile

고봉밥 주위에는 갈비와 김치, 여러 가지 나물들과 된장국이 있었다. ----ⓢ

일단 나는 젓가락으로 고봉밥의 뇌를 먼저 맹으로 입을 다셨다. ----ⓜ

뇌라고 해서 딱히 다른 맛은 없었다.----ⓢ

나는 김치 한 움큼을 꾸깃꾸깃 접어서 밥의 파인 부분에 올려놓았다. ----ⓢ

점점 하얀 머리가 피로 물들어갔다. ----ⓜ

그리고 아까 먹은 밥 한 숟가락은 위에서 신나게 놀고 있을 것이다. ----ⓜ

212

아무튼 빨갛고 조그만 장바구니에 하얀색 우유 한 통을 담아 입 속에
집어넣었다. ----Ⓢ

쌀밥에 김치가 묻은 거는 흰 우유에 딸기를 탄 것 같았다.---simile

반쯤 먹은 고봉밥은 이제 더 이상 고봉밥이 아닌 그냥 '밥'이 되었다.
----Ⓢ

밥그릇은 자신과 덩치가 비슷해져서 안심이었다. ----Ⓜ

밑에 있는 밥풀들은 아직도 초점 없는 눈빛과 축쳐진 몸으로 멍하게
있었을 것이다. ----Ⓜ

난 밥 한 숟가락을 푹 떠서 국에다가 말았다. ----Ⓢ

국은 한순간에 밥풀들의 몸무게를 감량시켜 주었고 숟가락과 합심하
여 아래로 잠수시켰다. ----Ⓜ

밥풀들은 힘이 다 빠져 풀이 죽은 채로 있었다. ----Ⓜ

장국과 합쳐져 색깔은 갈색빛이 되었고 황사가 시작되었다. ----Ⓜ

난 밥과 모래바람을 먹었지만 맛있었다. ----Ⓢ

밥그릇을 보니 밥이 얼마 남지 않았다. ----Ⓢ

아까 똥마려운 표정을 지었을 밥풀들이 상쾌한 표정을 짓고 있었다.
----Ⓜ

숨을 내쉬며 표정이 좋아보였다. ----Ⓢ

어째 먹기 좀 미안했지만 상관없다고 말하는 듯 보였다. ---simile

남은 밥의 머리 위에 나물들과 고기를 올려 입에 넣었다.----Ⓢ

밥 한 톨이 남았다. ----Ⓢ

그냥 바로 방에 갈려고 했는데 그냥 불편했다. ----Ⓢ

남은 밥 한 톨이 나를 유혹했다. ----Ⓜ

친구들을 잃은 밥 한 톨에는 시무룩함이 역력했다. ----Ⓜ

나는 그것을 씹지 않고 삼켰다.----Ⓢ

은유가 14개이고 직유가 4개, 진술이 15개이다. 수고했다.

1) 브레인스토밍

순규(초6)

김치

나를 빨리 먹어달라고 김치가 나를 유혹한다.

김치의 단짝 친구, 소금과 고춧가루들이 서로 히히덕 히히덕 웃는다.

주인이 오자 미친 듯이 점프한다.

고무 장갑을 보자 동료인 김치로 생각하고 고무장갑과 인사한다.

김치가 버무려지자 한몸이 된 단짝 친구들은 각각 부위를 맡아서 행동한다.

소금은 뇌, 김치는 몸, 고춧가루는 눈, 코, 입, 귀가 되었다.

밥상에 놓이자 춤을 춘다,

주인은 그런 김치들 보고 군침이 나왔다.

주인 눈에는 윤기가 흐르는 것처럼 보였기 때문이다.

흰 쌀밥을 보자 잠깐 동안 수다를 떨고 웃는 얼굴로 입안에 들어간다

입안에 들어가자 오랜만에 이를 보고 혀와 부딪치고 몰래 이에 껴서 하루를 보낸다.

그 하루 동안 수다를 떨며 아침이 되자 위가 보고 싶어졌다.

저녁이 되자 양치라는 괴물이 나와서 김치를 괴롭히기 시작했다.

다행히 혀가 김치를 지켜주었다.

그래서 식도로 다이빙을 하고 식도와 인사만 한 뒤 위액에 풍덩 빠졌다.

그리고 위와 인사 한 뒤 위액 때문에 사라졌다.

그러자 갑자기 위액이 빨갛게 변했다.

이것도 시 쓰기 때의 브레인 스토밍처럼 문장을 써도 괜찮으나 단어만을 나열해서 나중에 단어들을 은유로 연결시켜도 된다.

2) 본문 쓰기

김치

김장을 하는 날이 왔다. 배추는 잔뜩 긴장했고 소금과 고춧가루는 히히덕 웃고 있었다. 어머니가 오자 미친 듯이 점프했다. 그것은 어머니의 눈에서 물고기가 파닥파닥 뛰는 것처럼 보였다.

어머니가 고무장갑을 끼자 배추와 소금과 고춧가루는 고무장갑에게 인사했다. 김치가 되자 한 몸이 된 친구들은 각자 부위를 맡아서 일하기 시작했다. 배추는 몸, 소금은 뇌, 고춧가루는 눈, 코, 입, 귀이다.

김치가 밥상에 놓이자 김치는 너무 행복한 나머지 스스로 식탁으로 뛰어 내렸다. 덕분에 일등으로 먹게도 된 김치는 입 안으로 들어갔다.

입 안엔 혀와 이가 있었고 김치는 점점 씹히면서 작아졌다. 그중에 아주 작은 부위가 이에 끼고 나머지는 다 사라졌다. 김치는 혀와 이에게 인사하고 하루밤 동안 있기로 마음 먹었다. 저녁이 됐을 때 칫솔이라는 괴물이 쳐들어 왔다. 칫솔은 김치를 괴롭히기 시작했다. 다행히 혀가 김치를 지켜주어서 무사히 밤을 넘길 수 있게 되었다.

아침이 되자 김치는 혀의 도움을 받아 혀 위로 나온 다음 '가오' 있는 목소리로 뛰어내린다고 말했다. 눈 깜짝할 사이 진짜로 다이빙을 해버렸다. 내려가는 중에 식도와 인사만 하고 위로 퐁당 빠졌다. 위액의 맛을 느낀 김치는 점점 사라져 가는 중이었다. 김치가 완전히 사라지자 갑자기 위액의 색깔이 빨갛게 변했다. 그리고 연달아 김치가 들어오고 위액은 점점 빨갛게 변해가는 중이었다.

김치가 이제 소장을 거쳐 지나가는데 엄청 구리구리한 냄새가 김치를 덮어버렸다. 김치는 그 냄새를 참고 점점 내려가는 중에 새로운 친구를 발견했다. 그 친구는 아스파라거스였다. 아스파라거스와 수다를 떨면서 벌써 대장까지 왔다. 김치의 형태는 똥이 되었고 아스파라거스의 형태도 똥이 되었다.

이제 막 이별을 하고 내려갈려는 찰라에 밥이 말을 걸었다. 김치는 무시하고 내려가는데 주인이 변비여서 내려가지 못했다. 김치는 다행이다라고 생각하고 긍정적으로 생각해 봤다. 다이빙을 하자는 생각이었다. 김치는 마음을 굳게 먹은 후 준비하는데 10년 동안 그곳에서 버틴 음식이 있다고 해서 가봤는데 김치의 친구인 아스파라거스였다. 그래서 김치는 아스파라거스에게 남을 수 있는 방법을 물어본 후 남을 준비를 했다. 그 방법은 간단했다. 똥꼬 사이에 끝에서 힘만 주고 있으면 된다는 것이었다.

그리고 대망의 시간이 찾아왔다. 똥꼬 사이가 벌려지고 김치와 아스파라거스는 결국 살아남았다. 김치가 갑자기 눈이 번쩍 띄였다. 그것은 꿈이었다. 김치의 위치는 밥상 위였다. (200자 원고지 6.7장)

1. 경험보다는 상상, 허구인 느낌이다.

2. 수필이라기보다는 초단편소설 같다.

3. 마지막에 가서 김치가 똥꼬에서 밥상 위로 가는 '반전'의 기법이 신 선하다. 상상이 뛰어나고 재미있다.

3) 분석하기

김치

----ⓜ(metaphor/은유) ----ⓢ(statement/진술) ---simile

김장을 하는 날이 왔다. ----ⓢ

배추는 잔뜩 긴장했고 소금과 고춧가루는 히히덕 히히덕 웃고 있었 다. ----ⓜ

어머니가 오자 미친 듯이 점프했다. ---simile

그것은 어머니의 눈에서 물고기가 파닥파닥 뛰는 것처럼 보였다.--- simile

어머니가 고무장갑을 끼자 배추와 소금과 고춧가루는 고무장갑에게 인사했다. ----ⓜ

김치가 되자 한 몸이 된 친구들은 각자 부위를 맡아서 일하기 시작했 다. ----ⓢ

배추는 몸, 소금은 뇌, 고춧가루는 눈, 코, 입, 귀이다.----ⓜ

김치가 밥상에 놓이자 김치는 너무 행복한 나머지 스스로 식탁으로 뛰어 내렸다.----ⓜ

덕분에 일등으로 먹게도 된 김치는 입 안으로 들어갔다. ----ⓢ

입 안엔 혀와 이가 있었고 김치는 점점 씹히면서 작아졌다. ----Ⓢ

그중에 아주 작은 부위가 이에 끼고 나머지는 다 사라졌다. ----Ⓢ

김치는 혀와 이에게 인사하고 하루밤 동안 있기로 마음 먹었다. ----ⓜ

저녁이 됐을 때 칫솔이라는 괴물이 쳐들어 왔다. ----Ⓢ

칫솔은 김치를 괴롭히기 시작했다.----ⓜ

다행히 혀가 김치를 지켜주어서 무사히 밤을 넘길 수 있게 되었다.
----ⓜ

아침이 되자 김치는 혀의 도움을 받아 혀 위로 나온 다음 '가오' 있는
목소리로 뛰어내린다고 말했다. ----ⓜ

눈 깜짝할 사이 진짜로 다이빙을 해버렸다. ----Ⓢ

내려가는 중에 식도와 인사만 하고 위로 퐁당 빠졌다. ----ⓜ

위액의 맛을 느낀 김치는 점점 사라져 가는 중이었다. ----ⓜ

김치가 완전히 사라지자 갑자기 위액의 색깔이 빨갛게 변했다. ----Ⓢ

그리고 연달아 김치가 들어오고 위액은 점점 빨갛게 변해가는 중이
었다.----Ⓢ

김치가 이제 소장을 거쳐 지나가는데 엄청 구리구리한 냄새가 김치
를 덮어버렸다. ----Ⓢ

김치는 그 냄새를 참고 점점 내려자는 중에 새로운 친구를 발견했다.
----ⓜ

그 친구는 아스파라거스였다. ----Ⓢ

아스파라거스와 수다를 떨면서 벌써 대장까지 왔다. ----ⓜ

김치의 형태는 똥이 되었고 아스파라거스의 형태도 똥이 되었다.--
--Ⓢ

이제 막 이별을 하고 내려갈려는 찰라에 밥이 말을 걸었다.----ⓜ

김치는 무시하고 내려가는데 주인이 변비여서 내려가지 못했다.
----ⓜ

김치는 다행이다라고 생각하고 긍정적으로 생각해 봤다. ----ⓢ

다이빙을 하자는 생각이었다. ----ⓢ

김치는 마음을 굳게 먹은 후 준비하는데 10년 동안 그곳에서 버틴 음식이 있다고 해서 가봤는데 김치의 친구인 아스파라거스였다. ----ⓢ

그래서 김치는 아스파라거스에게 남을 수 있는 방법을 물어본 후 남을 준비를 했다. ----ⓢ

그 방법은 간단했다. ----ⓢ

똥꼬 사이에 끝에서 힘만 주고 있으면 된다는 것이었다. ----ⓢ

그리고 대망의 시간이 찾아왔다. ----ⓢ

똥꼬 사이가 벌려지고 김치와 아스파라거스는 결국 살아 남았다.
----ⓜ

김치가 갑자기 눈이 번쩍 띄였다. ----ⓜ

그것은 꿈이었다. ----ⓢ

김치의 위치는 밥상 위였다.----ⓢ

할아버지 강평

은유가 16개이고 직유가 2개, 진술이 20개이다. 수고했다.

4

할아버지가 손주에게
쓴 편지엔
세월이 묻어 있다

글을 쓰면서 생각을 정리하다

순유, 순규 잘 있었니? 이제 여름 방학도 끝나고 개학이 되었겠다. 이번 여름은 서윤이와 서우가 갑자기 한국에 오게 되어서 우리도 거기에 맞춰서 스케줄을 짜다 보니 시간이 정신없이 흘러간 느낌이야. 너희도 사촌이 와서 재미있었는지 모르겠다.

서윤이와 서우는 미국에 무사히 귀국하여 학교에 잘 다니고 있다는 소식은 듣고 있단다. 학교에 가서 이번에 한국에 와서 겪은 일들을 가지고 친구들에게 재미있게 이야기를 하고 있지 않을까 하고 상상하기도 한다. 서윤이와 서우는 역시 아직은 어려서 순유 오빠만큼은 커야 할아버지가 그래도 뭔가 얘기를 할 수 있을 것 같다. 매번 편지를 쓸 때마다 너무 어려운 얘기를 하지 않나 하는 걱정이 들기도 한단다.

원래는 할아버지의 국민학교 시절 얘기를 하려고 했는데 순서를 바꿨어. 너무 같은 얘기를 하면 지루할지도 모르고, 그것보다는 우리 순규, 순유가 이번에 은유 연습과 짧은 글짓기를 잘 해 할아버지 기분이 고양되어서 글쓰기에 대해 얘기하고 싶어졌어.

할아버지가 특별히 글쓰기에 탁월한 재능을 가진 것은 아니야. 국민학교, 중학교, 고등학교, 대학교를 통틀어서 백일장에 한 번 나가 본 적 없단다. 단지 글쓰기에 대해 흥미 내지는 관심은 나도 모르게 쭉 갖고 있던 셈이지. 결정적인 것은 대학교 때였어. 집은 부산이었고 서울에서 하숙 생활을 하다 보니 자연히 혼자 있는 시간이 많게 되었지. 게다가 할아버지는 많은 친구들과 어울려서 떠들썩하게 노는 걸 그다지 좋아하는 스타일은 아니었어. 그러다 보니 자연히 글쓰기, 특히 시에 대해 관심도 가지고 습작을 하게 되었지.

그건 그렇고 도대체 글쓰기는 왜 할까. 여기서 내가 글쓰기에 대해 말하는 것은 순전히 할아버지 생각이지 딱히 정답은 아니라는 걸 염두에 두길 바란다.

첫째는 글을 쓰면서 자신의 생각을 정리할 수 있게 된다는 데 제일 강점이 있지 않나 하고 생각한다. 사람이 살다 보면 언제나 순탄하지는 않단다. 너희가 이제 커서 대학교엘 가서 여학생과 사귀다가 실연을 하여 좌절할 수도 있고 또 갑자기 집안이 기울어 경제적으로 어려울 수도 있고, 어려운 병에 걸려 고생할 수도 있다. 그렇게 세상이 혼돈할 때 자신의 생각을 추스르는 데는 글쓰기가 좋지 않나 생각해. 나도 이제껏 살아오면서 겉으로는 평온해 보였을지 몰라도 어려울 때가 있었단다. 그럴 때마다 글을 쓰면 생각이 정리가 되는 것 같고 마음도 평정해지기도 했어.

둘째는 글쓰기를 좋아하려면 언어(말과 글)에 대해서 어떤 친화력을 가져야 해. 그건 다른 예술을 보아도 마찬가지야. 예컨대 피아니스트나 바이올리니스트는 피아노 소리나 바이올린 소리를 좋아하는 사람이다. 화가는 색깔에 대해 누구보다 민감하지. 사실 그래서 수필이나 시, 혹은 소설을 보고 그 표현에 대해 그 미묘한 느낌을 보고 좋아하면 그건 글에 흥미와 관심이 있다는 거지. 할아버지는 요즘 송재학이라는 시인을 다시 복습하고 있어. 2003년에도 3년간 그의 시집 여섯 권을 읽고 컴퓨터에 옮겨서 분석을 했단다. 그런데 결론은 너무 어려워 포기를 했지. 그러다가 요즘 순유, 순규, 서윤이가 은유 연습하는 걸 보고 다시 복습하게 됐어.

예를 들어 볼까. 그의 시중에 '나뭇잎을 닮은 물소리가 차츰 눈부시다'(「일출」 중에서 발췌)라는 구절이 있어. 순유, 순규가 은유 연습하는 것과 비슷하지 않니. 바닷물이 나뭇잎을 닮아서 출렁거리는데 해가 돋으니 눈부신 거다. 여기서 바닷물이 눈부시다고 했으면 재미없었을 거야. (바다) 물소리가 눈부시다는 게 결정적이지. 할아버지는 이런 글을 읽으면 네가 게임에서 재미를 느끼듯이 희열을 느끼는 거다.

이왕에 말한 김에 조금 어려운 얘기를 할 게. 이건 지금은 이해가 안 되면 나중에 다시 상기해 봐라. 사람은 동물과 다른 점이 많이 있지만 그 중에서 제일 중요한 것은 언어다. 순유, 순규, 서윤이, 서우를 외부의 사물(예컨대, 아버지, 어머니, 봉봉이, 봉고, 할아버지, 할머니, 학교, 친구, 산, 나무, 강, 별, 등등)과 연결시켜 주는 것이 바로 언어이다. 외부 사물인 산을 눈으로 보면 그 산에 대한 정보가 우리 뇌 속에 들어가면 우리는 '산'이라는 언어를 가지고 산을 알게 되는 것이다. 우리가 세상의 모든 외부 사물을 이해하는 것은 전부 이런 식이다.

그런데 문제는 우리가 지식으로 만들어 낸 언어인 '산'이 정말로 '산'이라는 사물을 나타내는 것은 아니라는 것이다. 다시 말해 우리의 시각적 지식이 진정한 진리가 아닐 수 있다는 것이다. 그래서 옛날부터 진리는 글자가 아니라 마음으로 깨닫는다는 말이 있단다. 그런 의미에서도 시는 글자가 아니라 이미지image로 사람의 마음에 일어나는 여러 가지 감정으로 나타내려고 한다. 너무 어렵지. 그런 게 있다고만 생각해 둬라.

셋째는 글을 씀으로써 세상을 보는 눈이 넓어지고 깊어질 수 있다고 믿는다. 물론 그렇다고 너희들이 다른 사람보다 월등히 세상을 잘 알고 있다는 거는 아니다. 다만 글을 쓰려면 다른 책도 많이 읽어야 하고 생각도 나름 많이 해야 하니까 우리가 태어나서 언젠가 저 천국으로 가는 동안 부딪치면서 살아가야 하는 이 세상에 대해 좀 더 넓고 깊게 이해하게 되지 않을까 생각한다.

내가 너희들 순유, 순규, 서윤이, 서우에게 글쓰기를 너무 강요한 것 같아서 어떤 때는 미안하기도 하고, 어쩌면 싫어할지도 모르고 사실 재능도 없을지도 모르는데 너무 나의 욕심을 내세우는 것은 아닌지 하고 반성하기도 한다. 그럼에도 불구하고 내가 이렇게 너희들에게 강압적으로 하는 것은, 혹시 너희 중에 누군가 재능이 있다면 도움이 되지 않을까 하는 기대 때문이다. 물론 나중에 관심도, 흥미도, 재능도 없다고 스스로 판단하면 굳이 글쓰기를 계속하지 않아도 된단다. 다만 초등학교 때만이라도 할아버지가 주는 과제를 충실히 해주었으면 하고 부탁하는 거다.

오늘은 이만 쓸게. 학교생활 열심히 하고, 순유, 순규는 스마트폰에 빠지면 안 된다. 순유는 중학교 들어가면 여학생과 연애하면 안 되고. 알겠지. 내 말이 아니라 어떤 진학 상담사가 한 말이야.

이만 총총.

2019년 8월 25일 일요일
진주 학이재(學而齋)* 우거(寓居)**에서
할아버지가.

* 學而齋(학이재): 學–배울 학, 而:말 이을 이, 齋: 집 재. 학이재는 할아버지 서재 이름이야. 내가 지은 거지. 어디서 인용했느냐 하면 공자의 논어에서 처음 나오는 말에서지.
學而時習之면 不亦說乎아(학이시습지면 불역열호아), 해석하면 '배우고 때로 익히면 기쁘지 아니한가'로 된다. 처음 나오는 '학이'를 따서 내가 서재 이름을 학이재라고 지은 거다. 멋있지?
** 우거(寓居): 자기 주거(일정하게 머물러 사는 집)를 낮추어 이르는 말이다.

"시란 메타포다." - 파블로 네루다

안녕. 순유, 순규 잘 있었니? 요즘은 코로나 바이러스 감염 때문에 온 나라가 난리가 났다. 너희들도 조심해야겠다. 마스크 꼭 쓰고 손도 자주 씻어야 한다. 이번에 순유 졸업식에 꼭 가야 하는데 이 코로나 바이러스 때문에 못 갔다. 미안하다. 또 무엇보다 봄방학인데도 할아버지 부탁대로 글쓰기 연습을 잘 해주어 고마워.

서윤이, 서우도 잘 있었니. 얼마 전에 인스타그램에 올라온 서윤이 스케이트 타는 동영상을 보았는데 이제는 많이 익숙해 보이고 안정감이 있었다. 여전히 서우는 서윤이 따라쟁이이고.

시 쓰는 법에 대해 이야기를 해야지 하고 오랫동안 나는 머릿속으로 궁리를 해왔다. 왜냐하면 너희들은 어리니까 너무 어려운 얘기를 하는 게 부담이 되고 그렇다고 동시를 가지고 설명하려니까 내가 동시에 대해서 아는 게 별로 없고 이래저래 고민을 하다가 쓴다. 어쨌든 순유가 3월부터는 중학생이니까 그래도 조금 이르지만 이야기를 해도 괜찮지 않을까 싶다. 순규, 서윤이, 서우에게는 어렵겠지만 이번에는 그냥 그런 게 있는가 보다 하고 치고 나중에 더 학년이 올라가서 생각나면 뒤적여 봐서 복습하도록 해라.

문학에는 세 가지 장르genre가 있다. 첫째는 소설이다. 소설은 작가가 어떤 사상을 나타내기 위해서 이야기를 하는데 그것이 스토리(일정한 줄거리)를 가지고 있다. 그 이야기의 스토리는 '도입 – 전개 – 위기 – 절정 – 대단원'이라는 구성을 가지고 작가가 자기가 하고 싶은 말을 하는 것이다. 둘째는 희곡이다. 희곡은 연극 배우가 공연을 하는 것을 전제로 하고 그들의 대화를 수단으로 표현한 글쓰기이다. 셋째 시는 작가가 느끼는 어떤 감정(어떤 현상이나 일에 대하여 일어나는 마음이나 느끼는 기분, 예컨대 슬프고, 노엽고, 즐겁고, 두렵고, 불안하고, 연민을 느끼고, 경멸하고, 시기하고, 고통 받고, 초조하고, 우울하고, 좌절하고, 아련하고…… 이런 기분들을 말한다)을 나타내는 글이다. 물론 감정만이 아니라 관념을 나타낼 때도 있단다.

그러면 시란 무엇이고 도대체 어떻게 쓴다는 말인가. 이것을 정확히 쓰려면 이것을 전공한 교수라도 책 한 권은 되어야 할 것이다. 할아버지는 그런 전문가가 아니고 내가 이제껏 공부하고 정리한 것을 말하기 때문에 완벽할 수는 없단다.

여기까지 말하니까 머리가 아프지. 무슨 말인지도 모르겠고. 머리도 식힐 겸 할아버지가 시를 쓰게 된 동기를 이야기 해 볼까. 할아버지가 국민학교 2,3학년 때(그땐 부산에서 지금 말로는 판잣집이라 할 수 있는 '하꼬방'에서 살았다) 할아버지의 아저씨라는 분이 경남중학교 학생이었는데 할아버지 집에서 하룻밤 자게 되었어. 그 아저씨가 자기가 학교 백일장에서 시 부문에서 장원을 했다고 자랑하면서 학교 신문을 내게 보여 주었지. 내용은 별이 어쩌고 했는데 생각은 나지 않는다. 지금 생각하니까 그때부터 시에 대해 막연히 동경하고 있었던 것 같아. 그렇다고 내가 국민학교, 중학교, 고등학교 때 백일장에 나가본 적은 없단다.

대학생이 되어 가톨릭 의대를 다니게 되었는데, 부모님은 부산에서 계시고 나 혼자 가회동에서 하숙생활을 했지. 너희들도 알다시피 나는 성격이 내성적이라서 밖으로 떠들면서 친구와 히히덕대는 그런 스타일은 아니다. 그러다 보니 하숙집 방구석에서 시를 쓴답시고 끄적이고, 클래식 음악을 듣곤 했지. 그때 좋아하던 시인은 김종삼, 황동규 정도였고 음악은 브람스였어. 그러다가 대학을 졸업하고, 군대 갔다가 인턴-레지던트 거치고 봉직의 생활하다가 병원 개업을 했다. 2001년에 우연히 인터넷에서 하는 시강좌를 들으면서 약간은 허영에 시집『모호한 중심』이란 책을 출판했어. 그 후에도 꾸준히 쓰기는 했지만 워낙 재능이 없는지 노력을 충분히 안 했는지 그저 그런 시인이었단다. 최근에 내 실력이 얼마나 되나 알고 싶어 지난 연말 부산일보 2020신춘문예에 작품 열 편을 가지고 응모를 했는데 결과는 낙선이었다. 역시 나는 '삼류 시인'에 지나지 않았어. 예상 못한 것은 아니었지만 막상 그런 결과를 받고 보니 한동안 우울했던 것도 사실이다. 내 이야기는 그만하고 본론으로 들어가자.

내가 생각하기에는 시는 자신이 느낀 어떤 감정(예를 들면 멀리 보이는 산을 보고 무언가 감동을 했다고 하자)을 직접적이 아니라 간접적으로 에둘러 이야기하는 것이다. 예를 들어 산은 무엇인가 하는 것을 '산은 산이다' 즉 A=A라고 말하면 시가 안 된다. '산은 아버지다'라고 말하면 시가 된다는 것이다.
즉 A=B라고 말해야 한다. 왜냐하면 산을 설명하는데 직접적이 아니라 아
버지라고 간접적으로 에둘러서 말했기 때문이다. 산은 아버지의 이미지
즉 든든하고 내가 언제든지 안길 수 있다는 이미지로 에둘러서 말한 셈이
란다.

   시에는 서정시 말고 서사시, 극시 등이 있는데 지금 할아버지가 설명하
는 것은 서정시, 다시 말해 개인의 감정이나 정서를 주관적으로 표현한 시
를 어떻게 쓰느냐 하는 문제로 너희에게 말하고 있다. 그러면 서정시는 구
체적으로 어떻게 쓸까. 몇 가지 있지만 딱 두 가지만 얘기할 게.

   첫째는 전통적인 서정시이다. 이것은 행(시를 가로로 쓴 한 줄)과 행 사이의
함축적(글 속에 어떤 의미를 담고 있는 것)인 의미를 나타내면서 에둘러 말하는
것이다. 예를 들어보자. 우리나라에서 너무나 유명한 김소월(1902년-1934년)
의 〈진달래꽃〉이란 시를 보자. 이 시는 너무 유명해서 대학입시에도 나
왔단다.

진달래꽃

김소월

영변에 약산
진달래꽃
아름 따다 가실 길에 뿌리우리다

가시는 걸음걸음
놓인 그 꽃을
사뿐히 즈려밟고 가시옵소서

나 보기가 역겨워
가실 때에는
죽어도 아니 눈물 흘리우리다

　사랑하는 사람과 이별하게 되어 느낀 감정을 표현한 것인데 세 연으로
되어 있다. 첫째 연은 당신 가는 길에 진달래꽃 뿌리겠다. 둘째 연은 갈 때
내가 뿌려준 진달래꽃 밟고 가라. 셋째 연은 그렇게 갈 때 나는 죽어도 눈
물 안 흘린다. 이 말은 반어법이라고 해서, 자기 마음은 눈물을 흘리는 것
인데 겉으로는 절대로 눈물 안 흘린다고 반대로 말한 것이다. 여기에는 어
떤 이미지도 별로 없다. 그냥 진술로 설명했지만 각 행마다 어떤 의미가
숨어 있다는 것을 알 수 있다. 우리나라가 일제시대와 해방되고 얼마 안
될 때까지 주로 이런 식의 시를 많이 썼다. 그러나 요즈음은 ‘신서정시’라
고 해서 주로 이미지를 가지고 에둘러 말하는 방식을 취하고 있다. 시를
쓰는 초보자는 대개 이런 스타일의 시를 쓰게 된단다.
　아까 ‘산은 아버지다’라고 말했지. 그런 식으로 자기가 느낀 감정을 상상
력을 동원해서 은유라는 방식을 수단으로 해서 이미지를 연결하여 표현하
는 것이다. 예를 한번 들어 볼게. 할아버지가 지금도 베껴쓰기하고 연구하
고 있는 송재학 시인의 시를 소개한다.

애월바다까지

-제주시편 2

송재학

바다를,
물빛을,
가만히 내버려둘 것
한눈으로 붙잡지 못하는 부피가 버겁다
아무리 퍼내도 걷잡을 수 없는
코발트 물빛이다
방파제와 정적이 서로 혀 들이미는 오후,
내 꿈을 유채꽃 대궁 위에 올려놓는다
가까이 다가가면 애월 길은 미끈거리는 식도
검은색의 비애에 사로잡힌 건 내 소용돌이다
칼날이 된 바다가 옆구리에 박힌다
천천히 서 있는 전신주들,
느낌표처럼,
터질 듯 부푼 어떤 생의 입구마다 꽂혀 있다
애월 바다는 파랑주의보에 익숙했으리
검은색 따라간 며칠 새
몇 개의 부음을 받았다
길 전체가 목관 악기인 애월에서의 해미 같은

애월은 제주도 있는 읍 이름이다. 파랑주의보는 파도 높이가 3미터 이
상일 때 기상청에서 알리는 것이고, 해미의 뜻은 바다 위에 낀 아주 짙은

232

안개를 말한다. 그건 그렇고 이 시는 애월 바다에서 시인이 느낀 감정을 표현했다. 물론 시 전체를 다 은유로 할 필요는 없다. 중간 중간에 진술(설명)을 해도 괜찮아.

은유 자체가 상상력을 필요로 하는 것이니까 어떻게 상상하면서 은유로 표현했는지 살펴보자.

- 한눈으로 붙잡지 못하는 부피가 버겁다

  애월바다는 한눈으로 붙잡지 못할 정도로 부피가 버겁다. 우리가 이제껏 공부한 은유에 대입해 보면, A=애월바다(이건 여기서는 주어가 숨겨져 있다) B=부피. 이 A, B를 가지고 은유를 통해서 이미지를 만들고 있다.

- 아무리 퍼내도 걷잡을 수 없는 코발트 물빛이다

  A=애월바다(주어 숨어 있음) B=코발트 물빛

- 방파제와 정적이 서로 혀 들이미는 오후

  A=방파제와 정적 B=혀

- 내 꿈을 유채꽃 대궁 위에 올려놓는다

  A=내 꿈 B=유채꽃 대궁

- 가까이 다가가면 애월 길은 미끈거리는 식도

  A=애월 길 B=식도

- 검은색의 비애에 사로잡힌 건 내 소용돌이다

  A=검은색 비애 B=소용돌이

- 칼날이 된 바다가 옆구리에 박힌다

  A=바다 B=옆구리
- 천천히 서 있는 전신주들, / 느낌표처럼, / 터질 듯 부푼 어떤 생의 입구마다 꽂혀 있다

  A=전신주 B=생의 입구
- 애월 바다는 파랑 주의보에 익숙했으리

  A=애월 바다 B=파랑주의보
- 길 전체가 목관 악기인 애월의 해미 같은

  A=길 전체 B=목관악기

우리가 연습해온 은유가 많지. 이렇게 은유를 잘 활용하면 한 편의 시를 쓸 수가 있다. 단 이런 은유를 마음 내키는대로 쓰는 게 아니라 지금 자신이 느끼고 있는 감정에 알맞은 것만 골라서 써야 한다. 이걸 어려운 말로는 '시적 이미지의 통일성'이 있어야 한다고 하지.

처음부터 은유를 능숙하게 구사하여 쓸 수는 없을 거야. 그러면 자신의 느낀 감정을 눈에 보이는 대로 적어놓고 그 다음에 자기가 거기에 적힌 명사를 A, B로 나누어 적고 그것을 조합하여 하나의 은유의 이미지를 만들어내어도 된다. 단 아까도 말했지만 그 은유들은 그냥 멋대로 쓰는 것이 아니라 자신의 감정에 맞는 것만 골라서 선택해야 한다. 이미지의 통일성을 위해서다. 마지막으로 할아버지의 시를 하나 소개할게.

엽서

감암산^{坩闇山} 산행을 나선다. 오늘은 될 수 있는 한 말을
아끼려고 한다. 초입의 길가에 나란히 선 벚나무의 잎이 아래로
빗방울처럼 달려 있다. 무게를 겨우 감당하는 걸까. 시월이라
이미 초록의 잎새에 단풍이 파도처럼 밀려 들어와 있다. 붉은색
주황색이 배어든다. 군데군데 구멍도 나고 흑색 반점이 찍혀 있다.
낙엽을 닮은 엽서가 도착했다. 뒷면을 열어보니 시간이 차곡차곡
쌓여 있다. 붉은색, 노란색, 주황색, 갈색으로. 인연은 사라지고
색깔만 남았다. 나뭇잎도 원래의 모습으로 돌아갈 것이다.
영원한 잠을 기다리면서. 떨켜를 끊고 스스로 낙하했다.
그럼 이만 총총^{悤悤}.

내가 이제껏 설명해 왔던 것은 운문시(언어의 배열에 일정한 규율 또는 운율이 있
는 글)였고, 이 시는 산문(자유롭게 쓴 소설이나 수필 같은 글)으로 써서 산문시라고
한단다. 여기는 내가 그토록 강조했던 은유는 별로 많지 않아. 대신 낙엽
을 열심히 이야기해 놓고는 제목을 엉뚱하게 '엽서'로 달아 버렸다. 즉 나
뭇잎을 엽서로 치환(바꾸어 놓음)해 버렸다.

시에는 몇 가지 범주가 있다. 처음 김소월 시는 행이 함축적 의미를 갖
는 시이고 둘째의 송재학의 시는 이미지를 발견하는 것이고 마지막 할아
버지 시는 어떤 이미지를 다른 이미지로 치환한 것이다. 그러니까 이 시가
행의 함축인지, 이미지의 발견인지 혹은 이미지의 치환인지를 구별해 두
면 좋을 것 같다. 치환은 결과적으로 문장 하나의 은유가 아니라 시 전체

의 문장이 은유로 전환되는 셈이다.

이제 실제로 시를 하나 지어 보자. 시는 자신이 어떤 감동받았을 때 시작된다고 했지. 우리는 그 때를 보통 '시상詩想이 떠올랐다'고 하지. 예를 들어 볼까. 순유가 어느 날 학교에서 집으로 돌아왔는데 봉봉이가 순유의 가슴팍으로 뛰어들면서 안겼어. 그런데 봉봉이의 눈을 보니 그날따라 눈동자가 안개가 낀 것 같고 어떤 슬픔 같은 것을 느꼈어. 음, 이걸 시로 써서 나타내보자고 순유가 마음먹었다고 하자. 그러면 어떻게 할까. 순유가 나타내고자 하는 봉봉의 눈과 슬픔에 관계되는 이미지를 모으는 거야. 이걸 앞에서 이미지의 통일성이라고 했지. 봉봉이의 눈을 보면서 상상력(은유)를 동원하여 만들어 가는 것이다.

그의 눈동자에는 파도 소리가 들린다(A=봉봉이의 눈동자, B=파도 소리)
잔잔한 물결 위에 비치는 햇빛은
그가 걸어온 길이다(A=물결 위의 햇빛, B=봉봉이의 길)
엄마는 어디 있을까
그리움이 짙은 안개가 되어 내게로 달려왔나(A=그리움, B=안개)
내게 안긴 체온이 몸 구석구석 여울져 간다(A=체온, B=여울)
봉봉이의 숨결에는 바다 냄새가 난다(A=숨결, B=바다 냄새)

이제 남은 것을 제목이다. 제목은 간단히 〈봉봉이〉, 〈봉봉이의 눈〉 혹은 〈봉봉이의 눈에는 슬픔이 서려 있다〉라는 식으로 하나의 단어 혹은 하나의 문장으로 써도 된다. 이런 식으로 자신의 시상을 정리하여 보통 15행에서 20행 정도로 쓰면 한 편의 시가 된다. 물론 그 행은 더 짧을 수도 길 수도 있단다.

"근데 할아버지, 우리는 할아버지처럼 시를 오래 써보지도 않았는데 어떻게 그렇게 술술 쓸 수 있겠어요?"라고 순유, 순규가 내게 질문을 할 것 같구나. 글쎄, 무슨 좋은 방법이 없을까? 이렇게 하면 어떨까.

우선 봉봉이한테 있을 수 있는 A를 다 찾아서 나열해 보는 것이다. 우리가 여기서 A라고 한 것은 '눈동자', '그리움', '체온', '숨결'이었어, 이 A와 맞물리는 B라는 구체적 사물명사 혹은 동사를 순유, 순규가 상상력을 동원해서 찾아내는 것이다. 여기가 바로 시를 얼마나 잘 쓰느냐가 달려 있는 곳이야. 우리가 찾아낸 혹은 상상해 낸 B는 파도소리, 안개, 여울, 바다 냄새였지. 만약 A가 모자라면 이미 만들어낸 B와 연관된 이미지의 구체적 사물명사 혹은 추상명사에서 찾아내서 그걸 다시 A로 사용하면 돼. 우리가 지은 시에서는 '물결 위의 햇빛'이 A였지.

"할아버지 너무 어려워요. 좀 더 쉽게 설명하면 안 돼요?"라고도 물을 것 같네. 이런 방법은 어떨까. A를 하나 쓰고, 거기다 생길 수 있는 B를 열 개쯤 그저 머리에 떠오르는 대로 적어 보는 거야. 그리고는 A에다가 열 개의 경우를 수를 다해 은유를 만들어 보고 그 중에서 가장 마음에 드는 것을 골라보는 것도 하나의 방법이 될 것 같아.

예를 들면, A=눈동자 B=바람, 비, 파도소리, 안개, 섹스폰, 달, 제비꽃,

절벽, 황토, 강. 이렇게 해서 눈동자 + 바람, 눈동자 + 비, …… 이런 식으로 열 개의 경우의 수를 해 보는 거야. 중간에 좋은 것이 나오면 안 해도 물론 되지.

　여기서 복습을 하나 더 해보자. 할아버지가 매번 숙제를 내주던 A와 B를 생각해 봐. A를 어려운 말로 '원관념(표현하고자 하는 실제 내용)'이라고 하고 B를 '보조관념(원관념의 뜻이나 분위기가 잘 드러나도록 도와주는 관념)'이라고 해. 좀 전에 보았듯이 A는 눈으로 잘 볼 수 있으니까 별로 어렵지 않은데 문제는 B란다. B를 선택할 때 A와 같은 종류, 혹은 계층의 단어를 고르면 재미가 없어지지. 말하자만 상상력이 빈곤하다는 말이 된다. A와 층위(차원)이 다른 B를 찾아내야 해. 예를 들어, 눈동자(A)를 찾아서는 '맑다'는 이미지를 붙이면 안 된다는 거다. 여기에 전혀 층위가 다른 파도소리(B)를 붙여야 제대로 된 은유의 구사가 되는 것이다. 근데 이게 정말 어렵다. 이건 할아버지도 썩 잘 하지는 못한단다.

　오늘은 너무 길어졌고 내용도 만만치 않다. 허나 이것은 할아버지가 20년 이상 시에 대해서 공부한 결과물이니 나중에라도 필요하면 꼭 참고해라.

　그럼 바이.

2020년 2월 23일 밤 11시 24분
학이재(學而齋) 우거(寓居)에서
할아버지가

풍경을 '메타몰포시스^{metamorphosis}' 하자

순유야, 순규야 집에서 생활하려니 지루하고 답답하지. 할아버지도 72년을 살아오면서 이런 날은 처음이란다. 어쨌든 잘 참고 견디어 이겨내서 학교엘 다시 가도록 하자.

서윤이, 서우야, 미국에서도 여기와 상황이 비슷하리라 생각한다. 별 수 없단다. 손 자주 깨끗이 씻고 마스크는 잊지 말고 챙기고 사람 많은 데는 피해야지 어쩌겠냐.

할아버지는 요즘 허만하 시인이라는 분에게 홀려서 그분의 책을 섭렵하고 있는 중이다. 허만하라는 분은 1932년 생이니까 할아버지보다 나이가 16살 많아서 지금 88세가 되지. 부산에 산다고 해. 그분은 경북의과대학을 나와서 기초의학 중의 하나인 병리학^{pathology}를 전공한 학자이자 교수이란다. 병리학이란 것은 인간이 병에 걸린 조직을 떼어 내어 염색을 하고 현미경을 통해서 세포들이 어떤 모습을 하고 있는가 하는 것을 연구하는 학문이야.

이분은 병리학자이면서도 글쓰기를 좋아해서 중학생 때는 바지의 뒷주머니에 문고판 책을 꽂고 다녔다고 할 정도로 책을 많이 읽었다고 한다. 대학생 때부터 시를 쓰고 나이 37살에 첫 시집을 냈고 30년 후인 1999년에 두 번째 시집을 냈다고 해. 할아버지는 옛날부터 이분의 이름을 알기 때문에 이 두 가지 시집을 다 집에 사놓고 읽지 않고 있다가 이번에 어떤 계기가 있어 읽으면서 많은 감동을 받았다. 그분의 산문집 중에 『길과 풍경과 시』라는 책을 오늘 할아버지가 다 읽고 나서 생각나는 게 있어서 너희들에게 알려주고 싶었다.

책에서 「모래알 한 알의 무게」라는 제목의 글의 시작을 소개하려고 한다. 이분이 어떻게 이 글을 썼는지 잘 보고 생각하고 머리에 기억해 두어라. 할아버지도 배우는 심정으로 이 부분을 분석하면서 참고로 하려 한다. 할아버지는 너무 늙어버려 어떤 새로운 것을 하려면 몸에 잘 익숙하게 되지 않는다. 대신에 너희들은 어리기 때문에 지금 잘 연습해서 몸에 익혀두면 나중에 얼마든지 자연스럽게 그리고 창조적으로 생산해 낼 수가 있다. 이게 중요하기 때문에 할아버지가 이렇게 시간과 공을 들여서 너희들에게 어떻게 해서든지 알리고 싶은 것이다. 허만하 시인은 부산 광안리에 살고 있는데 어느 날 해운대 바닷가로 갔어. 그때의 자신의 감상을 글로 쓴 것이다.

허만하 시인의 방식

가을 바다 물빛을 조용히 만나보고 싶어 해운대 모래사장을 찾았다. 여름이 남긴 수많은 사람들 발자국이 사라지고 없는 오전의 해변은 뜻밖에 조용했다. 하늘 먼 언저리에 윤곽도 없는 구름이 부드러운 붓 자국처럼 살짝 묻어 있을 뿐 갠 하늘의 아름다운 깊이 때문에 군청색 물빛은 한결 더 맑았다. 문득 가을 바다는 여성적이란 생각이 들었다.

할아버지 방식 ①

너희들이나 나도 별 생각 없이 허만하 시인이 만난 해운대 풍경을 글로 쓴다면 이런 방식으로 될 것이다.

해운대가 그리워 해운대 모래사장을 찾았다. 늦여름이어서 사람들은 붐비지 않았고 뜻밖에 조용했다. 수평선 위의 구름이 드문드문 떠서 지나가고 있었다. 내 발밑에 파도가 와서 쓰러지자 나는 구두에 바닷물이 묻을까 봐 풀쩍 뛰어 뒤로 물러났다. 멀리서 갈매기 몇 마리가 푸른 바닷물 위를 날면서 끼룩끼룩 소리를 질렀다.

이 글과 앞의 허만하 시인이 쓴 글과 특별히 다른 점은 무엇일까. 할아버지가 글을 쓸 때 제일 먼저 무엇을 하라고 했지. 머릿속에 그림을 그리라고 했지. 이 해운대에 대한 글은 특히 더 그렇다. 이것을 눈에 보이는 대로 설명한 것이 할아버지 방식 ①이다. 앞의 허만하 시인은 그림을 그린 후에 눈에 보이는 대로 설명하지 않았단다. 그 풍경의 모습을 은유를 사용하여 상상하였다. 이것을 어려운 말로 풍경을 '메타몰포시스metamorphosis **(변성·변형)**'했다고 하지. 이것을 잘 해야 생생하고 상상력이 풍부하고 읽는 사람이 감탄하는 멋있는 글쓰기가 되는 것이다. 이 단어를 보니 세잔의 풍경화가 생각난다.

허만하 시인은 젊어서 아마도 적어도 대학생 때부터 쓴 것 같은데 할아버지는 이것을 진정으로 시작한 몇 년 안 된다. 그래서 머릿속으로는 이해해도 실제로 글로 쓰는 것은 내가 생각한 만큼 잘 되지는 않아. 하지만 너희들은 지금부터 잘 연습해서 몸에 익혀 두면 나중에 별로 의식하지 않아도 허만하 시인과 같이 쓸 수 있으리라고 나는 확신한다. 그래서 내가 애타게 너희들에게 이렇게 말하고 있는 것이다.

자, 그렇다면 할아버지 방식으로 해운대 풍경을 메타몰포시스한 글을 한번 써보면 이렇게 될 것이다.

할아버지 방식 ②

해운대의 짠 바닷바람이 나를 해운대 모래사장으로 불러내었다. 그리움은 자석인지 내 살갗을 잡아당긴 것이다. 뜻밖에 늦여름의 한적함이 해운대 아스팔트 위에 낮게 깔려 그 위로 사람들의 발자국 소리가 드문드문 들렸다. 여기 오면 어지러운 세상사를 한 곳에 집중시켜 한 곳으로 가리키는 수평선이 언제나 있었다. 수평선 위로 둥둥 떠다니는 구름은 내가 닿지 못하는 마음의 고향이었다. 파도가 머리를 하얗게 부수면서 달려들자 나는 발을 들고 폴짝 뛰었으나 이미 추억은 바닷물에 젖어버렸다.

이렇게 할아버지 방식으로 써보았다. 할아버지 방식 ①과는 확실히 다르지. 여기서 한번 복습해 볼까.

여기에는 파, 마늘, 시금치 같은 음식 재료가 많이 있다. 말하자면 해운대, 바닷바람, 모래사장, 그리움, 자석, 늦여름, 한적함, 아스팔트, 발자국, 수평선, 구름, 추억, 바닷물 등등이 음식 재료인 셈이다. 이것을 우리가 알고 있는 상식적인 것, 우리가 별로 이상하다고 생각하지 않는 식으로 붙여서 글을 쓰면 평범한 글이 된다는 것이다. 이 재료들을 가지고 아까 말한 변성·변태metamorphosis시켜서, 다시 말해 상식 밖으로 연결시켜서 상식적이지 않은, 통상이지 않은 이미지를 만들어내야 한단다.

할아버지 방식 ②를 통해서 원리를 알고 또 무엇보다 연습을 해서 언제나 몸에 지니고 있어야 한다. 정말 잘 기억해 두고 명심하기를 할아버지는 간곡히 부탁한다.

여기서 또 하나 지적해 두어야 할 것이 있다. 모든 글을 다 이렇게 써야 하느냐 하면 그렇지는 않다. 진술을 주로 해서 글을 쓰는 글이 있다. 가장 쉬운 예로 논술에서 '무엇에 대해서 논하라'고 하면 설명하는 식으로 써야 하는 것은 당연하다. 할아버지가 위에서 말하는 것은 문학적인 글, 특히 풍경에 대한 글은 이런 식으로 쓰면 좋고, 이걸 잘 하면 어쩌면 시 쓰는 것은 식은 죽먹기가 될지도 모른다.

자, 이번에는 너희들의 차례다. 할아버지가 이미 음식 재료(해운대, 바닷바람, 모래사장, 그리움, 자석, 늦여름, 한적함, 아스팔트, 발자국, 수평선, 구름, 추억, 바닷물 등등)를 이미 얘기했지. 물론 여기다가 좋아하는 걸 더 넣을 수도 있고 맛없다고 생각하는 걸 뺄 수도 있어. 이걸 잘 버무려서 허만하 시인의 방식으로 써 봐라. 단, 좀 전에 말한 것처럼 그냥 상식적이거나 통상적이 아니고 메타몰포시스를 해야 한다.

자, 그럼 너희들이 이제 해운대 백사장에 와 있다. 눈을 감고 위의 재료들을 가지고 상상해 본다. 그리고 쓴다.

오늘은 이만 쓸게. 공부 열심히 하고…….

바이.

2020년 3월 22일 밤 8시 26분

학이재(學而齋) 우거(寓居)에서

할아버지가

수필은 관점이 없으면 '앙꼬 없는 찐빵'이다

순유, 순규야 COVID-19 때문에 제대로 학교생활을 하지 못해서 안타깝다. 특히 순유는 중학교 생활을 경험하고 고등학교에 가는 건지 염려가 된다. 학교 다니면서 친구도 사귀고 해야 할 것인데 세월이 험하니 어쩔 수 없기도 하다만.

서윤이 서우, 요즘도 학교에 안 가니? COVID-19 때문에 온 세계가 다 떠들썩하고 모두 힘든 시간이니 어려움이 많다. 서윤이는 이번 9월이면 중학생이 된다지. 서우는 초등학교 몇 학년인가. 지난 번 피겨 스케이트 연습하는 유튜브 보니까 엄청 잘 하더라. 아마 내년 시합에 나가면 반드시 좋은 성적을 올릴 것 같아. 서윤이는 다음 달에 생일이니까 미리 축하의 인사를 한다. "생일 축하한다."

이번에는 지난번 말했듯이 수필에 대해 이야기할게. 수필의 원조는 프랑스의 미셸 몽테뉴(1533년~1592년)라고 한다. 그의 유명한 저작이 『수상록』이라고 하니 기억해 둘 만하다. 수필의 정의를 사전에서 찾아보니 이렇게 나온다. "일정한 형식을 따르지 않고 인생이나 자연 또는 일상생활에서의 느낌이나 체험을 생각나는 대로 쓴 산문 형식의 글." 이 정의에서 기억해 두어야 할 두 단어가 있다. 느낌과 체험이다.

수필隨筆은 한자를 보면 '따를' 수에 '붓' 필로 되어 있다. 글자 그대로 붓 가는 대로 쓰는 글쓰기라는 뜻이 된다. 수필에는 경수필(가벼울 경)과 중수필(무거울 중)이 있다. 중수필은 '주로 무거운 내용을 담고 있는 논리적이고 객관적인 수필'이라고 한다. 논술이 여기에 속한다고 할 수 있다.

영어로 수필은 '에세이essay'라고 하는 것은 잘 알 테지. 서양에서는 에세이라고 하면 중수필 쪽을 주로 얘기하고, 우리나라 같은 동양은 아마도 수필하면 경수필을 주로 지칭하는 것 같다.

내가 수필을 쓰기 위한 다섯 가지 체크 리스트를 만들었다. 이른바 '다섯 체크리스트 플러스 원'이다.

첫째가 경험이다. 수필은 살아가면서 자신이 겪은 체험이 소재가 된다. 소설은 자기가 체험한 것이 아니어도 얼마든지 허구fiction를 만들어서 이야기를 이끌고 나가면 된다. 하지만 수필을 자신의 경험이기 때문에 그것은 사실이어야 하고 거짓을 이야기할 수는 없다. 지난번에 순유가 진주에 와서 갈모봉을 갔을 때 얘기를 수필로 쓴 것처럼 순유가 경험한 것이 소재가 된다.

둘째는 구성이다. 앞에서도 말했지만 수필, 특히 경수필은 소설처럼 도입-전개-위기-절정-대단원의 구조도 아니고 그렇다고 반드시 시처럼 기승전결(기는 시를 시작하는 부분, 승은 그것을 이어받아 전개하는 부분, 전은 시의[詩意] 시가 포함하고 있는 뜻를 한 번 돌리어 전환하는 부분, 결은 전체 시의를 끝맺는 부분)을 요구하는 것도 아니다. 특별히 구성의 형식을 요하지는 않지만 그렇다고 경험한 것을 이것저것 마구 써서는 안 된다. 자신이 이 수필에서 표현하고자 하는 것에 맞는 소재만을 골라서 써야 한다. 이것을 가지고 글에 일관성(통일성)이 있다고 한다.

셋째는 문장이다. 사람의 목소리가 다르듯이 사람에 따라 문체style of writing이 다 똑같지 않다. 어떤 사람은 보이는 대로 진술하는 사람도 있고 또 어떤 사람은 왠지 감상적sentimental으로 쓰고 또 어떤 사람은 관념적abstract으로 쓴다. 어느 것이 올바른 것이라고 할 수는 없다. 각자의 개성에 따라 선호하는 것이 다르기 때문이다. 다만 나는 개인적으로 은유를 많이 구사하는 김훈 작가를 더 좋아한다. 너희도 알겠지만 은유는 그냥 보이는 대로 하는 것이 아니라 머리로 한 번 더 상상하여 읽는 이로 하여금 생각하게 만든다. 어떤 면에서는 글을 읽는데 긴장하게 하는 것도 이 때문이다. "응, 이게 무슨 소리지?" 긴장하고 다시 생각한다는 말이다.

넷째는 자신이 쓴 글에 관점, 깨달음, 통찰, 의미 부여가 있어야 한다. 어쩌면 이것이 가장 중요한지 모른다. 이게 없으면 '앙꼬 없는 찐빵'이이 되는 셈이고 포커스가 없는 글이 되고 만다. 관점이 없는 이런 수필을 '체험의 기록물' 혹은 신변잡기身邊雜記/memoirs on one's private life라고 한다. 수필의 진정한 의미를 모르는 사람은 자신이 겪은 체험을 줄줄이 쓰고는 이게 나의 수필이라고 자랑하는 셈이다.

지난번에 순유가 쓴 〈갈모봉의 정수리〉의 경우를 보면, 그냥 거기 갔다 온 얘기만을 나열하지 말고 그때 순유가 솔방울을 주운 것은 나에게 어떤 의미인가를 머릿속에서 잘 생각해내야 한다는 말이 되겠다. 이때 필요한 것이 은유이다. 순규도 마찬가지이다. 〈368미터의 키〉에서 산을 오를 때, 달리기한 것, 밥 먹은 것만 쓰면 그게 신변잡기가 된다. 그때 순규가 돌쌓기를 한 것을 가지고 '이 돌쌓기처럼 할아버지, 할머니, 부모님, 형이 밀어주어 내가 있구나' 하는 의미 부여를 하면 훌륭한 한 편의 수필이 되는 것이다.

다섯째는 서두와 결미가 되겠다. 서두(제목도 마찬가지지만)는 읽는 이가 호기심, 흥미를 가지도록 일부러 미끼를 던져야 한다. 대부분은 서두beginning를 아무 생각 없이 쓴다. 나도 그럴 때가 많다. "나는 이제부터 착하게 살기로 결심했다.", "밥을 맛있게 먹어서 기분이 좋았다." 식으로 결미 the close를 쓰는 것은 특히 초등학생들이 잘 하는 것이다. 이런 식으로 단정적으로 끝내는 것이 닫힌 결말closed ending이다. 반면 열린 결말open ending은 무언가 글쓴이가 할 말을 다하지 않고 여운을 남기기 때문에 읽는 이가 음미 tasting하게 된다.

마지막으로 '플러스 원'은 고쳐 쓰기이다. 여기가 아마추어와 프로의 갈림길이다. 아마추어는 대부분 한 번 쓰고는 끝이다. 하지만 프로는 몇십 번이고 고쳐 쓴다. 이것은 나도 잘 못한다. 기껏해야 서너 번 고쳐 쓰기 하면 잘 하는 편이다.

고쳐 쓰기 할 때 주의점은 몇 가지 있다. 우선 맞춤법이 맞는지, 문장부호가 옳게 찍혀 있는지 등을 살피는 것은 기본이다. 다음에 주어와 술어의 관계가 올바른지 체크해야 한다. 주어에 맞지 않는 술어가 붙어 있으면 그걸 비문非文/nonsentence라고 한다. 초심자일수록 이런 짓을 잘 하지. 자신이 쓴 주제에 맞지 않는 것은 글 전체의 일관성을 위해 자신이 보아서 아까운 문장, 문단이라도 버려야 한다. 마지막으로 은유로 바꾸어 쓸 수 있는 곳이 있는지 찾아서 과감히 수정한다. 은유의 중요성은 하도 말을 많이 해서 말 안 해도 벌써 짐작하리라 믿는다.

이번에는 수필에 대해서 이 정도로 말하고 다음에는 논술에 대해 내가 생각한 것을 이야기할 게. 그 동안 내가 보내준 『논술의 정석』을 꼭 다 읽어주기 바란다. 물론 이해하기가 쉽지 않다. 하지만 논술에 대한 가장 기본적인 사고를 할 수 있게 도와주는 책이라고 생각한다.

그럼 오늘은 이만 총총

2021년 4월 25일 일요일 오후 11시 16분
진주에서
할아버지가

* 추서: 내가 지난 3월 초에 보낸 『그렇다면, 칸트를 추천합니다』를 꼭 읽어주기 바란다. 어려우면 내년에 읽는 한이 있더라도. 너무 중요한 책이다.

시는 에둘러 말하는 것이다

순유, 순규 잘 있었니. 순유가 COVID-19 양성인 친구와 밀착 접촉했다고 해서 자가격리와 검사하느라고 수고했다. 다행히 음성으로 판명되어 얼마나 다행인 줄 모르겠다. 순규는 새로운 학원에 가서 적응하느라 수고가 많겠다. 용기를 내서 잘 헤쳐나가리라 믿는다.

서윤이는 지금쯤 졸업식을 했겠네. 이번 9월에는 어엿한 중학생이 되겠다. 초등학교에 다니면서 서윤이는 공부도, 운동도 열심히 해주어 고맙다. 게다가 공부도 운동도 '엑셀런트' 했으니 서윤이 자신은 물론이고 엄마, 아빠에게도 좋은 선물을 한 셈이지. 서우도 서윤이 언니를 닮아 공부도, 운동도 잘 한다고 너희 엄마, 아빠가 늘 자랑한단다.

이번에는 시 쓰기에 대해서 이야기하기로 했으니 시 쓰기에 대해 다시 살펴보려고 한다. 이미 너희들에게 보낸 편지에 자세히 써놓았더라. 귀찮더라도 복습하는 셈치고 한 번 다시 읽어보기 바란다.

시는 왜 쓸까? 공자(BC 551~BC479)가 『시경詩經』에서 이런 말을 했다고 한다. "시경詩經 삼백 편은 한마디로 생각에 사특함이 없다."(詩三百, 一言而蔽之

曰 思無邪: 시삼백, 일언이폐지왈 사무사). 시 쓰는 마음은 요사스럽고 악독한 마음이 아니라 순수한 마음이라는 뜻이다.

요즘 내가 읽고 있는 칸트의 『판단력비판』에서 인간의 미적 체험(아름답다고 느끼는 체험, 이걸 '취미판단'이라고 한다)이 일어나는 기전mechanism을 얘기하고 있다. 우리가 어떤 대상을 보고 상상을 할 때 그 상상이 우리의 지성에 의해 만들어진 어떤 이념 혹은 관념과 맞아떨어질 때 우리는 어떤 쾌감을 느낀다는 것이다. 이것이 모든 예술에 통하는 기전이고 따라서 시에도 적용이 된다. 예를 들어 볼까? "장미의 붉은 꽃잎 계곡을 내려가니 엄마가 웃고 있다"라고 썼다고 하자. 이때 붉은 장미와 엄마의 웃음이 만들어낸 이미지(상상)와 엄마의 사랑(이념)이 합치되는 순간, 우리는 쾌감으로 느낀다. 이것을 칸트는 '미적 체험' 혹은 '취미판단'이라고 부른다.

칸트는 『순수이성비판』에서 '인간이 무엇을 알 수 있는가'라고 하는 것을 인식론(인식: 사물을 분별하고 판단하여 앎)에서 말하고 있다. 사물(대상)을 우리의 감각(감성)으로 시간과 공간의 지평 위에서 직관하면 그 정보는 우리 머릿속에 있는 지성(선험적 범주, 예를 들어 질, 양, 관계, 양태)에 대입하여 그 대상에 대해 알게 된다는 것이다. 이것을 이론이성theory rationality이라고한다(어렵지? 당연하다. 하지만 그런 것이 있다는 정도만이라도 머릿속에 입력해 두기 바란다). 여기서 중요한 것은 인간은 이렇게 대상의 표상(감각에 의하여 획득한 현상이 마음속에서 재생된 것)만 알지 사물 자체는 알 수 없다는 것이다. 예를 들어보자. 지금 바위를 본다고 하자. 바위를 보면서 우리의 감각(예컨대 시각)으로 들어온 정보는 시간, 공간의 지평 위에서 본 것이다. 그 정보가 머릿속의 지성(범주)

과 결합하여 우리는 '바위는 단단하다', 거칠다. 등등을 알 수 있다는 것이다. 그러나 우리가 알 수 있는 것은 바위라는 현상(본질이나 객체의 외면에 나타나는 상), 즉 눈에 보이는 것만 알 뿐이지 바위라는 사물 자체는 모른다는 것이다.

어려운 이야기를 왜 하는지 모르겠지. 우리는 모르니까 자꾸 알고 싶어 한다. 그러나 언어를 사용하여 설명하면 결국 사물의 외면만 알게 된다. 이때 필요한 것이 시다. 시는 사물(대상)을 직접 설명하는 것이 아니라 에둘러(에두르다: 바로 말하지 않고 짐작하여 알아듣도록 둘러대다)로 말하여 읽는 사람으로 하여금 스스로 무언가 말로 할 수 없는 것을 느끼라고 한다.

"시는 과학의 대척점(지구 위의 한 지점에 대하여, 지구의 반대쪽에 있는 지점)에 있다."고 옛날에 읽은 책에서 박이문 교수가 말했다. 말하자면 시는 비과학적이라는 셈이지. 과학은 원인과 결과가 이어지는 인과율(모든 일은 원인에서 발생한 결과이며, 원인이 없이는 아무것도 생기지 아니한다는 법칙)의 지배를 받는다. 시는 그런 인과율을 무시한 상상력에 바탕을 두는 것이다. 불교의 선종禪宗(참선으로 자신의 본성을 구명하여 깨달음의 묘경[妙境]을 터득하고, 부처의 깨달음을 교설[敎說] 외에 이심전심으로 중생의 마음에 전하는 것을 종지[宗旨]로 하는 종파)에서 말하는 불립문자 不立文字(불도의 깨달음은 마음에서 마음으로 전하는 것이므로 말이나 글에 의지하지 않는다는 말)와 비슷하다.

그럼, 왜 할아버지는 시를 좋아하고 시 쓰기에 매달리지요? 하고 물을 것 같다. 나는 앞에서 말한 심오한 원리보다는 시를 써서 무언가 이미지를 나타날 때 쾌감을 느끼기 때문이다. 비록 잘 쓰지는 못하지만 말이다. 결론적으로 말하면 시 쓰기는 '이미지를 만들어 대상을 에둘러 말하기'라고 할 수 있겠다.

지난번 편지에서 수필 쓰기의 체크리스트 다섯 개와 플러스 원을 말했듯이 너희들이 기억하기 쉽게 이번에도 체크리스트 다섯 개와 플러스 원을 만들었다. 아참, 이걸 말하기 전에 반드시 먼저 알아두어야 할 것이 있다. 시 쓰기에는 정답이 없다는 사실이다. 시인에 따라서 관념적으로 말하기도 하고, 이미지 중심으로 말하기도 하고, 풍자, 패러디, 진술 등등 많이 있다. 노래도 정통 성악도 있고 트롯, 발라드, 락, 팝송, 민요, 등등 많듯이, 이 중에 어떤 것이 아니면 안 된다는 법은 없다. 다만 사람들이 주류라고 하는 시 쓰기 방식이 있다. 그것마저도 시대에 따라 변해왔지만 말이다.

1) 첫째가 관점觀點(사물이나 현상을 관찰할 때, 그 사람이 보고 생각하는 태도나 방향)이다. 이건 내가 오규원의 『현대시작법』을 읽고 정리한 생각이다. 시적 대상이 있다고 하자. 그 대상은 구체적 사물(예컨대 튤립)이 있고 추상적 관념(예컨대 희망, 자유)이 있다. 그러한 대상을 어떠한 관점에서 보느냐고 하는 것이다. 거기에 여러 가지 설명이 있지만 핵심만 말한다면 두 가지를 들 수 있다.

① 관념적 관점이 있다. 예컨대 시적 대상인 '튤립'에 대해 쓴다면 묘사

한 글들이 어떤 관념, 즉 튤립을 통해 사랑이나 희망 같은 관념의 방향을 지향한다는 것이다.

② 실재적 관점이 있다. 실재實在란 실제로 존재함이라는 뜻이다. 말 그대로 실제로 있는 그대로의 대상에 접근하는 방식이다.

a) 이 중에 하나가 '사실적 지각'이다. 시적 대상을 있는 사실 그대로 진술statement한다. 이 방식은 쉽다는 장점이 있는 반면에 자칫 잘못하면 싱거운 소리, 즉 하나마나한 소리가 되기 쉽다. 역설적으로 그만큼 성공하기가 쉽지 않다. 사유thinking가 깊어야 제 맛이 난다. 이런 식으로 쓰는 시인 중에 김광규가 있다. 그의 시 〈재수 좋은 날〉이라는 시를 소개해 줄 게.

오늘은 별다른 일이 없었다
끔찍한 교통 사고도 일어나지 않았고
소매치기나 날치기를 당하지도 않았다
최류탄 때문에 눈물을 흘리지도 않았고
닭장차에 갇히지도 않았다
두들겨 맞거나
칼에 찔리지도 않았다
별일없이 하루를 보낸 셈이다
밤중에 우리집에 불이 나거나
도둑이 들어오지만 않는다면
오늘은 아주 재수 좋은 날이다

여기에는 은유와 같은 수사rhetoric가 없이 눈에 보이는 대로 진술(설명)을 할 뿐이다.

b) 다른 하나는 '감각적 지각'이다. 여기가 내가 말하려고 하는 포인트이다. 시적 대상을 우리의 오감(시각, 청각, 후각, 미각, 촉각)을 통해서 들어온 정보를 상상력을 작동시켜 '말도 안 되는 소리(인과율을 깨는 소리)'를 하여 어떤 이미지를 만들어 내어 우리의 감정이나 개념에 일치시키는 작업이다. 이런 방식이 현재 주류를 이룬다고 할 수 있다. 물론 이것보다 더 '말도 안 되는 소리'를 해서 시를 쓴 당사자만이 알아들을 수 있고 웬만한 독자는 일부분만 이해할 뿐인 시를 (가장 최근의) '현대시'라고 하는데 이건 너무 어려워 너희들이 대학생이 되어 관심이 있으면 더 공부해도 될 것이다.

우리가 중점적으로 공부하고 있는 감각적 지각의 시의 예를 들어 볼게. 오래된 시인이지만 김광균(1914~1993)의 〈추일서정秋日抒情〉을 보자.

낙엽은 폴란드 망명 정부의 지폐
포화砲火에 이지러진
도룬 시의 가을 하늘을 생각게 한다.
길은 한 줄기 구겨진 넥타이처럼 풀어져
일광日光의 폭포 속으로 사라지고
조그만 담배 연기를 내뿜으며
새로 두 시의 급행열차가 들을 달린다.

포플라 나무의 근골筋骨 사이로
공장의 지붕은 흰 이빨을 드러낸 채
한 가닥 구부러진 철책鐵柵이 바람에 나부끼고
그 위에 셀로판지로 만든 구름이 하나.
자욱한 풀벌레 소리 발길로 차며
호올로 황량荒凉한 생각 버릴 곳 없어
허공에 띄우는 돌팔매 하나
기울어진 풍경의 장막帳幕 저쪽에
고독한 반원半圓을 긋고 잠기어 간다.

어때 멋있지. 아름다운 은유가 얼마나 많으냐. 김광균 시를 주지주의적
主知主義(감정이나 정서보다는 지성 또는 이지(理智)를 앞세우는 경향이나 태도) 서정시라
고 한다. 그는 "시는 회화picture다."라는 모더니즘을 실천했다. 이 시가 내
가 학교 다닐 때 교과서에 나왔던 같은데 기억이 가물가물하네.

그 다음에는 현대 시인으로 여기 속하는 시인을 들어볼 게. 길상호
(1973~) 시인의 〈감자의 몸〉을 살펴보자.

감자를 깎다 보면 칼이 비켜가는
움푹한 웅덩이와 만난다
그곳이 감자가 세상을 만난 흔적이다
그 홈에 몸 맞췄을 돌멩이의 기억을
감자는 버리지 못하는 것이다

벼랑의 억센 뿌리들처럼 마음 단단히 먹으면
돌 하나 깨부수는 것 어렵지 않았으리라
그러나 뜨거운 하지夏至의 태양에 잎 시들면서도
작은 돌 하나도 생명이라는
뿌리의 그 마음 마르지 않았다
세상 어떤 자리도 빌려서 살아가는 것일 뿐
자신의 소유는 없다는 것을 감자의 몸은
어두운 땅 속에서 깨달은 것이다
그러고 보니 그 웅덩이 속에
씨눈이 하나 옹글게 맺혀 있다
다시 세상에 탯줄 될 씨눈이
옛 기억을 간직한 배꼽처럼 불거져 있다
모르는 사람들은 독을 가득 품은 것들이라고
시퍼런 칼날을 들이댈 것이다

김광균 시인하고는 분위기가 또 다르지. 감자potato에 생긴 홈에 대해서
길상호 시인은 '말도 안 되는' 상상을 하여 쓰고 있다. 물론 은유를 많이 구
사하고 있지.

내가 좋아하는 송재학(1955~) 시인의 〈담쟁이 등燈〉도 한번 읽어보자.

수피와 겹치는 민물고기 등을 보았다
서어나무 안에서 헤엄쳐 나온 담쟁이 단풍이다
서어나무 등維이 환하졌다라고 적었다가 등燈을 바꾸어 달았다

등을 켜니까 서어나무 주변의 민물고기 떼들,
공기에 물을 채우고 있다
등의 심지를 올리는 손길이 여럿이기에
서어나무에서 자란 팔처럼 나, 고요하련다
숲의 요기妖氣를 따지자면 초록불이겠지만 붉은 등불이란다
등뼈를 곱씹으면서 하나둘 켜지는 붉은 등이란다
그렇다면 내가 저 등의 오한에 물들리라
눈동자 찾아가는 물고기가 시린 내 등뼈를 지나면서 불을 켰다
자잘한 역광의 지느러미 가졌던 송사리 떼 금붕어 떼 담쟁이,
지금상춘등地錦常春藤이다

'지금상춘등'은 담쟁이덩굴 이름이란다. 서어나무를 타고 올라가는 담쟁
이를 등불이라 보고 상상하여 썼다. '수피'는 나무의 껍질이란 뜻이고, '등椎'
은 한문으로는 '추'자인데 등골이란 의미이다. '요기'는 요사스러운 기운이
라고 한다. 순유, 순규, 서윤, 서우는 이 시들 중에 어느 것이 마음에 들까
궁금하네.

　시 이야기를 하면서 내가 배우고 있는 박종현 선생님의 얘기를 빠뜨릴
수 없네. 그 분이 나에게 가르쳐준 것은 백 년 남짓한 한국의 근현대시의
흐름 속에서 한국시가 어떤 모습으로 발전해 왔는가 하는 것이었다.

간단히 말하면 함축→발견→치환→(가장 최근의)현대시라고 하겠다.

① 초기에는 거의 함축적인 시가 많았다. 대표적인 것이 김소월과 박목월의 시다.

박목월의 시 〈산은 구강산〉을 볼까.

산은
구강산
도원 가는 길가에

길은
초로길
구곡팔절 절벽에

물은
옥류동
봄눈 녹어 흐르는대

사슴은
암사슴
발을 씻고 있었다

순유, 순규는 뭘 느끼지? 시 행 하나하나가 평범한 진술뿐이다. 하지만 여기서 중요한 것은 행과 행 사이를 지날 때 우리 마음에 어떤 정서emotion을 느낀다는 점이다. 시인은 그걸 노린 것이다. 이 시에는 어려운 단어가 많네. '도원桃源'은 이상향이라는 뜻이다. '초로길'은 좁은 길이라는 의미이고, '구곡팔절九曲八切'은 길이 아홉 번이나 구부러지고 여덟 번이나 끊어졌다는 뜻이다.

② 발견은 앞에서 말한 감각적 지각과 비슷한 것이다. 김광균, 길상호, 송재학의 시에서 그들이 발견한 것을 한 번 찾아 보아라. 튤립에서 순유가 발견한 것은 '기지개, 예배, 막대사탕'이었다. 순규가 바다에서 발견한 것은 '바다가 무서워 떠는 것, 돌이 바다를 때려 바다가 떤다, 바다가 바위에게 주는 먹이는 미역. 조개, 랍스터다, 바다는 닭살이 돋는다'였다. 다시 말하면 상상을 해야 한다. 진술하고 은유(상상)가 다른 점이 뭐지. 진술은 인과율에 맞게 설명한다. 반면에 은유 또는 상상은 인과율을 깨버리고 엉뚱한 것끼리 연결한다. 읽는 사람은 어떻게 될까. 당연히 읽는 사람의 '말도 안 되는 소리' 즉 이치에 맞지 않는 소리를 보니 긴장을 하게 되지. 이걸 시적 긴장이라 한다. 어쩌면 시를 읽는 재미는 바로 이 시적 긴장일지도 모른다.

③ 치환replacement은 바꾸어 놓는다는 뜻이다. 제목에 속한 속성을 본문에서 바꾸어 놓는 것이다. 예를 들어보자. 송재학의 〈피아니스트〉가 머리에 떠오른다.

사자가 여우를 덮치자 기다렸다는 듯이
검은색 휘장이 내려졌다
열 개의 발톱이 탐스런 살을 파헤치는 과정은
너무 잔인하기에 실루엣으로 처리되었지만
흰 뼈가 부르짖은 비명은 객석마다 꽂혔다
휘장 안이어서 분명하진 않지만
발톱은 제각기 따로 움직이며
여우의 털을 뽑고
두개골은 나뭇가지에 걸었다
군침을 삼키는 허기는 재빨랐다
어린 여우족들은 정수리에 박히는
얼음의 냉정을 짐작해야만 했다
두려운 건 피가 아니라 피가 없는 짐승의 표정이다
가장 높은 음이 들리는 걸 보니 드디어
여우의 심장이 도려졌나 보다

휘장이 찢어진 곳에
단정한 입을 가진 피아노가 있다

이 시를 다 읽고 나면, 제목은 '피아니스트'인데 시의 본문에는 피아니스
트 얘기는 없고 사자와 여우 얘기뿐이다. 피아니스트와는 아무 상관 없는
소리를 했다. 결국 피아니스트는 사자로, 여우는 피아노로 '치환'시켜서(바
꾸어서) 시를 전개시켰다는 것을 알 수 있겠지. 사자의 열 개의 발톱은 피아
니스트의 손이고, 어린 여우족들은 피아노 건반들이다.

이것도 넓게 보면 은유라고 나는 본다. 은유의 공식이 A=B이지. 여기서는 A는 피아니스트이고 B는 시의 본문 내용, 즉 사자와 여우가 주는 이미지이니까 결국 이것은 은유의 A=B가 되는 셈이다.

④ (가장 최근의) 현대시는 너무 어려워서 할아버지도 잘 모른다. 그래도 시대 풍조는 이런 식으로 써야 대개 시 공모전에서 수상한다고 하더라만. 이건 너희들이 청년이 되고 나서 시에 더 흥미가 있으면 연구해 보도록 하고 우선은 기초적인 것부터 공부해야겠다.

2) 둘째는 시상詩想/poetic concept(시를 짓기 위한 착상이나 구상)이다. 수필 쓰기에서 내가 말한 경험에 해당할 것 같다. 시를 한 편 만들려면 재료가 있어야 하지 않냐. 쓸 재료가 없어 시인이 "시상이 왜 이렇게 안 떠오르지?" 하고 이맛살 찌푸리고 고민하는 모습을 우리는 흔히 본다.

① 재료를 찾는 가장 흔한 방법은 시적 동기motive를 만나는 것이다. 거기에 대해 항상 관심을 가지고 있으면 어느 때 갑자기 영감inspiration이 떠오르면서 "아. 이건 시가 되겠다" 하는 감이 생긴다. 그걸 반드시 수첩, 혹은 공책에 적어 놓으면 그것이 자신의 마음 속에서 자신도 모르게 숙성ripen되어 언젠가는 한 편의 시를 쓰는 날이 오게 된다.

예를 들어볼까? 텔레비전에서 주현미와 정용화가 부르는 〈shallow〉라는 듀엣을 듣자 나는 요양병원에서 사람이 임종할 때 얕게 숨쉬는 모습shallow breathing sound이 생각났다. 수첩 대신에 컴퓨터에 'shallow=숨쉬기'라고 적어 두었다. 그리고 어느 날 〈shallow〉라는 시를 한 편 지었다. 졸작이지만 보기 바란다.

시냇물이 반짝이네요
오랜 세월 깊게만 들어가려 했어요
수도 없이 가지를 벋은 어둠속에서
눈물도 한숨도 분노도
몸부림쳤지요
깊게 깊게

하지만
이젠 가지 끝에서 팔랑거릴게요
서산 너머 가는 노을도
저를 닮았군요
제가 할 것이라곤
흔적 없이 잦아드는 것뿐이에요
얕게 얕게

물론 나중에 고쳐 쓰기를 더 해야겠지. 고쳐 쓰기를 할 때 은유를 더 집어넣어야 할 것 같아.

② 다른 한 가지 방법은 시 백일장처럼 어떤 제목을 설정하여 그것에 대해 숙고하여 시를 한 편 완성하는 방법이다. 이때 쓰는 방법이 '브레인스토밍brain storming'라는 것이 있다. 브레인스토밍은 생각나는 대로 마구 아이디어를 쏟아내고, 이치에 맞지 않는 엉뚱한 생각이라도 내놓아야 한다.

이것도 예를 들어볼까. 제목이 〈단풍잎〉이라고 하자. 그럼 브레인스토밍을 시작한다. 내 머릿속에서 '단풍잎'에 관한 생각의 가지치기를 한다.

즉 '붉은 강, 산산이 조각난 이파리, 바람이 달려 온다, 비명, 강물 소리, 산이 꿈틀한다, 놀란 청설모, 발아래 떨어진 솔가리, 솔방울, 그 속에 어둠이 운다…….' 하나의 생각에서 가지를 자꾸 펼치는 것인데 처음에는 '단풍잎'에서 시작했더라도 항상 '단풍잎'에서 출발한 생각만 사용할 필요는 없다. '단풍잎'이 아니라 '강물 소리'에서 출발한 '산이 꿈틀거린다'는 가지치기를 해도 된다. '단풍잎'에 직접 연결되지 않는, 전혀 의외의 생각이라도 상관없다. 다 쓰고 나서 내가 의도한 이미지에서 벗어나는 것은 버려야 한다. 왜냐하면 이미지의 통일성, 일관성을 유지하기 위해서이다. 아무튼 이렇게 적어놓는다. 말하자면 이게 재료인 셈이지. 그리고 마음에 드는 것들끼리 연결하여 은유를 만든다. 이런 식으로 시 한 편을 만드는 것이다.

어설프지만 내가 이 재료를 가지고 연결시켜 보았다.

붉은 강이 산산조각이 난다
바람이 달려든다
비명 지르는 강물 소리에
놀란 청설모의 눈이 붉다
발아래 떨어지는 솔가리의
마른 향기가 단풍나무를 기어올라간다
어둠이 솔방울 속에 들어 있다
단풍의 흐느낌과 함께

대충 이런 식이다. 이렇게 해놓고 일정한 시간이 지난 다음(왜냐하면 숙성이 되어야 하기 때문에) 고쳐 쓰기를 한다.

3) 셋째는 구성과 주제이다. 시의 가장 전통적인 구성 기법은 기승전결 起承轉結이라고 생각한다. 사전에 찾아보니 이렇게 써 있다. "시문을 짓는 형식의 한 가지, 글의 첫머리를 기起, 그 뜻을 이어받아 쓰는 것을 승承, 뜻을 한번 부연敷衍 · 敷演시키는 것을 전轉, 전체全體를 맺는 것을 결結이라 함." 이런 방법에 너무 얽매여 꼭 이런 형식으로 쓸 필요는 없다고 생각한다. 형식에 너무 부담 가지지 말고 자연스럽게 마음이 흘러가는 대로 쓴다. 왜냐하면 어차피 나중에 고쳐 쓰기를 할 것이니까 말이다.

이때 중요한 것은 시문 전체의 이미지가 통일성과 일관성을 가지고 있어야 한다. 어떤 주제에 맞는 이미지들이 한 곳으로 모여야 하고, 엉뚱한 얘기를 하면 안 된다. 아무리 아끼는 구절이 있어도 전체 이미지에 맞지 않는 것은 과감히 버려야 한다. 그건 어딘가 저장해 두었다가 나중에 써먹는 것이 좋겠다.

이렇게 쓰다 보면 자연히 주제(시인이 말하고 싶은 의도)가 자연히 생겨난다. 나의 경우는 쓰면서 혹은 쓰고 나서 보니까 '아, 내가 이걸 말하려고 쓴 거네' 하고 나중에 깨닫는 경우가 많았다. 반면에 처음부터 주제를 정하고 쓰는 사람들도 있다는 것도 잊지 말아야겠지.

4) 넷째는 문체이다. 사람 얼굴과 성품이 각자 다르듯이 글 쓰는 이의 글에서 풍기는 느낌이 다 다르다. 우리는 그것을 문체style of writing라고 한다. 목소리가 굵은 사람, 가는 사람, 혹은 말을 길게 하는 사람, 짧게 하는 사람 등이 있다. 시인이 사용하는 언술도 마찬가지다.

언술에는 두 가지가 있다. '하나는 진술statement'이다. 이 말은 할아버지가 하도 많이 해서 이미 잘 알고 있을 것 같다. 있는 사실 그대로 자세히 설명하는 것을 뜻한다. 별 생각 없이 진술을 하게 되면 인간은 인과율에 따라 논리적(이치에 맞게)으로 말하기 마련이다. 시에는 이러한 진술이 절대로 있어서는 안 되는 것은 아니지만 상황을 연결하는 데만 사용하면 좋지 않을까 생각한다. 진술은 논술에서 더 필요한 문장일 것 같다. 다른 하나는 '묘사description'이다. 사물이나 대상을 그림 그리듯이 서술하는 걸 말한다. 세 가지가 있다고 했지.

① 서경적 묘사. 이건 자연의 경치를 글로 나타내는 것을 말한다. 경치를 보면 눈에 보이는 대로 기술한다. 오래 전에 내가 고흐와 세잔의 그림책을 보고 눈에 보이는 대로 글로 써보라고 했지. 바로 그거야.

② 심상적 묘사. 이건 내가 그 동안 하도 많이 말해서 귀가 따가울 정도인 은유를 말한다. 같은 그림이라도 현실에는 없는 것을 마음 속에 그린 것이다. 그러니까 이것은 논리적이지 않고 인과율에도 따르지 않는다. 은유는 읽는 사람으로 하여금 긴장을 일으킨다고 했지. 그러면 벌써 시의 세계로 들어가는 셈이다. 파블로 네루다(1904~1973. 칠레)가 "시는 메타포다"라는 극언까지 할 정도로 중요하다.

③ 서사적 묘사는 이야기를 하는 중에 어떤 그림을 떠올리게 한다는 정도만 알아 두면 된다.

순유, 순규, 서윤, 서우도 각자 개성이 다르니까 문체가 다른 것은 당연하다. 좀 더 커서 나중에 자신에게 맞는 문체를 찾아가는 한이 있더라도 지금은 기초를 다진다는 뜻에서 은유적 문장을 많이 쓰기 바란다. 나는 너무 늙어서 배웠기에 이런 것을 하려고 해도 몸에 잘 붙질 않는다. 너희는 어려서부터 해 두면 어른이 되어도 별 힘을 안 들이고 은유를 구사하리라 믿는다. 잠깐! 내가 항상 잊지 말라는 것을 기억하겠지? 은유에는 유사성을 축으로 한 은유와 차이성을 축으로 한 은유가 있다는 것을. 내가 너희들에게 구체적 사물명사 두 개 혹은 추상명사 하나를 주어 은유 만드는 연습을 하는 대신 나는 세잔의 그림과 이수동의 그림을 가지고 '말도 안 되는 소리' 만들기를 해왔다. 요즘은 이것 저것 바쁘다 보니 여기까지 손을 못 대고 있단다.

5) 다섯째는 모방이다. 모든 예술은 모방에서부터 시작한다는 말이 있다. 아무리 대가라고 하더라도 처음에는 자신의 마음에 드는 작가, 시인, 화가 등을 모방하여 나중에 자기 나름의 성castle을 쌓는다고 본다.

모방에는 두 가지가 있다고 나는 생각한다.

① 하나는 베껴쓰기다. 나는 6년 전에 소설 쓰기 인터넷 강좌를 들은 적이 있다. 그때 가르치신 분이 이순원 작가인데 그분에게 베껴쓰기를 배웠다. 내가 수차 말해서 너희들도 잘 알고 있다고 믿는데, 베껴쓰기는 단어 대 단어로 공책에 베껴쓰면 별로 효과가 없다. 반드시 하나의 문장(아무리 긴 복문이라도)을 머릿속에서 외우고 나서, 보지 않고 공책에 베껴써야 한다

는 원칙을 지켜야 한다. 그때 나는 한국의 유명 단편소설을 십여 편 베껴 썼다. 그 중에서 지금도 내 머릿속에 남아 있는 것은 이광수 작가의 「무명」 이었다. 너희도 나중에 한 번 읽어 봐라. 그때 일 년 반 정도 베껴쓰기를 했는데 사실 그렇게 했다고 내가 주관적으로 느끼기에 '아, 이러니까 이런 효과가 있구나' 하는 점은 깨닫지 못하겠더라. 다만 어렴풋이 내게 들어오 는 느낌은 있었다. 예전에는 글을 쓰면 주어와 동사가 맞지 않는 것이 자 주 눈에 띄었는데 지금은 많이 고쳐졌다는 것만은 확실한 것 같다. 또 하 나는 나도 모르게 문장을 자연스럽게 만들어가지 않나 하고 혼자 짐작해 본다.

요즘은 송재학 시집 열 권 중 아홉 권째를 베껴쓰기 하고 있다. 산문으 로는 나는 김훈 작가를 좋아한다. 그가 나처럼 1948년 생이라 그런지 친 근감을 느낀다. 내가 아는 한 산문을 쓰면서 은유를 그렇게 많이 사용하 는 작가를 보지 못했다. 특히 추상명사와 구체적 사물의 현상을 연결한 은 유(순유가 하는 은유 연습)를 보면 생각의 깊이가 느껴진다. 김훈의 『자전거 여 행』은 13개월 걸려서 베껴쓰기를 했고 현재는 『라면을 끓이며』를 베껴쓰 고 있다. 한 시간 정도 일찍 출근해서 이런 작업을 한다.

시도 마음에 드는 것을 골라서 100번씩 써보자는 생각이 작년에 갑자기 들어서 베껴쓰기 시작했다. 허만하 시인의 〈물결에 대하여〉, 〈얼음〉, 그리고 송재학 시인의 〈튤립에게 물어 보라〉는 이미 100번 썼고 현재는 송재학 시인의 〈애월 바다까지〉, 〈모래장〉, 〈모슬포 가는 까닭〉, 〈수 평선〉, 〈달 가듯이〉를 75번, '세 장면 쓰기'는 95번 썼다. 딱히 근거도 없 이, 혹은 "나도 모르게 발전했구나" 하는 느낌도 절실히 없이 베껴쓰기가 좋다는 말만 믿고 '무뎃뽀無鉄砲'로 쓰는 것이 잘 하는 짓인지 의심이 들 때도 있다. 하지만 계속할 요량이다.

② 모방하기의 다른 하나는 '이기적 시 쓰기Egoistic Poem Writing'이다. 이건 박종현 선생님에게 배운 것이다. 시를 읽다가 어느 한 구절이 감동이 오면 그것을 중심으로 자기 식으로 한 번 써보는 것이다. 혹은 어떤 시편 하나가 마음에 들면 그 시에서 그 시인이 발견한 본질essence을 가지고 그 시인과는 다른 자기 나름의 본질을 발견하여 시 한 편을 완성하는 것이다. 이미 우리가 연습해서 알겠지만 다시 복습해 보자. 송재학 시인의 〈튤립에게 물어 보라〉에서 송재학 시인이 본 본질(발견)이 뭐라고 했지? '모차르트, 리아스 식 해안, 등대의 불' 이 세 가지를 들었다. 따라서 '이기적 시 쓰기'를 하려면 내가 튤립에서 보는 나만의 본질(발견)을 찾아내서 시를 만들어 보는 것이다. 2020년 8월 27일 편지에서 너희들이 〈튤립〉이라는 제목을 갖고 이런 방식으로 시 쓰기를 한 적이 있다. 찾아서 한 번 읽어보기 바란다.

6) 이제 플러스 원이 남았네. 지난번 수필처럼 플러스 원은 고쳐 쓰기(퇴고)이다. 여기가 프로와 아마추어의 갈림길이다. 나처럼 아마추어는 시 한 편 쓰는 게 만만치가 않다. 정말 힘들게 겨우 하나 완성하면 스스로 대견하여 더 이상 고쳐볼 생각이 없어진다. 고쳐보았자 더 낫다는 보장도 없고, 겨우 만든 것이 개악이 될 것 같으니 고쳐 쓰기 작업은 잘 안 해. 그러나 억지로라도 고쳐 써야 한다. 길지만 내가 고쳐 쓰기 한 것을 예로 보여줄게.

꽉찬 적요

지리산 대원사 계곡길을 갔다 갈색 나무로 새로 만든 길이 유평
마을까지 이어져 있다 소나무의 나뭇가지가 바람에 흔들리면서
저 아래 계곡의 물소리를 가리킨다 갑자기 표지판이 계곡으로
내려가지 말라고 한다 그곳엔 적요가 꽉 찼다 계곡 물살만이
적요 속을 뚫고 지나간다
삼십 년도 전에 진주 처음 와서 친구가 여길 데려다 주었다
그때는 그 꽉 찬 적요가 보이지 않았다 계곡에 앉아 고기 구워
먹고 소주로 몸의 근육을 풀어서 빨래처럼 너럭바위에 걸쳐놓으면
나긋나긋한 바위 속으로 몸은 녹고 저 멀리 보이는 구름이 나를
쳐다보았다
계곡물이 시간을 휩쓸고 내려가고 있었다. 꽉 찬 적요만 남기고
(2018년 7월 8일 일요일)

어떠냐 처음의 글에는 은유는 몇 개 없고 진술이 대부분을 차지하고 있
는 것을 발견할 수 있을 것이다. 두어 번 고치고 마지막은 이렇게 되었다.
너희들도 알겠지만 나와 네 할머니는 집 근처에 있는 비봉산과 지리산의
대원사 계곡을 좋아해서 수도 없이 거길 가고 있다. 대원사 계곡에 오면
고향집처럼 편안하게 느낀단다.

꽉찬 적요(대원사 계곡)--4

① 적요에도 소리가 난다는 것은 대원사 계곡에 가면 안다

A=적요 B=소리

② 내 35년 세월(진주에 온 삼십여 년 세월)에 무단출입금지라는 팻말을 달아 놓았다

A=세월 B=무단출입금지

③ 황토빛 세월은 바위가 되어 누웠고 그 위로 적요가 꽉차서 흘러갔다

A=황토빛 세월 B=적요

④ 너럭바위에 빨래처럼 누워 흘러가는 구름은 배를 밟고 지나갔다 (구름 위로 걸어가고 있었다)

A=너럭바위 B=구름

⑤ 하얀 수국 위에 가라앉은 가랑잎 학교, 아이들이 읽는 국어책 소리를 꿀벌이 뜯고 있다

A=국어책 소리 B=꿀벌

⑦ 적송이 몸이 빨간 것은 꽉찬 적요가 물줄기를 타고 하늘로 올라가는 소리 때문이다

A=적송 B=적요

대원사 계곡을 오르다--5

에메랄드 빛 적요에도
소리가 난다는 것은 대원사 계곡에 가면 안다
진주 온 지 삼십여 년의 세월에
무단출입금지 팻말을 달아놓았다
황토빛 세월은 바위가 되어 누웠고
그 위로 고요가 꽉 차서 흘러간다
너럭바위에 빨래처럼 걸리면 구름은
설핏한 내 그림자 밟고 지나갔었지
하얀 수국 위로 가라앉은 가랑잎 학교,
아이들이 읽는 국어책 소리를 꿀벌들이 뜯고 있다
물살이 몸피를 깎고 지나고 남은 건
계곡 위 틈새에 피어난 파란 한 조각 하늘,
적송이 몸이 빨간 것은 꽉 찬 적요가 물줄기를 타고
하늘로 올라가는 소리 때문이다
(2020년 10월 13일 화요일)

    이런 식으로 나는 고쳐 쓰기를 하고 있으니 너희도 참고하기 바란다. 가능한 은유로 바꿀 수 있는 것은 바꾸고, 나타내고자 하는 이미지를 일관되게 하여야 한다. 산문시는 운문시처럼 박자, 리듬이 뚜렷하지 않고 진술도 많이 볼 수 있으나 거기도 은유가 들어가야 긴장미를 갖게 된다. 산문시는 나중에 기회가 되면 이야기할 때가 있을 것이다.

    이제 길고도 긴 편지를 마칠 때가 다가오는 것 같다. 하나 잊어버린 게 있네. 이건 어느 정도 시 쓰기 초보를 벗어나면 더 언급할 필요는 없는데 너희들은 정말 초보이기 때문에 행갈이가 잘 안 되는 걸 발견했다. 행갈이는 노래 부르기와 똑같다. 노래 부를 때 계속 달아서 부르는 게 아니잖니. 작사 이원수, 작곡 홍난파의 〈고향의 봄〉을 보자.

나의 살던 고향은 꽃 피는 산골
복숭아 꽃 살구 꽃 아기 진달래
울긋불긋 꽃 대궐 차린 동네
그 속에서 놀던 때가 그립습니다

'~산골, ~진달래, ~동네, ~그립습니다' 마다 악보에 사분쉼표가 붙어 있다. 노래를 이어 부르지 않고 쉼표 때마다 쉰다. 음악은 박자에 따라 일정하게 쉬지만 시는 시인이 자신의 마음속으로 어떤 리듬감, 박자, 강조를 감안하여 짧게 쉬기도 하고 길게 쉬기도 한다. 길게 쉴 때는 한 문장이 시의 한 행이 되지만 대개는 단어 하나, 혹은 구(둘 이상의 단어가 모여 절이나 문장의 일부분을 이루는 토막)가 한 행이 되는 경우가 많다. 행갈이를 이런 식으로 유의해 주기 바란다.

쓰다 보니 양이 많아졌고 너희 나이에 비해 어려운 말을 많이 써서 미안하다(순유는 그래도 조금 더 이해할 수 있겠지). 오늘 다 이해하지 못해도 나중에 더 커서 보면 도움이 될 것이라 믿는다. 게다가 내가 전문 시인도 아닌데 '설說'을 풀었다는 걸 감안해 주기 바란다.

사실은 너희들에게 시 쓰기에 대해 이야기해 준다는 핑계로 시에 대한 나의 생각을 정리할 욕심이었는지도 모르겠다.

칸트 이야기를 하면서 마치겠다. 나는 칸트를 안 지 몇 개월도 안 된다. 내가 좀 더 젊은 시절에 이 칸트를 읽었더라면 인생의 기로岐路 (여러 갈래로 갈린 길)에 섰을 때 선택이 달랐으리라 믿는다. 너희도 어리지만 지금은 아니더라도 나중에 더 커서 꼭 칸트를 읽어보기 바란다. 내가 보내준 『그렇다면, 칸트를 추천합니다』를 꼭 읽어라.

칸트는 유명한 3대비판서를 썼다. 『순수이성비판』에서는 인간이 무엇을 알 수 있는지에 대해 말했다. 즉 인간의 지성에 대한 얘기이다. 『판단력비판』에서는 인간의 예술의 대해서 설명했다. 『실천이성비판』에서는 인간은 무엇을 해야만 하는가를 말했다. 즉 인간이 자유의지를 가지고 도덕법칙을 세우고 그것을 무조건 의무적으로 지키라는 것이다. 여기서 중요한 것은 '의무적'이란 말이다. 자신이 좋고 나쁘고 하는 경향성inclination에 따라서 도덕법칙을 지키는 것이 아니라 의무적으로 행한다는 말이다. 쉽게 말하면 착하게 살라는 말이다.

너희도 일류대학에 진학하려고 공부(지식 쌓기)를 열심히 한다. 물론 그래야 한다. 예술에 대해서 관심도 가지고 그럴 것이다. 높은 지식과 미적 감식안을 가지고 있다고 해도 칸트는 인간이 착하게 사는 것이 제일 중요하다고 했다.

이제 그만 마치려고 한다. 읽느라고 수고했다. 너희들도 열심히 공부하고, 부모님의 말씀에 순종하고, 바른 길로 나아가길 빈다.

이만 쓸게. 바이.

2021년 5월 23일 일요일
학이재(學而齋) 우거(寓居)에서
할아버지가

* 추기: 다 쓰고 나서 할머니에게 보여주었더니 너무 어렵다고 야단만 맞았
다. 나도 곰곰이 생각해보니 너무 욕심이 지나쳤다 싶었다. 순유는 중2니
까 좀 나을 것 같지만 순규, 서윤, 서우에게는 과한 편지임은 확실하다. 일
단은 이해하는 데까지 이해하고 나중에 더 크면 다시 읽어주기 바란다.

손주에게 진짜 전해주고 싶은, 글쓰기 노하우

서윤이, 서우는 잘 있겠지. 이번 7월에 순유와 순규의 글쓰기 태도가 할아버지에게는 너무 섭섭하여 아예 너희들과 글쓰기를 그만 두려고 했다. 마침 순유가 다시 하겠다고 진지하게 나오는 바람에 내 생각도 거두게 되었다. 그래서 순유, 순규에게 편지를 쓴 것인데 서윤이, 서우도 참고 삼아 읽어보기 바란다.

너희도 지난 일주일 동안 마음이 편하지 않았을 것 같다. 아마 엄마, 아빠한테서 꾸지람을 들었을 것이다. 나도 마음은 편치 않았다. 내가 아무리 너희들을 위해서 한다고 하더라도 본인들이 별로 내키지 않는 것을 해야 하는 회의감도 있으니까 말이다.

나는 병원 개업을 1988년에 했다. 학교에 남지 않고 바로 개업을 하려고 하면 레지던트를 마친 1982년에 했어야 했지만 경제적 사정이 좋지 않아 그렇게 되지 못했다. 너희 아빠가 직장생활에 정신이 없듯이 나도 개업해서 빚을 내어 병원을 구입하고 아파트도 장만해야 했기에 환자 보는 일에만 집중하다 보니 너희 아빠인 태근이, 큰아빠인 태우의 공부에 전혀 관심을 쏟지 못했다. 거의 할머니가 도맡아서 돌보았다. 이게 나에게 항상 마음의 빚이 되어 있다.

그런 탓인지 나는 내 손주에게는 교육에 뭔가 도움을 주고 싶다고 생각은 했지만 실제로 내가 할 수 있는 것은 별로 없었다. 이제 내 나이 73세이다. 아마도 건강이 허락한다면 10년쯤까지는 정신적으로 활동할 수 있겠으나 그걸 넘으면 비록 육체는 살아 있어도 노년의 정신력으로는 겨우 제 앞가림하기도 바쁠 것이다.

다른 사람과 비교하지 말라고 하지만 내가 내 동료 의사와 비교하면 항상 열등감을 가지고 있다. 비록 실패한 개업은 아니었지만 그래도 풍족한 부는 축적하지 못했다. 내가 좀 더 많은 돈을 벌었다면 내 아들들과 손주들에게 더 나은 환경을 주었을 텐데 하는 아쉬움을 늘 가지고 있다. 대학생 때부터 관심을 가져왔던 글쓰기에 대한 내 나름 50년 동안 축적해온 '노하우know-how'를 손주들에게 전해는 주는 것이 남은 생애 동안 내가 할 일이라고 생각했다. 물론 나는 백일장에 장원한 바도 없고 신춘문예에 입선한 경력도 없는, 비전문가이기 때문에 내가 말하는 내용이 백퍼센트 훌륭한 내용이라 할 수 없을지도 모른다. 하지만 내가 실력은 없어도 들었던 풍월은 있어서 적어도 '이런 글이 좋은 글'이라는 정도는 알고 있기에 그나마 내가 손주들에게 가르쳐 주면 좋지 않을까 하고 감히 생각한 것이다.

나의 욕심은 그랬지만 어린 너희들도 나름의 생각이 있고 좋고 싫고의 감정도 있는 법이다. 어떤 면에서는 너희들의 기호(즐기고 좋아함)를 무시하고 억지로 시킨 점도 있다. 너희들이 대학생이라면 의사를 충분히 존중해 준다. 왜냐하면 대학생은 성인이니까 스스로 판단하고 결정하는 대신에 결과에 대한 책임을 져야 한다. 예를 들어서 판단하여 거부했을 때, 그 결과 손해가 나면 그들의 책임인 것이다.

　그런데 너희들은 성인이 아니고 어린이, 혹은 청소년이기에 너희들의 판단에 대한 책임을 질 수가 없는 나이다. 따라서 엄마나 아빠 같은 어른이 너희들만의 판단에 따라서 행할 수 없는 소이(일이 생기게 된 원인)가 여기에 있다. 그러므로 너희들은 오직 너희들의 판단만으로 행동해서는 안 된다. 어느 정도는 어른들의 말을 신뢰하고 따라야 한다.

　너희는 내가 한 달에 한 번 쓰는 편지를 그냥 '할아버지가 또 편지를 쓰는구나' 하는 정도로 생각할지 모르나, 나에게는 내 인생을 회고하고 정리한다는 의미가 크다. 원래 나는 내가 죽는 그 순간까지 쓰려고 마음먹었다. 그게 잘 될지는 모르는 일이지만. 내가 없어지고 난 날 그 편지를 모아서 책으로 내주면 그게 나를 추억하는 하나의 방편이 되지 않을까 했다. 비록 자랑할 만한 것은 별로 없고 흠결도 많지만 '우리의 할아버지는 이렇게 살다갔구나' 하는 하나의 표지는 되지 않을까 한다. 글을 쓰면서 젊을 때와는 다르다는 것을 혼자서 느낄 때가 있다. 옛말에 사람이 늙으면 지혜가 늘어난다고 했다. 지혜는 인생 전체를 볼 수 있는 능력인 것 같다. 나도 밥 벌어먹자고 허둥지둥 살 때는 몰랐는데 산으로 치면 이제 정상에 가까이 다가가니 풍경의 전체가 보이는 것이다. 물론 사람이 역량이 별로 안 되니 비봉산 정도의 높이이고 나보다 훌륭한 사람은 백두산, 혹은 에베레스트산 높이에서 관망할 것이다. 반면에 너희들은 이제 겨우 산자락에 걸쳐서 보이는 것은 나무나 숲밖에 없다. 전체가 아니라 부분만 보고 있는 셈이다. 따라서 자신을 너무 과시하면 안 되고 겸손해야 한다.

278

내가 최근에 읽은 책으로 『생의 수레바퀴』가 있다. 엘리자베스 퀴블러 로스라는 정신과 의사가 지은 책인데 자서전에 해당된다. 그녀는 스위스에서 태어나 미국으로 가서 정신과 의사가 되었다. 책 내용은 너희들 하고는 거리가 먼 것인데, 내 눈에 띄는 구절이 있었다. "인간 존재의 본질과 생명체의 본질은 단순히 살아가는 것, 생존하는 것에 있다."

순간 내 머릿속에는 사람은 '단순히 살아가는 것'이구나 하는 생각이 떠올랐다. 내가 한평생 무언가 이룬다고 야단법석을 떨었지만 결국 산다는 것은 '단순히 살아가는 것'이다. 이 단순히 사는 것은 내 살아온 발자국들을 돌아보니 세 가지였다. 첫째는 세끼 따뜻한 밥을 위해 열심히 살아야 하고, 둘째는 인간관계를 착하게 하고, 셋째는 그것이 허공이 될지 몰라도 자신의 꿈 하나 정도는 이루려 애쓰다가 가야 한다고 믿는다. 여기에는 깊은 뜻이 있는데 나중에 내가 '인생 삼훈三訓'이라는 제목으로 수필을 쓰려고 한다. 그때 보여줄게.

이제 마무리를 지어야겠다. 특강은 안 하고, 글쓰기는 예전대로 하되 각자의 판단과 양심에 맡기지만, 그렇다고 자의적(제멋대로 하는 것)으로 하도록 내버려두지는 않는다. 깊이 생각해 보기 바란다.

그럼 이만 총총.

2021. 7. 26. 월요일
진주에서, 할아버지가

주어가 주어지면 일단 1,2초 멈추어라

순유는 지금쯤 학기말 시험 준비 중이라 정신없겠다. 인간은 생명을 받고 태어나서 왜 이렇게 모두 힘들게 사는지 모르겠다. 사실 이 모든 자연에서 힘들지 않게 사는 생명은 아무도 없을지도 모르겠다. 유독 인간만이 좀 더 나은 이상을 향해서 사니까 있는 힘 없는 힘을 내어서 사는 것 아니겠냐.

　서윤이, 서우는 학기말 시험을 다 쳤을 것 같다. 순유 오빠는 7월 1일부 턴가 학기말 시험이라고 바쁜 모양이다. 너희들은 이미 방학을 했지. 지난 번 피겨 스케이트 대회에서는 아쉽게 메달을 못 딴 모양인데 너무 실망하지 않기 바란다. 최선을 다 한 것으로 만족하자. 너희들이 목표로 하는 분야는 거기가 아니니까 말이다.

"남들보다 일찍 일어나야 먹을 게 많다." 이 말은 지난 6월 5일 선암사 작은 굴목재를 올라가다가 할머니가 한 말이야. 이건 사실 사람이나 동물이나 모두에게 진리다. 새도 다른 새보다 먼저 일어나서 먹이를 찾아야 더 많이 먹을 기회가 있는 법이다. 하지만 백퍼센트 다 통하는 말이 아니라서 인생의 어려움이 있고, 묘미가 있는지도 모르겠다. 노력하지 않아도 운이 좋아 벼락부자가 되는 사람도 있단다. 반면에 아무리 성실하게 애를 써도 빈손인 사람도 있다. 하지만 우리는 그런 우연에 모든 걸 걸 수는 없다. 어렵지만 어릴 때 한 노력이 너희들의 앞날을 향한 커다란 기초가 되고 재산이 되는 것이니까 시험공부를 비롯해서 학교 공부에 진력하기 바란다.

4년 넘게 우리가 은유를 가지고 씨름해 왔는데 이제 결론을 내리게 되었다. 그것은 바로 종합명제이다. 다시 잠깐 복습을 해보자. 분석명제는 주어가 주어지면 주어의 속성을 가진 동사를 가지고 문장을 완성한다. 따라서 그 문장은 논리적이기 때문에 더 이상 우리는 의심하지 않는다. "삼각형은 세 변을 가졌다."는 말은 당연하다.

반면 종합명제는 주어의 속성이 아닌 것을 가지고 동사로 사용한다. 그 문장은 논리적이지 않다. 따라서 그 문장은 반드시 옳은 것은 아니다. "삼각형은 초록색을 가졌다."는 문장은 상상이 들어갔으므로 누구에게나 옳은 판단은 아니다.

내가 너희들에게 은유의 문장을 많이 구사하라고 했지. 가장 기본적인 훈련이 구체적 사물명사 혹은 추상명사, A와 B를 가지고 연결시키는 연습을 했다. 여기서 한 발짝 더 발전한 것이 종합명제이다. 종합명제는 A라는 명사만 주어로 주어지고 나머지 B는 글쓰는 너희가 상상해서 하라는 말이다. 다시 말해 주어가 주어지면 그냥 아무 생각 없이 문장을 만들지 말자는 것이다. 그렇게 하면 당연히 분석명제로 가니까 말이다. 일단 주어가 주어지만 한 순간 1,2초라도 멈추자!!(여기가 내가 오늘 말하고자 하는 포인트이다.) 그리고는 그 주어의 속성이 아닌 동사를 머릿속으로 찾아서 문장을 완성한다. 그러면 우리가 그토록 애쓰고 노력한 은유의 문장이 되는 것이다.

예를 들어볼까. 여기 직박구리 새 한 마리가 나뭇가지에 앉아 있다고 하자. 그리고 몇 개의 문장을 만들어 본다. 아랫 문장 다섯 개는 모두 분석명제이다. 왜냐하면 직박구리라는 주어의 속성을 가진 동사를 가지고 문장을 썼기 때문이다.

- 직박구리가 하늘을 날아간다.
- 직박구리가 삐이익 운다
- 직박구리가 블루베리를 쪼아 먹고 있다.
- 직박구리가 놀래서 머리 깃이 섰다.
- 직박구리가 동백꽃의 꿀을 따먹고 있다.

자, 이제는 위의 문장들을 종합명제, 즉 은유의 문장으로 완성해보자. 다시 말하지만 뭐라고 했지? 주어가 주어지면, 일단 1,2초 멈추고!! 주어의 속성이 아닌 동사를 찾으라고 했다.

- 직박구리가(1,2초 멈추고) 하늘의 파란 공중 위에 길을 내고 있다.
- 직박구리가(1,2초 멈추고) 자신의 성대에 영혼을 집어넣어 삐이익 소리를 내고 있다.
- 직박구리가(1,2초 멈추고) 블루베리의 정수리를 쪼개고 있다.
- 직박구리가(1,2초 멈추고) 자신의 머리깃으로 창을 만들어 세웠다.
- 직박구리가(1,2초 멈추고) 동백꽃의 꿀 속에 자신의 환상을 집어넣고 있다.

무슨 말인지 알겠지? 우리의 글쓰기의 결론은 바로 이것이다. 주어가 주어지면 일단 1,2초 멈추라는 말이다. 그리고 종합명제로 문장을 완성하자. 나의 은유 만들기의 대미finale는 바로 이것이다.

당분간은 글쓰기에 대한 얘기는 그만 하려고 한다. 그동안 수고 많았다. 그럼 이만 총총.

2022년 6월 26일 토요일
진주에서
할아버지가

오늘도 글을 씁니다. 어제보다 행복해지기 위해

대학 예과 2학년 때 글쓰기를 시작해서 50년이 넘었습니다. 2001년 '포엠 토피아'의 고故 이기윤 교수님, 그 후로 이화은 선생님, 이순원 선생님, 박 종현 선생님에게 수학하여 그나마 오늘에 이르렀습니다. 무언가 남에게 인정받는 글쓰기를 해보려고 나름 애를 썼습니다. 인생의 황혼인 이제야 재능이 없다는 걸 인정하게 됩니다.

손주에게 물려줄 물질적 유산도 변변히 없는 주제에 그나마 제게 있는 글쓰기의 핵심을 전해주고 싶어서 시작한 은유 만들기 훈련이 4년이 넘었 습니다. 그 동안 서로 승강이가 없었던 것은 아니지만 오늘에 와서 생각하 면 하기 정말 잘했다고 스스로 위로합니다. 2018년 1월에 시작한 '은유 훈 련'을 돌이켜 보면, 과제를 주면 은유를 만들어내는 손주의 글을 보면서 아 이들의 마음이란 얼마나 순수하고 유연성이 있는가를 절실히 느꼈습니 다. 솔직히 말해 저도 아이들만큼 은유를 수준 높게 표현해 내지 못합니 다. 그렇다고 손주가 이제 모든 글쓰기에서 능수능란하게 은유를 구사하 고 있다는 말은 아닙니다. 하지만 산문을 쓰거나 시를 지으면 아주 빼어나지는 않지만 은유가 몇 개씩 들어가는 것을 보고 '그래도 헛된 수고는 아니었다'고 생각합니다. 이처럼 어릴 때부터 은유 만들기 훈련을 몇 년 거친 후에 그들의 시나 산문에서 은유의 구사가 어떻게 나타나는가를 손주의 글쓰기 훈련을 통해 보여주고 싶었습니다. 그런데 손주를 가르치려고 우쭐대다가 결과적으로 제가 더 은유나 시 쓰기에 대해서 공부한 셈이 되었습니다. 의도하지는 않았지만 저를 오히려 가르쳐 준 손주에게 감사할 뿐입니다.

최진석 교수가 그의 〈생존철학〉 강의에서 한 말입니다. "인간을 탁월하게 하는 두 종류의 핵심 기둥이 있습니다. 핵심 장치가 있습니다. 그 중 하나가 추상입니다. 다른 하나는 은유입니다." 손주들과 은유에 매달리고 지내온 시간이 도로徒勞가 아니었다는 안도감이 들었습니다.

왕카이王凱는 『소요유, 장자의 미학』에서 은유에 대해서 말했습니다. "도는 무한한 것이다. 언어는 유한한 것이다. 따라서 유한한 언어는 무한한 도를 전달할 수 없다. 언어로부터 도에 이르려면 뜻意과 형상象을 중개물로 삼아야 한다. 결국 언어는 은유적 의상意象 언어로 전환되어야만 그 안에 상象이 있고 물物이 있어 실상이 있다는 도의 경지를 드러내게 할 수 있다."

다시 말해 은유와 상징을 통해야만 도의 의미를 알 수 있다는 것입니다.

진리는 개념이 아니라 은유라는 상상과 이미지로 깨달을 수 있습니다. 원관념 A인 하나님 혹은 자연에 대하여 원관념을 잘 드러내도록 돕는 보조관념 B인 인간이 한평생 쓰다 가는 은유는 결국은 '인생이 무엇이냐' 하는 물음에 대한 각자의 답일지도 모르겠습니다.

어네스트 헤밍웨이는 "먼저 재능이 있어야 한다. 그것도 많이."라고 말했습니다. 그럼 '재능'이 없으면 글쓰기를 포기해야 할까요? 헤밍웨이는 재능이 있어야 글을 써야 한다고 말하면서도 그에 대한 해답을 스스로 내리고 있습니다. "돈이 되든 안 되든 행복해지기 위해서 글을 써야 한다." 행복해진다는 것이 무얼까요? 행복은 노력해서 쟁취하는 것인지, 아니면 그저 말 그대로 행운으로 내게 주어지는 것인지 사실은 잘 모릅니다. 자신이 '삼류 가수'인 것을 이제 알았지만 존재감을 인정하려면, 스스로 행복해져야 한다는 말을 믿습니다. 남은 생애도 별 볼 일 없는 글쓰기와 겨루다 갈 것 같습니다.

1. 『현대시작법』, 오규원, 문학과 지성사

2 『구원으로서의 글쓰기』, 나탈리 골드버그, 민음사

3. 『인생을 쓰는 법』, 나탈리 골드버그, 페가수스

4. 『버리는 글쓰기』, 나탈리 골드버그, 북뱅

5. 『글쓰며 사는 삶』, 나탈리 골드버그, 페가수스

6. 『뼛속까지 내려가서 써라』, 나탈리 골드버그, 한문화

7. 『글쓰는 삶을 위한 일년』, 수전 티베르기앵, 책세상

8. 『조르바를 춤추게 하는 글쓰기』, 이윤기, 웅진 지식하우스

9. 『작가의 문장 수업』, 고가 후미타케, 경향BP

10. 『글짓기 수업』, 앤 라모트, 웅진윙스

11. 『심플』, 임정섭, 다산초당

12. 『번역은 글쓰기다』, 이종인, 즐거운상상

13. 『나를 치유하는 글쓰기』, 줄리아 카메론, 이다미디어

14. 『연필로 고래잡는 글쓰기』, 다카하시 겐이치로, 웅진 지식하우스

15. 『칼 같은 글쓰기』, 아니 에르노, 문학동네

16. 『원고지』, 김탁환, 황소자리

17. 『김탁환의 쉐이크』, 김탁환, 다산책방

18. 『글쓰기란 무엇인가』, 박아르마, 여름언덕

19. 『글쓰기 정석』, 배상복, 경향미디어

20. 『글쓰기 만보』, 안정효, 모멘토

21. 『글쓰기에도 매뉴얼이 있다』, 탁석산, 김영사

22. 『유혹하는 글쓰기』, 스티븐 킹, 김영사

23. 『글쓰기 로드맵 101』, 스티븐 테일러 골즈베리, 들녘

24. 『나는 어떻게 글을 쓰게 되었나』, 레이먼드 챈들러, 북스피어

25. 『기막힌 이야기 기막힌 글쓰기』, 최수묵, 교보문고

26. 『잘 쓰려고 하지 마라』, 메러디스 매런, 생각의길

27. 『행복한 글쓰기』, 게일 카슨 레빈, 김영사

28. 『글쓰기의 유혹』, 브렌다 유랜드, 다른생각

29. 『탄탄한 문장력』, 브랜던 로열, 카시오페아

30. 『내 삶의 글쓰기』, 빌 루어바흐 · 크리스틴 케클러, 한스미디어

31. 『글쓰기 생각쓰기』, 윌리엄 진서, 돌베개

32. 『글쓰기의 최소원칙』, 도정일 외, 룩스문디

33. 『전방위 글쓰기』, 김봉석, 바다출판사

34. 『글쓰기의 모든 것』, 프레드 화이트, 북싱크

35. 『천년습작』, 김탁환, 살림

36. 『즐거운 글쓰기』, 루츠 폰 베르더 · 바바라 슐테-슈타이니케, 들녘

37. 『헤밍웨이의 글쓰기』, 어니스트 헤밍웨이, 스마트비즈니스

38. 『창조적 글쓰기』, 애니 딜러드, 공존

39. 『거장처럼 써라』, 윌리엄 케인, 이론과실천

40. 『힘있는 글쓰기』, 피터 엘보, 토트

41. 『크리에이티브 블록』, 루 해리, 토트

42. 『아이디어 블록』, 제이슨 르쿨락, 토트

43. 『내 인생의 자서전 쓰는 법』, 린다 스펜스, 고즈윈

44. 『제럴드 와인버그의 글쓰기책』, 제럴드 와인버그, 에이콘

45. 『스토리텔링의 7단계』, 마루야마 무쿠, 토트

46. 『나를 일깨우는 글쓰기』, 로제마리 델 올리보, 시아출판사

47. 『글 고치기 전략』, 장하늘, 다산초당

48. 『이것은 글쓰기가 아니다』, 조영복, 서울대학교출판문화원

49. 『우리말 문장 바로 쓰기 노트』, 이병갑, 민음사

50. 『글쓰기의 철학』, 에드거 앨런 포, 시공사

51. 『책 쓰자면 맞춤법』, 박태하, 엑스북스

52. 『동시 쓰기』, 이준관, 램덤하우스

53. 『이야기가 노는 법』, 위기철, 창비

54. 『150년 하버드 글쓰기 비법』, 송숙희, 유노북스

55. 『당신의 책을 가져라』, 송숙희, 국일미디어

56. 『처음부터 잘 쓰는 사람은 없다』, 이다혜, 위즈덤하우스

57. 『글쓰기 좋은 질문 642』, 샌프란시스코 작가집단 GROTTO, 큐리어스

58. 『글쓰기 더 좋은 질문 712』, 샌프란시스코 작가집단 GROTTO, 큐리어스

59. 『창의력을 키우는 초등 글쓰기 좋은 질문 642』, 826 VALENCIA, 넥서스

60. 『은유의 힘』, 장석주, 다산책방

61. 『그럼에도 작가로 살겠다면』, 줄리언 반스 · 커트 보니것 · 스티븐 킹 외, 다른

62. 『이형기 시인의 시 쓰기 강의』, 이형기, 문학사상

63. 『시론』, 박현수, 울력

64. 『날이미지와 시』, 오규원, 문학과 지성사

65. 『글쓰기 비결 꼬리물기에 있다』, 박찬영, 리베르

66. 『현대시와 정념』, 엄경희, 까만양

67. 『유쾌한 시학 강의』, 강은교 · 이승하 외, 아인북스

68. 『시』, 엄경희, 새움

69. 『시를 쓴다는 것』, 다니카와 타로, 교유서가

70. 『나를 살리는 글쓰기』, 장석주, 중앙books

71. 『작가수업 천양희 첫 물음』, 천양희, 다산책방

72. 『니시 가즈토모 시론집』, 니시 가즈토모, 황금알

73. 『시론』, 최승호 외, 황금알

74. 『시창작 실기론』, 송수권, 문학사상

75. 『오규원 시의 현대성』, 이연승, 푸른사상

76. 『시 어떻게 쓸 것인가』, 이승하, Km

77. 『새로운 현대 시론』, 강희안, 천년의시작

78. 『서정시의 이론』, 오성호, 실천문학사

79. 『시론』, 권혁웅, 문학동네

80. 『현대시의 발견과 성찰』, 엄경희, 보고사

81. 『현대세계미술전집 3 세잔느』, 집영사

82. 『현대세계미술전집 8 고흐』, 집영사

83. 『토닥토닥 그림 편지』, 이수동, 아트북스

84. 『다시 사랑한다면』, 이수동, 아트북스

85. 『오늘, 수고했어요』, 이수동, 아트북스

86. 『하버드 글쓰기 강의』, 바버라 베이그, 에쎄

87. 『365일 작가 연습』, 주디 리브스, 스토리유

88. 『논픽션 쓰기』, 잭 하트, 유유

89. 『글쓰기에 대하여』, 찰스 부코스키, 시공사

90. 『은유』, 엄경희, 모악

91. 『묘사』, 조동범, 모악

92. 『공부가 되는 글쓰기』, 윌리엄 진서, 유유

93. 『시작법』, 테드 휴즈, 청하

94. 『시론』, 김준오, 삼지원

95. 『행복한 수필쓰기』, 정목일 · 조영갑, 북코리아

96. 『논술의 정석』, 이혁, 생각의빛

의사 할배가 들려주는
조금 다른 글쓰기

초판 1 쇄 인쇄 2023 년 01 월 10 일
초판 1 쇄 발행 2023 년 01 월 15 일

저자 : 김명서

펴낸이 : 이동섭
편집 : 민소연
디자인 : 박은주
영업·마케팅 : 송정환 , 조정훈
e-BOOK : 홍인표 , 서찬웅 , 최정수 , 김은혜 , 이홍비, 김영은
관리 : 이윤미

㈜에이케이커뮤니케이션즈
등록 1996년 7월 9일 (제 302-1996-00026 호)
주소 : 04002 서울 마포구 동교로 17 안길 28, 2층
TEL : 02-702-7963~4 FAX : 02-702-7988
http: //www.amusementkorea.co.kr

ISBN 979-11-274-5899-7 03800